地中の星

門井慶喜

新潮社

地中の星　目次

地中の星

第一章　銀座　東京といえば満員電車

その日の徳次《のりつぐ》の朝めしは、ごはんに味噌汁、ひじきの煮もの。

それだけだった。三十六歳の男ざかりには不足というより欠乏だが、しかし徳次は、膳に向かってあぐらをかくや、眉ひとつ動かすことをせず、左手でざらざらと頰《ほほ》の無精《ぶしょう》ひげを摩擦した。

摩擦しつつ右手で箸をとり、ひじきの小鉢へ突っ込んだ。

ひじき八に対して二ほどの割合でうもれている煮豆をはさんで口へ入れようとして、

「お」

箸をとめ、目の高さに持ちあげる。背後の障子戸からさしこむ朝の光を受けて、豆はほとんど透明だった。

（これだ）

洪水が来た。

洪水が、大脳のしわというしわに食いこむ黒い泥をすべて洗いながして一瞬で去った。あとに残るのは確信の光ひとすじ。ここに自分の将来がある。

日本の鉄道の将来がある。自分はこの豆に、今後の全人生を、

（つぎこむ）

それを徳次はむぞうさに口のなかへ放りこんでしまうと、ばたりと箸を置き、正座しなおして、

「軻母子《かもこ》」

膳のむこうの、三つ年下の妻へ呼びかけた。軻母子は、

「はい？」

いかにも良家の出の女らしく、目尻がきりりと垂れている、その目で二、三度まばたきした。横に白木《しらき》の飯櫃《めしびつ》を置き、右手にしゃもじを持っているのは、徳次のおかわりにそなえているのだ。徳次は、ひたいが膳にぶつかりそうなほど深い礼をして、

「申し訳ない、軻母子。お前はもう一生、楽はできん」

そのまま頭を上げることをしない。

静謐が、その場を支配した。どこから入ってきたのだろう、膳の横の畳の上には一匹の、茶褐色をしたこおろぎが這っていて、ながい触角を右へ左へゆらしている。ときおり毛のはえた後肢《あとあし》が畳を蹴って、ぷつり、ぷつりと音を立てた。しばらくののち、軻母子の声は、

「旦那様」

くすりと笑ったようである。

「旦那様、それではまるで、私がこれまで楽をさせていただいたかのようではありませんか。ご覧ください」

「うん」

徳次は、すなおに上体を起こした。軻母子の白い手がつつましく、しかし明瞭にしゃもじを突き出している。徳次は身をそらし、

「たしかに、そうだ」

大笑いした。妻みずから給仕をするということは、要するに、家に女中がいないということなのである。この二年あまり、この妻は、ほとんど毎日この役割をひきうけてきたのではなかったか。

縫いものも、水仕事も、畳のちりの掃きそうじも、みなこの二本の細腕でしてきたのではなかったか。八年前、ということは元号はまだ明治だったけれども、徳次は、早稲田大学法学科を卒業している。

まがりなりにも学士様である。同級生のたいていは役人になったり、弁護士になったり、三井三菱のような大財閥の会社員になったりしている。さだめし自宅では何人もの女中たちを雇っているだろう、書生も置いて使い走りをさせているだろう。自分もはじめは、彼らと、

(おなじだった)

どこでこんな差がついたのか。徳次は、つかのま人生をふりかえる。

†

大学を卒業したときは、南満州鉄道株式会社に就職した。株式会社ながら半官半民の巨大国策企業であり、給料もよかった。それから中央官庁のひとつ、鉄道院に籍をうつした。役人づとめは性に合わなかった。官を辞したあとは経営者として栃木県の佐野鉄道、大阪府の高野《こうや》登山鉄道とたてつづけに乗りこみ、どちらもつぶれそうだったのを短期間でみごと再建し、これもまた少なからぬ役員報酬を得ることになった。このうち高野登山鉄道の支配人時代に、徳次は、軻母子と結婚したのである。

仲人は、徳次とおなじ山梨県出身の衆議院議員・望月小太郎《もちづきこたろう》だった。

慶応義塾を卒業後、イギリスにわたり、ロンドン大学を卒業したという華やかな経歴のもちぬしで、その人柄も、英国ふうに端然としている。その望月が、祝言の日にはめずらしく酒をすごして、

「わしに感謝しろよ、軻母子。何しろ早川君のような気骨ある男に引き合わせてやったのだからね。一万トンの船に乗ったようなものだ。わしの姪たちのうちでも、まちがいない、お前がいちばんのシンデレラだよ」

などと花嫁にしきりと恩に着せたものだった。ところがその早川君は、少々気骨がありすぎたものか、その二年後にはつまらぬ社内のいざこざから会社をとびだしたあげく、東京にもどり、無職の身分のまま、

「外国に行きたい」

と言い出したのである。

気がつけば、三十四になっていた。ふつうなら職業をかため、人生そのものの守りをかためる年齢だが、しかし徳次はもう、あらたな会社づとめなど考えられなかった。あの帰属意識というやつが息がつまるのだ。どっちみちしなければならないのなら、つとめ先は、一から自分のつくった会社でありたい。

子供のころから、大望はあった。

(何かしら、この世で最初の仕事がしたい)

誰もが一度は抱くのぞみ。徳次はただそれを捨てていないだけ。

(この世で最初の、そうして死後ものこる仕事が)

そのためには、これ以上、世間なみの面《つら》などしていられない。人生ののこり時間は少なく、体力も落ちるいっぽうなのだ。

ところが。

われながら滑稽この上ないことに、徳次には、その仕事とは何かがわからなかった。自分はいったい何がしたいのか。何をすれば満願成就できるのか。いまさら鉄道以外の分野へ向かうことが得策でないことくらいは大人だから（！）わかるけれども、実際のところ、鉄道の分野には、もはや「この世で最初」の仕事など存在しない。この国では、いい草はみんな刈り取られてしまったのだ。

何しろ四十年以上も経っている。明治五年（一八七二）、日本ではじめて新橋と横浜のあいだの二十九キロをしゅっしゅっぽっぽと煙突の音も高らかに蒸気機関車が疾走したことは日本史上の大事件だったが、その後も、この鉄道という近代そのものを代表する事業には、政府はもちろん私企業もつぎつぎと資本を投下している。発展途上というよりは、最近はもう、

——成熟。

のけしきを帯びているのだ。もちろんこれは長距離交通の話なので、東京市内に目を向ければ、もうひとつ、路面電車というものがある。もっぱら短距離移動をになう電気鉄道。こちらの歴史はやや浅く、普及しはじめたのは十年ほど前にすぎないが、それでも東京市電気局という絶対につぶれない役所の運営のもと、順調に発展し、すでにして十《とお》以上もの運転系統が市内を網の目のように覆っている。営業総距離は百キロメートル以上、年間総乗客数は、おどろくべし、二億五千万人を突破したという。

一日平均七十万人である。ここにも徳次ごときの入る余地はありようもなかった。徳次はなるほど佐野鉄道、高野登山鉄道という会社ふたつを再建させたという実績があるけれども、しょせんは地方の小企業。この大東京にほうりこまれれば、よくある辣腕家のひとりにすぎないのだ。

つまるところ、

（八方ふさがり）

徳次には、その自覚はあるのだった。その上、金《かね》の算段が立たない。何しろ無職なのだから月給はなく、貯金もへり、女中にはみんな暇を出した。良家の出である妻の軻母子がはじめてしゃもじを握り、

「わたくしが、お給仕をします」

と言ったのはこのころである。外遊となれば行き先はもちろん世界最強の産業国であり、鉄道発祥の国であるイギリスの首都ロンドンしか考えられなかったけれども、このありさまではロンドンどころか香港までもたどり着けないし、着いたところで何ができるか。事業の着想を得られるかどうか。

何がしたいかわからない、金がない、成功の公算がないの三重苦。それでもなお徳次は、

「この世で最初の仕事とは、どこにも存在しないから最初なのだ」

などと軻母子に言いつづけた。軻母子というより、自分自身を説得したかったのかもしれない。大望をすてぬと言えば聞こえはいいが、われながら幼稚で、わがままで、あまりにも、

（甘ったれ）

軻母子はこんなとき、しゃもじを握ったまま、ただ徳次の演説を聞きつづけた。おりおり微笑《みしょう》すらした。ひょっとしたらいまごろは東武鉄道とか、南海鉄道とか、大会社の経営陣に名をつらねる夫の妻だったかもしれない女がである。徳次はふしぎな感じだった。みょうに心づよいような、かえって脅迫されているかのような。

（俺以上に、楽天家なのかな）

結局、徳次はロンドンに行った。

渡航費および滞在費は、魔法のように湧いた。はじめは例の衆議院議員・望月小太郎に援助を

乞うたのだが、

「まじめに就職しろ。かわいい姪を路頭にまよわせる気か」

激怒された。まったく当然のことだったけれども、しかし徳次は、このときはもう、あきらめるという賢さを放棄している。何度も何度も頭をさげてから、ひょいと顔をあげ、

「それなら、先生」

「何だ」

「大隈重信《おおくましげのぶ》伯を紹介してくださいませんか」

「な、何？」

望月は、絶句した。

これもまた当り前のことだったろう。大隈はただの伯爵ではない。憲法で「天皇を輔弼《ほひつ》する」とさだめられた内閣総理大臣なのである。徳次はなお、導火線に火をつけてまわるような口調で、

「ご存じのとおり、大隈伯はわが母校・早稲田大学の創立者であられます。そうして政治家としては御一新のときに大蔵大輔（財務大臣）として新橋‐横浜間の鉄道敷設に尽力された。私の外国研究にも理解を示されるでしょう」

もとより何の研究なのか、徳次自身もわからない。望月はよほど拒絶したかったのだろうが、最後には、

「申し訳ありません。申し訳ありません」

熱意に押しきられ、紹介状をしたためた。ほどなく大隈から、望月を通じて、

――家に来い。

という伝言がもたらされたが、大隈の家は母校のちかく。道に迷うことはなかった。応接間に入り、顔を合わせるや否や、徳次はまず、

「申し訳ありません」

やはり何べんも頭をさげた。そうして手みじかに自分の経歴を述べ、希望を述べる。大隈はもう七十五をこえていたはずだが、新聞に載る木版画とおなじ小さな白髪あたまをしゃきしゃきと手でなでて、

「研究の内容は？」

「港湾鉄道に関するものです。ことに輸入貨物をはこぶ」

うそではないが、にわかごしらえの看板である。大隈はたぶん見やぶったのだろう。椅子にすわったまま徳次を見あげ、ふんと鼻を鳴らしてから、

「鉄道院は、いまや内閣直属である」

「はあ」

「わしの直属である。まかせろ」

「は、はあ」

「国家《くに》の金じゃ。現地で贅沢はつつしめよ」

「はい！」

ひたいが脛《すね》にぶつかりそうなほど、徳次はふかぶかと体を折った。まさかこんなにあっさりと、

(ゆるしが、もらえるとは)

おどろきつつも、徳次はこのとき、一個の妙理をつかみかけている。

目上の人に「うん」と言わせる秘策というべきか。それはとにかく、

——頭をさげること。

ではない。そんなのは単なる衷心からの誠意のしるしにすぎない。かんじんなのは何べん頭をさげても軽蔑されぬくらい、それくらい精神が上を向いていること。そうして不恰好でも不面目《ふめんもく》

でも分不相応でも、その精神をおもてに出すこと。一生の大事を為《な》そうと思うならば、最大の敵は他人ではない、おのれのうちの羞恥心にほかならないのだ。

ともあれ徳次は、鉄道院嘱託という身分でロンドンにわたった。

形式上は、役人が視察に行ったということ。そうして現地でついに「最初の仕事」を見つけて、「これだっ」

見た瞬間、こぶしを突き上げた。

何だ、ちゃんとそこにあったじゃないか。自分を待っていてくれたじゃないか。土のなかへトンネルを通し、線路を敷いて、前照灯の一等星を光らせる。

この非常識なしろものを、この西洋の文明国にしかあり得ないものを、東京にぶちこんでやる。もしも幸いにして成功すれば、それはこの国で最初の——日本はもちろん東洋で最初の——仕事になり、死後ものこる仕事になる。ちっぽけな一生を、

(賭けるに、値する)

徳次は、鼻息あらく帰国した。

帰国先は、東洋の三等国。ふたたび東京の土をふんだ刹那、目がさめた。そんな大それたことが本当にできるのかどうか疑わしく、やると決めても、

(どこから、手をつけるか)

皆目わからなかった。工事はどうやるのか。どの業者にやらせるのか。

許可はどこに申請するのか。東京市か？　鉄道院か？　資材はどうする。人員はどこから調達するのか。車両はどこで造るのか。あんまり新しいことばかりなので、佐野鉄道、高野登山鉄道で得た知識はほとんど役に立たなかった。

徳次は、富士山のふもとに立ったような気がした。

山梨の出《で》だから裏富士である。てっぺんの雪はあまりにも白く、まぶしく、まだ誰の足あともないことが明らかなのに、二合目以下がすっぱりと無い。

ただの空間がひゅうひゅうひゅうと風を吹き通すだけ。のぼり坂もないし、梯子《はしご》もないし、階段も、踊り場も、欄干もない。頂上はたどり着くためではなく、ただ見るためにだけそこにあった。

（やはり、無理か）

月日はよどみなく過ぎ去った。無職のまま半月《はんつき》が経ち、一か月が経ち、二か月が経つ。まるで恋にわずらう青年のように悶々と何もしなかったところへ、天啓の串が、この朝とつぜん徳次の頭脳を田楽刺《でんがくざ》しにしたのだった。

きっかけは、そう。

ひじきの小鉢のなかの煮豆。それこそがあの富士の頂上にいたる、かぼそい、しかしたしかな一本道だった。徳次はようやく我に返り、もう一度ざらりと頬をなでまわして、

「輌母子、出かけよう」

立ちあがった。

結局、めしには手をつけていない。豆ひとつぶを口に入れただけ。ふと見おろすと、膳の横の畳のこおろぎは、どこかへ行ってしまっていた。輌母子はしゃもじを持ったまま、

「出かける？　あの、どちらへ」

まるい目でこちらを見あげる。徳次はもう着物の帯をときはじめて、

「銀座へだ。黒豆を十個、白豆を、そうだな……三十個用意してくれ」

「し、しろまめ？」

「まだ煮てないやつ。いくら貧乏所帯でも、それくらいはあるだろう」

「それは、まあ」

という軻母子の返事を待たず、徳次はふんどし一枚の姿になると、どたどたと隣室へ行き、洋服簞笥から一張羅の三揃いをひっぱり出した。まるで待ち合わせの時間におくれそうな人のように急いでズボンに足を通しながら、

「湯をくれ。ひげを剃る」

「あの、旦那様……」

「何だね」

「白豆と黒豆は、何のために使うのです」

不服従、というような口調ではない。どうやら軻母子自身、興味が湧いたらしい。貧乏夫婦の最大の利点は、妻が活発になることなのかもしれなかった。徳次はシャツを着て、その裾をむりやり腰のズボンに押しこんで、

「きまっている。地下鉄道をつくるためさ」

「地下鉄道……」

「前にも言っただろう。ロンドンでは誰もが当たり前のように乗り降りしていた。俺はあれとおなじものを、いや、あれよりも便利で快適な乗りものを、この東京の下に走らせる」

それと豆とが何の関係があるのでしょう、とかさねて聞きたかったのにちがいないが、軻母子はしゃもじを飯櫃へからりと音を立ててほうりこむと、

「湯をお持ちします」

「たのむ」

「お化粧をします。少しお待ちを」

立ちあがり、台所のほうへ行ってしまった。その背中へ、徳次が思わず、

「すまん」

手を合わせるまねをしたのは、朝めしを食う機会をうばったことに対するものか、それともこの妻はたぶんもう一生、楽ができないという例の悲観論を思い出したものか。

妻の足音はこころなしか軽やかなようにも聞こえるが、徳次は、もう考えぬことにした。チョッキを着こみ、がばりと上着をはおってしまうと、立ったまま右足の親指でとんとんと畳をたたきはじめる。われながら、

（せっかちだな）

苦笑いした。人生のはじまりが遅いからだろう。

†

夫婦は、歩いて銀座へ向かった。

めざすは尾張町の交差点である（現在の銀座四丁目交差点）。人通りの多さは銀座一であり、東京一であり、したがってたぶん日本一だろう。ふたりはそこへ築地から、つまり南東から北西へと進んでさしかかった。

南東の角《かど》で、立ちどまる。

左右にのびる広い道は、いわゆる銀座通りである。徳次はズボンのポケットに右手を入れて、

「来たぞ」

となりの軥母子につぶやいた。

われながら、戦場にでも来たかのような口調である。少なくとも銀座で妻に言うせりふではないだろう。すぐ右にそびえる三階建ての西洋ふうのビルディングは、大礼服などをあつかう山崎高等洋服店だけれども、その銀座通りをはさんだ前方には、服部時計店の建物が見えた。

徳次はそれを、これまで何度、目にしたか知れない。東京に住む人はたいていそうだろう。見あげれば、二階建ての洋館の上に紅葉《もみじ》色のドーム屋根が乗り、その上に、やはり紅葉色をした四角い時計塔がすっくりと立っている。

その四面それぞれには、円形の、白い時計の文字盤がはめこまれている……と言いたいところだが、実際には、徳次にはそのうち二面しか見えない。あとの二面は塔のむこうがわに当たるからだ。たったふたつしか見えないだけに、それだけに円形の文字盤はまるで巨大な神の目のようだった。下界の人間どもを正確に、しかも完璧に支配する、時刻という名の世界支配神。

「……七時四十八分か」

徳次の興味は、しかし建物や時計にはない。

地上のものにある。右へぐいと首をねじった。奥へ向かう銀座通りは、つまり京橋へ向かうことになるが、茶色い砂でしっかりと踏みかためられていて、ただし中央のみ、ながながと白い石《いし》板《いた》が敷かれている。石板の上には上り一本、下り一本、合計二本の線路があった。

その線路の右手前、ちょうど山崎高等洋服店のショーウインドーのあたりに停留場がある。

人の列が、こちらへのびている。百人はこえているだろうか。ほとんどが洋装にしろ和装にしろ、帽子をかぶった、身だしなみのいい男だったのは、これから会社や役所や店へ行くのだろう。この時間はいわゆる通勤の時間、市電はいちばん便利なのだ。

どこからか、さびのきいた歌声が聞こえる。

東京《とうきょ》といえば　満員電車
一度乗ったら降りられぬ……

いよいよ山場にさしかかろうというところで、その声をまるで塗りつぶすようにして、
ぐおおお
おおおおお
咆哮とともに、道の向こうから電車が来た。

一両だけの車体が、徳次から見て右側の線路の上を、よちよちと頭を左右にふりつつ近づいて来る。左右の建物がいっそう音をひびかせる。もとより徳次は慣れているから、眉ひとつ動かさず、

「ヨサ形か」

つぶやいた。東京市電気局が二年前に新造した木造単車。腰まわりはグリーンでぬられ、その上の、ガラスなしの側面窓のふちは牛乳色だった。屋根の上では昆虫の触角をおもわせる黒いトロリーポールが二本、前方へななめに突き出ていて、集電のための架線にぶつかり、じいじいと地虫の鳴き声のような音を立てていた。

窓のなかは、暗い。

陽《ひ》がささないのではない。乗客がひしめいているからである。それは新聞や雑誌などの記者がよく、

——鮭の干物。

などと揶揄する光景だった。あたかも東北、北海道あたりの漁村で何百匹という鮭がえらと口に荒縄を通され、ぎっしりと吊りさげられるように、いま都会の月給取りたちはみな目をどろりと濁らせつつ無表情のまま突っ立っている。車体が左右へゆれるたび、彼らの体はVの字にならびいた。

「満員ですね」

と軻母子が口をひらく。徳次を見あげて、

「あれじゃあもう誰も乗れませんね。通りすぎるでしょう」

「まだ乗れるさ」

徳次の言うとおりだった。電車はぐおおおとモーターの回転音を落としたあと、停留場の横で、いかにも嫌々《いやいや》という感じで車輪をとめた。

その瞬間、人の列がみだれた。

全体のながさが半分にちぢみ、先頭がだんご状になり、だんご状のまま車両後部の入口へ突入した。

入口の階段をへだてて、内と外で怒号合戦になる。

「もう満員だ」

「まだ乗れる。前へつめろ！」

「つぎを待て、つぎを！」

「待てるか。もう三本も通過しやがったんだ」

「きゃっ」

「誰だ、おい、女房の尻をつかんだのは」

「はやく乗れよ」

「乗るな」

「何とかしろ、運転手」

運転手は、車両前部の運転台にいる。

このありさまを見ていないというより、はじめから見る気がないのだろう。横の出口から客がひととおり降りてしまうと、ちんちんと鈴を鳴らし、一本棒のハンドルをぐいと右へまわしてしまった。運転席はオープンデッキで、正面にガラス窓がないので徳次からも見えるのである。

ごとり。

音を立てて電車が発車した。後部の客がぽろぽろと落ちる。入口の横には菱形《ひしがた》の白い板がとりつけられていて、黒い字で「1」と系統番号が書かれているが、その表示板にしがみついた人はしばし宙吊りにされたあと、徳次の目の前でどさりと落ちた。

干物にもなれない鮭いっぴき。すぐに立ちあがり、バカヤローとか、こんなので五銭も取るなとか、あるいはもっと聞くにたえない尾籠《びろう》な暴言をくりかえす和服すがたの男を見て、徳次はそっと、

「さすがは、一日七十万人」

軻母子へ耳打ちした。地方《いなか》の人々が銀座と言われたときにまず想像する、品のある、はなやかな、公序良俗そのものの感じとは正反対の光景がそこにあった。

電車の音が背後に消え、ふたたび人の列が糸状にのびると、またあの歌声が聞こえはじめる。

徳次はふりかえった。交差点の向こうの大通りの、しかしそう遠くないところに着ながし姿の中年の演歌師がひとり立っていて、三味線をかき鳴らしつつ、

東京といえば　満員電車
一度乗ったら降りられぬ
海老反《えびぞ》り　突き膝　吊るし責め
乗らなきゃ暮らしが立ちませぬ
メーダモットコ　スットンピン
市長《しちょ》さんのおかげでヨッコイキン

まるで自分が満員にしてやったんだとでも言わんばかりの、これみよがしの誇り顔。軻母子が顔をしかめて、

「近ごろよく聞く歌ですねえ」

「そうなのか」

「ええ。私はあまり好きませんけど。それより旦那様、お仕事は」

「え？」

「これをお使いになるのでしょう？」

手の甲で、そっと徳次のズボンの左のポケットにふれた。

ちゃり、と音がくぐもったのは、なかに白豆が入っているのだ。徳次はおのが手を右のポケットに入れ、

「ああ」

首肯して、二本の指を動かした。ちゃりちゃり、ちゃりちゃり。こちらの音がやや低いのは、黒豆は皮が厚いのか。首だけ妻のほうを向いて、

「どのように使うか教えてやろう。この豆は、まあ、そろばん珠《だま》のようなものだな。一定のながさの時間をきめて——まずは十五分でやってみようか——、その間《かん》に、そこの道路をどれくらい人が通るか勘定する」

説明をつづけた。勘定するのは二本の脚で歩く人はもちろん、電車、人力車、馬車、自動車、あらゆる乗りものの客である。乗りものの種類に関係なく、十人かぞえたら右のポケットで黒豆を一個にぎりこむ。十個にぎったら手をひらいて、左手の白豆を一個にぎる。これで桁《けた》をくりあげて、また右のポケットで十人一個の数取《かずと》りをやれば、正確な通行者数が出る。

この数を道路地図へつぶさに書きこんでいく。そうすれば東京中の人のながれ、用事のありどころ、帰りどころが一望のもとにわかるわけだ。

うんと単純に考えるなら、いちばん多い場所のみを直線でむすべばそれで掘るべき地下鉄道の順路はきまってしまう。

「たいへんなお仕事です」

軻母子はため息をついて、足もとを見つつ、

「旦那様のことだから、雨の日も、風の日もなさるのでしょう？」

「おなじ場所でも、時間を変えてね」

「そこまで完璧を期さなくても……」

「完璧な記録を取らなければ、人はどうなるか。不明のところを先入観でうめることになる。先入観とは過去の空想だ。あたらしい事業はそこから古く朽ちるのだ。まあ実際は、これでも手抜きしているのだが」

「どのところで？」

「あらゆる乗りものを合算する、というところでさ。ほんとうは歩行者、電車の客、人力車の客、馬車の客、自動車の客、それぞれについて数字を出したい。移動ということへの意識がちがうし、金持ちかどうかもちがうからな。が、そこまでふみこんだら手間が何倍にもなる。詳細は他日を期すことにしよう。なあに、軻母子、心配するな。私には『死ぬ気でやる』という趣味はない」

「ええ……」

「たいせつなのは意志じゃない、結果だ。死んだら仕事は成り立たないよ」

「でもやはり、あなたは無理をしそうですわ」

などと言い返したかったのだろうか。軻母子が何かことばを発し、それが消え失せたのと入れ

かわるようにして、また電車の音がした。

こんどは演歌師のいるほうから、つまりさっきとは反対のほうから。その一両だけの車両がヨヘシ形であることは、徳次の目にはたちどころにわかる。さっきのヨサ形より製造年は古いけれども、運転席の正面に、鉄道関係者がなぜかフランス語でベスチビュールとよぶ雨よけ埃《ほこり》よけのガラス窓がついている。あたかも作りかたを誤ったいなりずしのように、その車体は、やっぱり乗客の飯粒ではちきれそうになっていた。

モーターに不調でもあるのだろうか。みょうに足がおそい。三、四人の男の子がとつぜん歩道から飛び出して電車の前をちょろちょろ走りぬけたのを見て、

「あ！」

軻母子が唇をまるくした。

路面電車ならではの危険である。徳次は腕を組み、眉をひそめて、

「あれもまた、俺が征伐する」

†

その日から、徳次の交通量調査がはじまった。

雨の日も、風の日も、日曜日にも休まなかったが、ただし日が暮れたらおしまいにした。電車はまだまだ走っているのだが、夜というのは盛り場の数がかぎられる。いくら先入観を持たぬにしても、人の動きはずいぶん予想しやすいのだ。

そのかわりと言っては何だけれども、夜には夜の調査をはじめた。市井の人の意見を聞くのだ。いま東京の人々は、ロンドンの交通事情などはもちろん、そもそも地下鉄道というものがこの地

球上に存在することも知らない。

黎明以前の状態である。そういう人々に簡潔な説明をした上で、

――どう思うか。

と聞いてまわり、反応を得ようと思ったのである。ゆくゆく、

（広告に、役立つ）

というところまでは考えていない。路線図で列車の位置をたしかめるように、自分の仕事のこの国での位置、それをたしかめたかった。

まずは、室町《むろまち》の小料理屋をわたり歩いた。室町はいわば日本橋のとなり町で、水菓子の千疋屋《せんびきや》をはじめ、高級な品をあつかう問屋や店がたくさんあるから人々の生活程度がわりあい高い。そこでめしを食う客も進取の気性に富み、

（話が、通じるか）

徳次の期待は、あっさりと裏切られた。たいていの人は、

「地下鉄道？　あんたその年でいい夢みるねえ。そんなことよりさ、このごろ東京市長は……」

などと相手にもしてくれない。床屋政談へ行ってしまう。ときに興味らしきものを示す人があっても、

「むりだよ。むりむり。山にトンネル掘るんだって人夫がおおぜい死ぬんじゃねえか」

とか、

「電車に乗るのに階段をいちいち下りたり上ったりすんのか。面倒くせえな。誰が使うか」

酔余のおあそび程度である。徳次がうっかり身をのりだして、

「きっとできるさ。英国人にできることなら」

などと言い張りでもしたら、たちまち、

「日本は英国とはちがう。地震が多いんだ。はずみで地面が落ちたらどうする」

あるいは、

「いまの市電でじゅうぶんだろう。つめこむ空間が足りねえなら、車両を二階建てにしろ」

無知な民衆の因循《いんじゅん》姑息、のひとことでは片づけられないものを徳次は感じた。人間とはつまり、足の下《した》がないということが、

（それほど、恐いのだ）

高所に対する恐怖にも似た、ほとんど原初的なものなのだろう。原初的であるだけに言語での説得はむつかしく、この点でも、徳次は今後の困難を確信せざるを得なかった。

地下鉄道というのは土木技術のみならず、人文科学的にも難工事なのだ。ひるがえして考えればロンドン市民はこの恐怖を克服したわけだけれども、さらに思いなおすなら、彼らもまた、

（はじめは、おののいた）

しょせんは慣れの問題にすぎないのだ。どっちみち地上からは見えないのだから、慣れれば安心するというか、存在そのものを忘れるというか。徳次は、ひとすじ光を見いだした気もしたのである。

或る日から、場所を銀座にうつしてみた。

京橋ちかくの大通りぞいにビヤホールがある。ヨーロッパ中世ふうの石づくりの洋館へ足をふみいれると、内部はじつに広大だった。柱の少ない空間がたかだかと徳次をむかえ入れる。無数のテーブルや椅子がずらりと縦横に列をなしていて、ほとんどが客でうまっていた。

右の奥の壁ぎわに、四人がけのテーブルがあいている。徳次はその一席を占め、ふたつ三つ料理をたのんだ。

半リットルの「中コップ」十五銭也をちびちびやっていると、三人づれの背広の男たちが来て、

徳次に、

「失礼」

「失礼」

のこりの椅子にどさどさと座った。合席《あいせき》もまたビヤホールの味である。

しばらくのあいだ、徳次は、だまって会話に耳をかたむけた。三人とも文部省の官吏らしく、しかも向かいの席の男など、その肌のつやを見るとまだ二十代のようなのに、最近ヨーロッパ視察から帰朝したばかりらしく、

「ロンドンには、地下鉄道があるのです」

と、先輩ふたりへ話しはじめた。

「あれは便利なものですよ。テムズ川の下もくぐるんです。おかげで中心部のシティでは路面電車が全廃され、自動車がすいすい走っている。東京のごとき時代おくれの、人を人とも思わぬような荷車じみた光景など、見ようとしても見られません。さすがは人権の国だ」

「私もです」

と、徳次は、つい口をはさんでしまう。身をのりだして、

「私も乗りました。地下鉄道はわが国でもできる。私はそれをやりたいんです」

「やりたい……何を？」

「地下鉄道」

「東京で？」

「ええ」

うなずくと、若い役人はふふんと鼻を鳴らして、

「だめだめ。夢のまた夢だ。工事の技術がまるでないし、そもそも地盤が軟弱でしょう。たった

三百年前には海だったのですしね。豆腐に横穴があけられますか？　それとおなじ話ですよ。見込みがあるのは、むしろ」

と、人さし指を上に向け、ちょいちょいと天井をさして、

「こっちだ」

「こっち？」

「あなたもロンドンに行ったのでしょう。高架鉄道を知りませんか」

徳次は、

「存じております」

むろん何度も実見している。厳密には高架橋鉄道というべきだろう。見あげるほどの高さの長大な鉄製の橋が、ときにまっすぐ、ときに建物のあいだを縫うようにして、はるかな行先へのびていく。その上をしゅっしゅっと蒸気機関車が走る。発想としては地下鉄道の正反対ということになるだろうか。

「これなら日本人にも可能だし、だいいちトンネルの必要がない。工費がかかりません」

若い官僚がまるで自分の手柄のように言うのへ、徳次が、

「いやいや、それは見当ちがいです。高架鉄道というものは、第一に、陽の光をさえぎります。その下で暮らす人々にこのましい心理的影響をあたえることがない。第二に、都市の美観をそこねます。まわりの建物がすすだらけになる」

正面きって反論したのは、敵意を抱いたのではない。逆だった。話し相手が得られたうれしさのあまり、自制心の手綱《たづな》がゆるんだのだ。

しかし相手は、敵意の故《ゆえ》と受け取ったのだろう。じっとりと目を細めて、

「何だと？」

「第三に、これが最大の問題だが、たいへんなお金がかかるのです。高架鉄道というのは鉄さえ得られれば工事費はなるほど少なくてすむが、そのかわり用地の買収費が」

「うるさい」

「買収には、時間もかかる」

「うるさい！　詐欺師」

若者は、がたりと音を立てて中腰になった。酒に酔った様子はないが、目の色がありありと役人特有の、たかが一臣民の分際で口ごたえするなと言わんばかりの自尊心にいろどられている。

徳次は起立した。相手を見おろすかたちになる。

「これは差し出がましいことを。申し訳ありません」

テーブルに両手をつき、ぶつかるくらい頭をさげた。相手がしずかに席についたのは、我に返ったのか、それとも隣席の先輩に、

「おい、よせ」

たしなめられたからか。徳次はふたたび頭を上げて、ちょうど通りかかった詰襟《つめえり》服のボーイへ、

「このお三人さんへ、大コップを」

「大コップ」は一リットル入り、一杯あたり二十八銭也。もとより金にゆとりはなく、心のなかで、

(御代咲《みよさき》のおやじに、また無心かな)

故郷である山梨県御代咲村の風景を思い出し、苦笑いした。四方を山でかこまれて棚田が多く、なかなか美しいものではあるが、その山のおかげで日の出がおそく、日の入りが早く、四六時中うすぐらい感じがするのは子供ごころにも嫌だった。

鉄道の風景になぞらえるなら、さしずめ高架橋にかこまれたようなものか。徳次はもう二杯ず

つ官僚たちへおごり、外套を着て、家路についた。

みちみち弱気にならざるを得ない。市井の人すらここまで理解がないということは、ゆくゆく経済的援助を要請しなければならない資本家や華族となると、

（もっと）

彼らはおしなべて一般市民よりも保守的、というよりいっそ守旧的なのだ。

——この事業は、まだわが国では誰も手をつけていません。確実にもうかります。

などという話を毎日のように持ちこまれているからだろう。或る意味、当然の防衛心だった。ましてや地下鉄道などという足の下を掘りぬく、恐ろしい、理解不能な商売などへ誰がいったい金を出すか。徳次は、ふかいため息をついた。

こつこつ靴音を立てて歩く。歩くたび右足の親指のつけ根が痛む。がまんして歩くうち、激痛が来て、

「うっ」

しゃがみこんでしまった。

軻母子の心配したとおり、やはり根《こん》をつめすぎているのか。交通量をしらべるための立ちっぱなし、瞳孔に力を入れっぱなしの豆繰《まめく》りの仕事は、

「あしたは、休もう」

おのがつぶやきを聞き、あわてて立ちあがった。

ふたたび足をふみだした。もしも一日休んだら、それで心の糸が切れるのではないか。二度と街頭に立てないのではないか。そんな気がした。

†

結局、徳次は、一日も休むことをしなかった。

右足の親指があまりに痛むので靴をやめ、草履をはいて辻々に立ちつづけた。夜の聞き取りをしつづけた。むろん服のほうは、豆での計数にズボンのポケットを使うため、和服にはなれない。背広のままにするほかなかった。外遊帰りとは思われぬ上下のちぐはぐ。夜の飲む量がふえたのは、心の重荷から逃げたいのか。それとも酔えば多少は足の痛みがまぎれるからか。

しかも仕事は、これだけではすまされない。

(そろそろ、資金あつめも)

徳次は、もう手を打っている。

あの仲人の衆議院議員・望月小太郎のところへ行き、三、四人、子爵や男爵を紹介してもらって訪問してみたのだ。彼らはさすがに外国事情を聞きかじっていて、

「ああ、あれね。地下鉄道ね」

いちいち説明せずにすむのはありがたいけれども、結局は、

「東京ではむりだ。地盤がゆるい。地震がこわい」

庶民と同意見。小知識というのは人を啓発するどころか、かえって、

(杓子定規に)

もうかる、もうからぬの話へたどり着くのがこれほど至難とは思わなかった。北海道開拓で財をなした加藤なにがしという男爵など、書生を呼び、裸銭《はだかぜに》で二円持って来させて、

「水菓子でも食って、頭をひやせ」

鼻で笑った。徳次は頭をさげ、お礼を言って財布に入れた。或る朝、めしを食いながら、

「どうしたものかな」

軻母子に言うと、軻母子はもう、お休みになったらとは言わない。言っても無駄だと察したのだろう。しゃもじで二杯目のめしをよそいつつ、

「また……お願いしたら」

「誰に」

「大隈侯に」

大隈重信が侯爵の爵位を受けたことは、徳次も軻母子も、少し前の新聞で読んだ。位階がひとつ上がったのである。徳次は、

「お前もそう思うか」

「ええ」

「うーん……」

じつは徳次は、帰朝後、いちど大隈邸をたずねている。ロンドン視察の報告をするつもりだったが、門の前で家職らしき老人に、

「お引き取りを」

と言われ、会うこともかなわなかった。大隈はちょうど内閣総理大臣の職を辞したばかりだった。在職中は日本を世界大戦に参戦させ、大陸での権益を拡大すべく中国の袁世凱《えんせいがい》大総統へ二十一か条要求をつきつけ、あるいは国内では大正天皇の即位にともなう種々の儀典を成功させるなど、ずいぶん仕事をしたにもかかわらず結局のところは貴族院や官僚や政党から総攻撃を受けて撤退せざるを得なかった、その直後の時期だったから、

(しかたがないのだ。俺という人間をきらいになったわけじゃない)

自分へそう言い聞かせつつも、徳次はその後、なかなか足が向かなかった。何となく不義理をした感じがある。

「行くか」

翌日。

さすがに草履というわけには参らぬので、靴へ足を押しこんで、母校ちかくの大隈邸へ行った。門の前であの家職らしき老人に挨拶し、来意を告げたところ、

「どうぞ」

ただちに招じ入れられた。

最初の訪問から二年半、大隈も少しはひまになったものか。やや心の浮き立ちを感じつつ玄関を入った右のところの洋間のなかで待つこと三十分あまり。ドアのひらく音がしたので、徳次は立ちあがり、ことさらふかく頭をさげ、

「大隈侯、たいへんご無沙汰をしておりました。申し訳ありま……」

「ばか！」

いきなり、だみ声を浴びせられた。

徳次はちょうど体を起こそうとして、中途半端な姿勢になっていたが、その姿勢のまま、

「え？」

「どのみち金がほしいのであろう、ろくろく調査もしておらぬくせに。地盤の調査はやったのか。東京の地中はトンネルが掘れるほど頑強であるということを、貴様の信念などではなく、科学的な調査であかしだてたのか」

「いや、その、学者に依嘱するにも資金が……」

「また金か。その前に、ここ」

大隈は立ったまま口をきゅうと閉じ、二年半前よりやや短くなったかもしれない白髪あたまのこめかみを、人さし指でトトと突いて、

「ここを使え、貴様ひとりで。貴様はいま追いつめられている。それは好機なのだ。人間ほんとうに手も足も出なくなったら、目が光るぞ。その目でふだんの光景を見るのだ。あっ」

みじかい悲鳴とともに、大隈の顔が落ちた。

上半身ががくんと左へかしいだ。徳次から見ての左である。あやつり人形の糸の一本がとつぜん切れたかのような、ひどく無生物的な動きだった。

どうしたらいいか徳次はわからなかったけれども、ドアの横にひかえていた例の家職があわてて大隈の左に来て、脇の下に腕をさしこみ、もう片方の腕を前へまわして抱えあげるようにする。いかにも手なれた様子なので、徳次はようやく、

（義足か）

二十七年前、暴漢により、大隈はその乗っていた馬車へ爆弾を投げつけられて重傷を負い、右脚切断の手術をしたのだ。

腿《もも》から下なのか、ひざから下なのか、徳次の目にはズボンの布地の奥の様子はわからないが、とにかくその喪失をおぎなう人工の肉のつづきぐあいに支障が生じたのにちがいなかった。

あるいは不機嫌もそのせいか。大隈は家職をつきはなし、自分で歩いて椅子へすとんと尻を落とした。

椅子ごと徳次のほうを向き、顔をしかめたまま、

「根拠はどうだ」

「根拠？」

「法的根拠だよ。きまっているだろう。いまの日本で民間会社が鉄道を敷こうと思うなら、私設

鉄道法か、軽便《けいべん》鉄道法か、どちらかに拠らなければならん。前者のほうが大規模なものを造るにはいいが、軌間や車両の規格、設備の種類、運賃の設定等、あらゆる点において国有鉄道なみの厳格さがもとめられる。書類の手続きもめんどうだ。いっぽう後者は軌間もうんと小さくてよく、道路の上へ走らせてもいいが、あくまでも地方の小規模輸送を想定したもの。東京で何百万という乗客をはこぶ事業には向いていない。どうするかね」

徳次は、絶句した。

そんなことは考えもしなかった。もちろん関連法は知っている。しかしそもそもいまの徳次には、先入観があったと言わざるを得ない。日本には地下鉄道がない以上、それを監督する法律も、

(ない)

それはもちろん先入観ではない。正しい事実なのだけれども、言われてみれば、国がこれから徳次の事業のためにわざわざ前もって新しい法律をこしらえるはずがないこともまた事実なので、結局、敷設免許の申請は、既存の法律のもとめるところに従うしかない。徳次は何となく、

(新しい事業は、新しい法律で)

そう誤って思いこんでいたのである。大隈はさらに身をのりだしてきて、

「どうするかね」

「あー、ええ、小さいほう、軽便鉄道法にします。これから調査や工事ということになれば、案外の事態が多発するでしょうし、なるべく規制を受けぬほうを」

「会社はもう設立したのか」

「あー」

「やっぱり、まだか」

「それも資金が」

徳次はそう言い、一歩ふみだした。ここしか切り返しの機はないと思いつつ、

「大隈侯、あらためてお願い申し上げます。私ひとりの力では会社も満足につくれません。どうか資本をたまわりますよう。そうして発起人にお名前をお貸しくださいますよう。これは釈迦に説法ですが、株式会社の設立には、発起人が七人必要なのです」

「それは」

大隈は、目をそらした。

椅子の背にもたれたので、体そのものが縮小したような感じになった。徳次には、はじめての光景ではない。前に交渉した子爵や男爵もおなじ反応をした、または無反応をした。徳次はさらに、靴のつま先とつま先がもう少しでぶつかるところまで大隈に近づき、

「お願いします。何とぞ侯のお力で」

頭をさげようとしたけれども、大隈は、ふたたびかっちりと目を合わせてきて、

「金はある」

ほかの華族とはちがう返答をしはじめた。

「あと何年、生きられるか知らんが、わしには死ぬまで使いきれん財がある。だがもう政治家はよした。新たな事業に手を出したくもない。のこり少ない生涯は、わしは、これを教育者として全うしたいと思うのだ」

「教育」

徳次は、息をのんだ。営利事業にはもっとも遠い人間のいとなみ。おそるおそる、

「それは、早稲田へ私財をお投じになるという……？」

「それもある。まだまだ理想には遠いからのう。が、そのほかに、わしのもとへはつねづね全国の私立学校から援助の要請があるのだ。みな苦労はおなじということかな。京都同志社の新島《にいじま》

裏《じょう》など、生前は何度、わしに寄付をもとめたことか。なかなか無心のうまい男だった」

当時の何やらを思い出したのか、大隈はくっくっと忍び笑いをしてから、

「そういうわけだ、早川君。悪く思うな。発起人の件もわすれてくれ」

徳次は、何も言い返せない。

もちろん、

(口実さ)

と受け取ることはできる。教育はあくまで口実なので、ほんとうは大隈ももう七十九。開通までに何年、いや何十年かかるかわからぬ地下鉄道などには興味の実感がわかないのだろう。自分が乗れない乗りもののために運賃をはらう客はいないのである。

が、そこまで悪く受け取らずとも、人間は元来そういうものなのだろう。年をとると鉄道よりも会社よりも、人間そのものを、

(つくりたいと)

特に若者をつくりたいという欲求は、本人もどうしようもないのだろう。老人の目には、若者は、永遠の世を生きるように見える。その記憶の石にくっきりと刻印を打つことができれば、老人もまた、夢のなかで、永遠の世が生きられるのだ。

やはり未来的な事業は、

(未来ある人に、たのまねば)

徳次がそう心決めしたのと、大隈が、

「紹介しよう。若いのを」

口をひらいたのが同時だった。徳次は、われながらはしたないほど声をはずませて、

「それは、どなたで?」

「渋沢《しぶさわ》さん」

あんまり口調がさらりとしていたので、徳次は、

（どこの渋沢だ）

近所の質屋のおやじか何かとも思ったが、つぎの瞬間、

「渋沢栄一《えいいち》男爵《だんしゃく》！」

人間そのものが、近代日本資本主義。

武蔵国血洗島村《ちあらいじま》の豪農の家に生まれ、旧幕時代には、徳川幕府の使節のひとりとしてヨーロッパ各地を訪問した。帰国後は新政府のまねきで大蔵省に入り、退官し、日本初の銀行である第一国立銀行を創立した。国立の語がふくまれているが、純然たる民間会社である。

このとき渋沢、三十四歳。

以後はもう、実業界の君主である。資本参加、発起人、取締役就任……あらゆる手段であらゆる分野の会社づくりを援助した。

王子製紙、東京海上、日本鉄道、麒麟麦酒《ビール》や札幌麦酒、東京瓦斯《ガス》、京阪電気鉄道などはみな渋沢のいわば作品であるし、それらの組織をさらに組織化して東京商法会議所（のちの東京商工会議所）なども設立した。

むろん渋沢財閥の長でもあるが、公共への貢献という点においては三井、三菱などをもしのぎ、文字どおり国宝級の人物である。

（ありがたい）

とは、徳次はしかし思わない。思うことができない。なぜなら渋沢はたしか天保十一年（一八四〇）の生まれ、つまり大隈の、

（ふたつ年下では）

なるほど大隈からすれば若いには若いけれども、徳次の目には要するに、鶴は千年、亀は万年というような話である。どっちもどっちではないか。もちろん口では、

「えっ！　そんな、はるかなるお方を？」

「はるかなものか。早稲田の維持員会会長でもある。知らなかったか？」

大隈の口調は、詰問そのものだった。維持員会というのは大学の運営のため高額の寄付をおこなう者の集まりであり、いわば恩人の会だから、卒業生たる徳次もその長の名前くらい、わきまえているのが本来なのである。徳次はひるんで、

「あ、いや」

「わしが直接、手紙を書いてやってもよいが、君は法科卒だったな」

「はい」

「恩師は高田早苗君《たかたさなえ》だったのであろう。彼に書いてもらうといい。彼には私から言っておく」

「あ、あの、高田先生に？」

「そのほうが心にとどこうよ。渋沢男とは、私より親しいのだ」

と言ってから、大隈は鼻を鳴らして、

「知らなかったか？」

そのまなざしは、しかし奇妙にとげがなかった。むしろ目尻のすぼみが皺《しわ》をいっそう深くしているあたり、やさしさというか、親ごころのようなものもうかがわれる。ひょっとしたら大隈は、自分をもまた、これから永遠の世を生きるであろう、教育すべき若者のひとりと見ているのかもしれなかった。

†

翌月は、大正六年（一九一七）一月である。

高田早苗は、避寒のため、

――国府津《こうづ》の別荘にいる。

と聞いたので、徳次は松のとれるのを待ち、とれてからも念のため少し日を置いて、東京駅から東海道線の列車に乗った。

横浜をすぎ、大磯をすぎると国府津である。駅前で人力車をやとい、山すその別荘へ行ったけれども、恩師はるすだった。たまたま出てきためし炊きのばあさんに聞いたところ、

「だんな様は、海へ。お散歩に」

徳次は、歩いて浜へ下りた。

浜は、砂よりも石が多く、歩くたびにごりごりと低い音がした。一足しかない革靴が、これでは、

（傷つく）

こんな心配は、さほど長つづきしなかった。冬の海にはほとんど人がいないため、遠くからでも、和服すがたの恩師がひとり、沖に向かって立っているのが見えたのである。徳次は駆け寄り、

「先生」

と声をかけると、高田はこちらを向き、

「来たね」

ふところへ右手を入れた。

「先生、お休みのところ申し訳ありません。ご機嫌いかがですか。大隈侯から知らせが来たと思いますが、このたび私は、東京で、或る事業を……」

「これだろう？」

恩師はそう言うと、ゆっくりと右手を出した。

こちらへ、さしのばした。二本の指が書状をはさんでいる。和紙の上包みのおもてに「渋沢栄一様」とあるところを見ると、あらかじめ用意しておいてくれたものらしい。説得の必要はなかったわけだ。徳次はつい、

「は、はあ」

「私も、地下鉄道の意義なら知っているつもりだよ」

「ありがとうございます！」

徳次は両手で受け取り、一礼して、きびすを返した。ごりっと音を立てて駆けだそうとした背後から、

「おいおい、もう行くのか」

「一刻もはやく東京にもどり、渋沢男にお目にかからねば。速さは誠意のあかしです。渋沢男には十万円、いや百万円は出資してもらわねば……」

「一円だよ」

「え？」

徳次は、足をとめた。首をうしろに向けて、

「いちえん？」

「ああ、そうさ」

高田は、江戸深川の生まれである。

肥前佐賀の出の大隈とはちがい、顔がじつに垢ぬけしている。その輪郭はまるで茄子のように長く、鼻すじは通り、その下でさりげなく唇がひきむすばれていた。その口がふわりとひらいて、

「たった一円で、地下鉄道は完成する。まちがいないよ。あの人が出資したっていう話がとにかくも広まっちまえば、それがもう、将来有望の証拠になる。ほかの何よりの宣伝だよ。君は家でじっとしてても資本家のほうが頭をさげに来てくれるって寸法さ。この話、ぜひ乗らせてくれってね」

「株式会社の発起人も……」

「たかだか七人」

（そういうものか）

徳次は、腕を組んだ。

ひとつ学問をした気になった。高田は大隈の二十ほど年下で、いわば大隈の一番弟子である。東京帝国大学文学部を卒業したあとは立憲改進党の結成にも参加したし、大隈内閣（第二次）の文部大臣もつとめたし、早稲田大学の経営にも深いかかわりを持っている。

政界、財界のうらおもてに通じている。その恩師が言うのだ。どんなに固そうに見える岩でも、ここをたたけばたやすく割れるという一筋の石目《いしめ》があるのだ。

逆に言うなら、たった一円ももらえなければ、満願は永遠に、

（成就しない）

徳次は、両肩がこわばった。自分はいま、思いのほか早く、天王山の決戦をむかえようとしている。

「しかし先生、渋沢男は、なぜそんなに人から信頼されるのでしょう」

「人に損をさせなかった。それだけさ。実業界ではむつかしいんだよ」

「はあ」

徳次の肩は、まだ緊縮している。恩師はその肩をぽんと打ち、

「見て行け」

「え？」

水平線を指さした。くすりと笑って、

「早川君、ここは田舎だよ。都会のことはしばし忘れろ」

そう言うや、ぷいと沖のほうへ体を向けてしまった。

徳次になかば背を向け、あとはもう何も言わない。ふところに手を入れて脇の下あたりを撫でるのみ。こんな都会的きわまる慰安のすすめに、徳次は、

「はい」

恩師の横に立ち、おなじ太平洋を見はるかした。南から、ということは右のほうから午後の陽があたたかくふりかかる。海がサササと白になる。徳次は恩師の言うとおり、頭をからっぽにしようとしたけれども、潮のなまぐさをふくんだ波音の、
ざん
ざん
という単調なくりかえしが、徳次の耳には、しだいに別の音に聞こえはじめた。電車の車輪が線路の継ぎ目をふむ音に。

†

翌々日の朝。

徳次は、こんどは上野駅から東北本線の列車に乗った。王子の駅で降りると、線路ぞいに飛鳥山がある。山というより小岡《こおか》にすぎない。徳次は樹々のあいだの道をのぼり、午前九時かっきりに渋沢邸の門をたたいた。

渋沢邸は、いわゆる洋館ではない。

和風のそれだった。通された座敷もずいぶんと天井がひくく、床の間、違い棚、あかり障子などという書院造のしつらえがひととおり備わっている。個性というものは感じられない。

床柱の前には、これまた和服に身をつつんだ主人がひとり。正座している。これが、

（渋沢栄一か）

徳次は、観察をかさねようとした。ふだんならそうし得ただろうが、このときは、これまでになく緊張している。机の向かい側に尻を落としながら、

「失礼します」

と言った声がわれながら極端にしわがれている。のどがからからになったのだ。

「まあまあ、気楽に」

渋沢はにこにこして、座布団をすすめる手ぶりをしながら、

「こんな茅亭《ぼうてい》によくいらっしゃった。ご用向きは高田君からの手紙で承知したが、私はお役には立てませんよ。実業界からはもう五年以上も前に身を引いたし、もともと三井、三菱のような大財閥の総裁でもなかったし。お金がないのです」

大隈とは、ずいぶん話しぶりがちがう。

大隈のそれを硬にして厳《げん》とするならば、こちらは柔にして寛というところか。しかしこういう人のほうが逆につかみどころがなく、説得が困難であることを、徳次は経験でわかっている。にこにこ顔はこの場合、防御と攻撃をかねた武器の一種と見るべきだろう。

（楽にしろ。いきばってもろくなことはない）

と自分に言い聞かせるけれども、その脳裡のもういっぽうで、

（天王山）

（天王山）

その語ばかりが明滅する。さいわいにというべきか、口火の切りかたは前もって考えてあったので、一礼し、ぬっと右手を出して、

「嗅いでください」

渋沢は少したためらったが、身をかがめ、鼻を寄せた。眉をひそめて、

「何だね、これは。甘い獣脂《あぶら》のような……」

「豆です」

徳次は、夢中で説明した。地下鉄道をどこに通すか決めるため、これまで半年ちかく、地上の調査をしていること。東京市内のあちこちの交差点に立ち、ズボンの右と左のポケットに黒豆、白豆をしのばせて握りこんだり離したり、一種のそろばん珠にして歩行者、電車、人力車などの客の数をかぞえていること。調査はすべて、たったひとりでやっていること。

何しろポケットのなかである。冬でも手は汗をかく。豆はしばしば水気《みずけ》でふくらむ。手についた豆くささは湯へ行っても取れることがなかった。

渋沢はうなずきながら聞き終えると、

「ふむ」

わずかに首をかしげて、にこにこ顔のまま、

「その豆は、つまり手段だね」

「えっ？」

「人がほしがるのは手段ではない。結果だよ」

「ええ」

徳次には、この指摘は想定ずみである。横に置いた古鞄から封筒を出し、封筒から厚紙を出した。

厚紙は、折りたたまれている。それを卓上でぱたん、ぱたんと広げると、座ぶとんほどの大きさになった。黒色のペンで描きこまれているのは、東京の主要な道路地図だった。

上が、北である。

中央やや下に、幾重《いくえ》かの同心円がある。最小の円の円周から、放射状に直線がのびている。それらの円周や直線のすきまへ五本の指をつっこんで、蕎麦やうどんの麵のごとく上下左右へぐしゃぐしゃとほぐしたらこうなる、そんな感じの図柄《ずへい》だった。道路のうち市電の通るものは白くぬりつぶしてあるので、色彩的にも、まさしく蕎麦とうどんの麵がもつれあっている。

同心円の中心は、もちろん天子の住まう宮城《きゅうじょう》だった。道路ののびる右はしが浅草や南千住、左はしが目黒や青山。上のほうは駒込まで達しているが、下のほうは同心円そのものが「へ」の字のかたちに切りぬかれている。海岸線である。そこから南は、つまり東京湾なのである。

道はもちろん、いたるところで交差点をつくっている。

交差点はたいてい赤い点が打たれ、そこから赤い線がとびだしている。線の先にはこまかい文字。地名、調査の日付、開始時間と終了時間、そこを通過する人の数。

歩行者、電車、人力車、馬車、自動車……あらゆる客を合算したものだから、少ないところでも三桁、多いところで四桁になる。むろんひとつではない。その交差点がもしも単純な十字型なら、行き先ごとに四つ、ずらりと縦にならぶわけだ。

大隈重信をじかに説得できなかった反省から、徳次みずから、正月返上でつくりこんだ図だっ

た。くるりと向きを変え、渋沢のほうへ押し出すと、渋沢は、

「上が、北だね」

「ええ」

「ホウ」

身をのりだし、手をすりあわせた。徳次はいくぶん間を置いてから、

「ご注目いただくのは、四角です」

「四角？」

「ええ。各交差点の通行者数のうち、ことに多いものは赤い四角でかこんであります。これや、これや」

「ホウ」

「これですね」

「ホウ、ホウ」

「これらを効率的にたどる線こそ、東京のもっとも人通りの多いところ。すなわちわれわれの地下鉄道のもっとも有望な経路ということです。結局は」

しゃべりつつ、徳次は図の上に人さし指を置いた。すーっと指をすべらせながら、

「結局は、浅草なのですね。仲店《なかみせ》がならび、公園があり、動物園があり、見世物小屋がやかましく客をよびこんで昼も夜もにぎわう東京一の繁華街はやはり起点にすべきでしょう。そこから上野、銀座、新橋と、つぎつぎに盛り場をたどるわけです」

「東京駅は？」

「通る必要はないでしょう。駅舎はむやみと立派ですが、しょせんは乗りかえ駅。そこに街があるわけじゃない。上野のほうが見こみがある。ともあれ新橋を出たら、最後は品川へ……」

「いまもあるね」

「え？」

「君の言う路線なら、いまも市電の1系統という大金脈があるじゃないか、原川君」

「早川です」

「失敬、とにかく君はそんな平凡な事実を得るために非凡な努力をしたわけだ。雨の日も、風の日も。時間の無駄だったのではないかな」

渋沢はそこで口をとじ、徳次を見た。なるほど大金脈うんぬんは事実だった。実際、徳次がいちばん最初にポケットに豆をしのばせて交通量調査にのぞんだ場所も尾張町交差点である。まさしく系統番号「1」の表示板を入口の横につけたヨサ形の車両がぎっしりと客をつめこんだ上、さらに乗ろうとする人をぽろぽろ振り落としつつ停留場を出て行った光景はいまだ徳次の脳裡にしがみついていた。

徳次はゆるりと首をかしげて、

「渋沢先生」

「何だね」

「時間の無駄だとは、じつは先生もお思いではないのでは？　おなじことを調査もなしに申し上げたら、先生はまず『調べて来い』とおっしゃったのではないでしょうか」

「ふむ」

渋沢は、わずかに破顔した。徳次はつづけた。

「どんな平凡な事実でも、いや、平凡であればこそ、数字の裏づけがあれば貴重な情報となる。そういうことではありませんか。それに実際、地上と地下では、便利さに格段の差がありますす」

さらに説いた。もしもこの浅草‐品川間にトンネルを掘れば、市電の真下へ、つまり地上の道なりに掘ったとしても時間は大幅に短縮される。

いまは徒歩で約三時間、市電で約一時間かかるものが、たった二十五分になる。地下鉄道とはそういうものなのだ。歩行者や人力車などと道をわけあうことがないから速度を落とす必要がない。交差点がないから他の系統の車両のために道をゆずる必要もない。

いうなれば、純粋速達主義。渋沢は首をかしげて、

「その二十五分という……」

「根拠はあります」

徳次は鞄に手を入れ、べつの封筒を出した。

べつの書類を出し、渋沢へさしだした。線路の距離、最高速度、平均速度などの数字をかかげ、数式も明示して、浅草からすべての駅への所要時間をわかりやすく一覧にしたもの。

車両の性能は、ひとまず市電で現在もっとも主要と思われるヨヘロ形のそれを参考にした。おなじ車が、おなじ距離を走るのに、地上と地下でここまで差が出るという事実を端的にあらわしたのである。

「しかも」

と、徳次はどんどん鞄から書類を出したので、机の上がいっぱいになってしまった。トンネル掘削のための工事費用。駅ひとつの建設費。開通後の運賃、乗降客数、駅員や運転士等の人件費、電気代、水道代、銀行からの借り入れに対する利息の支払い……ここまで来るとさすがに未確定の要素が多くなり、想像の余地が大きくなるが、どのみち方法に変わりはない。紙また紙、数字また数字でひたすら攻める。

それらの数字は、もとをただせば、みな黒豆白豆だった。地下に電車を走らせるなどという雲をつかむような話にいくらかでも核をあたえ、実体の感触をあたえることができるのは、結局の

ところは合理的で具体的な、

（行動）

それしかないような気が徳次はした。少なくとも、いまでも他の方法は思いつかない。数字というのはどんなに正確にもなり得ると同時に、どんなおとぎばなしにもなり得るのだ。

渋沢は茶を飲み、またしても、

「ホウ、ホウ」

手をすりあわせる。

さっきから、おなじ動作のくりかえし。おそらくは、

——興味ぶかいぞ。

という意思の表示なのだろうが、それだけに、芝居の色がかくれもない。何やら手ごたえに不安をのこしたまま、徳次が、

「……とまあ、このように地下鉄道は有望なのです。私はその成功を確信しておりますが、成功すれば、もちろん……」

「他社が参入するでしょうな」

「おっしゃるとおりです。商売がたきがあらわれて、あらたな路線を掘りすすめるでしょう。私はそれを歓迎します」

「なぜですか」

「こちらの利益はそこなわれるどころか、むしろいよいよ増加するからです。浅草－品川はどのみち幹線。彼らの線は支線になる。そうしておよそ鉄道というものは、支線がふえればふえるほど幹線がお客を吸いこむ仕掛けなのです」

「ホウ、ホウ」

と渋沢はさも初耳の哲理であるかのように目を見ひらいたけれども、これももちろん、（演技さ）

渋沢はこれまで、数多くの鉄道会社の創設にかかわっている。釈迦に説法にちがいないのだ。もっともこれは、見ようによっては、徳次という人間を、

――演技するに、値する。

とみとめたとも解釈できる。渋沢は、もとのとおり好々爺ふうに、

「いやいや、いい話をうかがった」

書類をかきあつめ、トントンとそろえて徳次にさしだした。徳次がそれを受け取ると、最後にただ一枚のこった道路地図をゆっくりと折りたたみながら、

「もくろみは、よくわかりました。なかなか利益が出そうですな、開通すれば。問題はやはり工事でしょう。都会の地下に線路を敷くには、まずはかたさが気になりますが」

「……え？」

「東京は、地盤が弱いのではないかと尋ねています。調査を学者に依嘱しましたか」

たたんだ地図を、やや邪険につきだした。徳次はそれを拝受して鞄へごそごそしまいながら、

「……いいえ。それはお金が……」

「ああ」

渋沢の声が、にわかに低くなった。

徳次は、あわてて渋沢を見た。手をひざへ置いている。ありありと無表情である。結局はそこか。時間と根気があれば誰でもできる交通量調査ばかり強調して、ほんとうに大事な、ほんとうに専門的な知見を要する地質調査にここまで言及しなかったのは、

――手を、ぬいたな。

非難の光を、ありありと目がやどしている。徳次は腰を浮かして、

「だいじょうぶです。東京の地盤は盤石です」

「書類を」

渋沢は、右手をぬっと出した。手のひらが上を向いている。数字をよこせという意味だ。あんまり子供じみているぶん陰惨なしぐさ。渋沢はつづけた。この日いちばんの長広舌だった。

「なるほど欧米の大都市ならば、地質調査の結果は公開されている。どんな人がどんな事業をやるにも便利なよう、図書館や博物館などに架蔵してある。しかしながら東京にはそんなものはない。私もたびたび苦労しました。公開か非公開かという以前に、どうやら東京市は、これまで調査そのものを本格的におこなったことがないらしいのです。三宅坂の参謀本部とか、赤坂の東宮御所とか、そういう大きな西洋建築を建てるさいには断然やりそうなものですが、やろうがやるまいが、どちらにしろ松の木杭《きぐい》を何千本もうちこんで地盤をかためる工事はするのだからと省いたのでしょう。この国はそういう国なのです。早川君、君の情況はわかります。お金のないのはやむを得ぬことですが、しかしそのいっぽう、君はとにかく交通量に関しては素人なりに調査した。ちゃんと数字を出したじゃありませんか。おなじことをなぜ地質に関してやらなかったか。それが工事の急所なのに」

「しました」

徳次はつい、口もとがほころんだ。渋沢は目をしばたたき、

「え?」

「大隈先生のおかげです。日本橋のおかげです」

「大隈さん?　日本橋?」

渋沢は、語尾をはねあげた。

眉間にしわが寄っているのに、眉そのものは八の字である。芝居の色をうしなった、ほんものの狼狽がそこにあった。徳次はまたしても、

（天王山）

胸郭の内部でつぶやきつつ、

「昨年末」

と、用心ぶかく語りはじめた。

昨年末、クリスマスの翌日の晩、徳次は室町にいた。

例の、聞き取り調査のためである。いっときは銀座のビヤホールにも足を運んだし、神保町や三田あたりの学生むけ安食堂《やす》へももぐりこんだが、このころは何しろ季節が季節である。会社員たちの、一時金の季節。月々のいわゆる月給とはべつに盆暮れにまとまった現金が支給される慣行は、どうやら明治のかなり早いころ、三菱商会あたりが西洋のボーナスをまねして始めたらしいが、こんな幸福な制度はもちろん、日本では一部の大会社のみの採るところ。

中小の店には縁がないし、またその社員も期待しない。その点、日本橋の街などは銀行や証券会社、デパートメントストア、各種の卸売商などが軒をつらねているため賞与天国になるわけだが、その余光は、となり町たる室町にもおよんで、

（料理屋が、にぎわう）

徳次は、そのことを見こんだのである。人間というのはおもしろいもので、おなじ店でおなじものを食い、おなじ酒を飲んでも、店そのものが静かだと本音がなかなか出ることがない。

少々やかましいくらいのほうが意見あつめには都合がいいのだ。徳次はこれまで何度か行ったことのある小料理屋ののれんをくぐり、小上がりで独酌していたら、予想どおり、お客がどんどん来たのはいいけれども、向かいの席に、

「お邪魔で」

どさりと腰をおろしたのが、会社員どころか、人力車の車夫ふたりだったのは、

(しまった)

徳次は内心、舌打ちした。

黒い股引《ももひき》に黒い腹掛け、屋号入りの白法被《はっぴ》という服装からも、ほかの商売ではあり得ない。おそらくは賞与天国の好況の波が彼らの頭上へもおよんだのだろうが、いくら徳次がずうずうしくとも、地下鉄道をどう思うかなどという問いを、地下どころか地上の鉄道そのものを敵と見る彼らへ発するわけにはいかない。徳次はひたすら他愛ない話に終始して、一時間後、

(時間の、むだだった)

ため息をつきつつ、先に席を立ち、ひとりで店を出た。ふたりの車夫は、だいぶん酔っ払ったようである。

道へ出て、風のつめたさに首をうめると、

「おーい」

声をあげつつ、ふたりも出て来た。何が気に入られたのだろう、ひとりずつ徳次の左右に立ち、腕をまわして肩を組む。

上きげんで歌いだす。はた目にはさだめし三人の仲間がよろよろとはしご酒のつぎの店をさがして歩いているように見えたことだろう。何とか離れる口実を、

(見つけなくては)

徳次たちは、日本銀行本店の手前の交差点を左へまがった。

大きな道にぶつかったところで右にまがる。見あげれば、右手でたかだかと夜空を突き刺すのは、五階建ての、装飾ゆたかなビルディングだった。

二年前に完成した、おそらく東洋一のデパートメントストアである日本橋三越本店。ところどころ窓のあかりが灯っているのは、むろんお客を入れているのではないだろう。ここでもやはり、従業員が、年末の仕事に追われているのにちがいなかった。

目を下へもどせば、入口横には一対の獅子像、それに六本の列柱がずらりと偉容をほこっている。列柱の大理石はわざわざイタリアから取り寄せたというから、

（さすが、三越）

金というのは、あるところにはある。徳次は嫉妬を感じつつ、ふたたび顔を正面へ向けた。

道はのぼり坂になり、左右に欄干をつらねはじめた。その下には川。右から左へまっすぐ、しかしゆったりと流れをさだめている。道は橋になったのである。

橋の名前は、日本橋。

ウウイイイという重い音がしたのでふりかえると、路面の上を、一両の電車がこちらへ来る。ヨサ形だった。時刻はもう九時をすぎたというのに乗客をみっちりと詰めこんで、苦しそうに頭を左右へふっている。

近づくにつれ、側面が見える。入口横の菱形の板には、系統番号「１」の黒い数字。自分を追いぬいて去って行く電車のうしろすがたを見おくりながら、徳次はみょうに哀れになった。あの電車はこれから京橋へ行き、銀座尾張町の交差点をわたり、増上寺の大門をかすめて品川へ行く。それまでにいったい何百、いや何千の人間をいっしょうけんめい呑吐《どんと》して、しかも罵倒されるのか。

「ありがてえな」

ふと、左の車夫がつぶやいた。徳次は思わず、

「え？」

「ありがてえって言ったのさ、市電ってもんがさ。俺たちの仕事にゃあ大明神様だ」

「なぜ？」

聞かざるを得なかった。あまりにも意外すぎる。車夫はトンと足袋《たび》のかかとで路面をたたいて、

「東京には、川が多いだろ」

「ええ」

「ってことは、橋が多いってことだ。御一新後、おもなやつはみんな石づくりの西洋式に架けなおされたが、西洋だろうと日本だろうと、どっちにしろおんなし反り橋《そりはし》さ。わかるか。まんなかが高くて、こう、前とうしろの岸が低くて……」

「アーチ型ですね」

「そうそう、それだ。俺たちにとっちゃあ要するに人力車《くるま》をじいじい引いて急坂のぼりと急坂くだりをしなきゃならねえ天下の険だ、くたびれるったらないわけさ。ところがこの日本橋を見ろ、まんなかの高さが低いだろ？」

考えたこともなかった。徳次はまじまじと正面の道を見る。ほんの一、二間先がもう山でいう頂上にあたるわけだが、なるほどのぼり坂はゆるやかで、その奥のくだり坂も、知らない人なら、（平らな道だと）

平らだったらどうなるか、という空想を徳次はした。と、こんどは右のほうの車夫が、

「どうしてだか、もうわかったな。電車だよ。電車には急坂は禁物だ。そいつを通すと前決《まえぎ》めしたら橋はみんなこう造られるんだ。電車さまさまってわけさ。ましてや俺たちゃ、日本橋は、一日に何度も何十度もわたる。もしも徳川のころのままの太鼓橋だったらと思うとぞっとして……」

「ありがとう！」

徳次は、その場で二度、跳躍した。

はずみで左右の肩から腕が落ちる。いましめをとかれた囚人のように徳次はとつぜん走りだし、首をうしろへ向け、

「ありがとう。おやすみ!」

さけびつつも、足はとまらない。橋をわたりきったところで右へまがり、川ぞいを駆け、また右にまがり、ひとつ上流の西河岸橋《にしがしばし》から日本橋を見る。

日本橋を、つまり横から見ることになる。たしかに上部は平坦に近いが、下のほうは、二連のアーチ橋だから、アルファベットのmの字をかたちづくっている。

川のまんなかに一本の橋脚が立つわけだ。その上の欄干には塔が立てられて、青いガス灯《とう》がともり、その灯《ひ》もろとも塔そのものが水面《みなも》の黒い鏡へうつりこんでいる。あんまり構図がきれいなので、かえって絵葉書くらいにしかならない感じの夜景だった。

左手には、例の三越のビルディング。その奥からあらわれて右へすすみ、真一文字に橋へと進入したのは一両の市電。かすかに例のウウイイイも聞こえる。さっきのつぎの便だろう。

(目か)

徳次は、われをわすれている。

(大隈先生の、これが目か)

人間ほんとうに手も足も出なくなったら目が光る。そう言われた自分の目が、いま明滅をくりかえしていた。これまでに日本橋はもう何百回もまのあたりにし、何百回もその上をすぎたというのに、こんなことにも気づかなかった。なるほど大隈は、今後は、

(教育者が、最適かな)

翌日、徳次は、朝いちばんで有楽町の東京市役所へ行った。

橋梁課をたずねた。事前の約束もなしにドアをあけ、来意を告げたが、おどろくことに橋梁掛長の花房周太郎《はなぶさしゅうたろう》が出て来て、別室に通し、

「おっしゃるとおりです」

子供のように声をはずませた。

「おっしゃるとおり、早川さん、当課ではかならず地質調査をやります。もちろん大きな橋のときだけですが、ほかの課は案外やらないんですな。よくぞ目をつけられた。早川さんは、やはり技師で？」

「いいえ、まるで素人で」

「よくぞ目をつけられた」

花房はほっそりとした、いかにも書斎から抜け出たような中年男だった。彼自身が技師なのだろう。ここにはせっかく極上の材料がそろっているのに、

——誰も、来ない。

そんな無念を、かねて抱いていたのにちがいなかった。徳次は、

「いやあ、たまたま」

頭へ手をやり、みょうに照れてしまう。昨晩のあの車夫たちの仕事ばなしが特に印象的だったわけではないのだけれども、ただ徳次は、そのとき反射的に、力学的な空想をした。もしも路面がまったく平らだったとしたら、上からの荷重は、まんなかを下へ下へと湾曲させる。薄板《うすいた》がたわむようなものだ。そのたわみを受ける橋脚はよほど強い地盤の上にないと、ずぶずぶと、

（川へ、しずむ）

実際はもちろん多少ながらもアーチ型なので、たわみ自体が生じないのだが、それにしても橋

そのものの重さはやはり橋脚にとっては大きな負担だろう。川底の地面というのは通例たいへんやわらかく、水をたっぷりふくんでいる。地盤固めの松の木杭はなかなか埋まらないのである。

と、そこで徳次は、

（架橋の前に、地質調査はしなかったか）

その可能性にたどりついたわけだった。花房は、娘をほめられた父親のような顔つきで、

「ときに早川さん、お調べは何のために？」

「それは」

と、徳次の口もやや軽くなる。地下鉄道のもくろみのあらましを伝えたところ、

「それは興味ぶかいなあ」

もっとも、これはあまり興味がなさそうな口ぶりだった。地下鉄道だろうがもぐらの巣だろうが、要するに注目してくれるなら何でもいいのだろう。

こんな話をしているあいだにも、部下とおぼしき若い男がつぎつぎと資料を持ちこんで来る。地図やら、表やら、色つきグラフやらの詳細なものに加えて市中二十あまりの橋梁たちの設計図も。机いちめんに広げられたそれらを愛おしげに指でなでつつ花房が述べた結論は、

——東京の地質は、いい。

ということだった。

技師のひいき目ではないという。むろん場所にもよることだが、たいていは地表から二メートルないし二メートル半くらいまでは悪いけれども、それ以下になると粘土層、砂利層となり、しっかりする。じつに固いものなのである。

その上にものを乗せても沈降しない限界の重さを支持力というが、その支持力も、一尺（約三十センチメートル）平方あたり三トンから十トン。これはなかなかの数字なのだ。実際、日本橋

など、あれだけ大きな石造物にもかかわらず片側の岸には松の木杭をまったく打ちこんでいない。ただ橋板をのせただけの状態で、じゅうぶん重さに耐えている。これは自分たち橋梁課の技師にとっても意外な結果だったけれども、理由はおそらく歴史にあるだろう。東京の地は、三百年前には海だった。

埋め立てられてから日が浅いとはよく言われるが、逆から見れば、とにかく三百年は経ったわけだ。

そのあいだ、そこには土や砂がふりつもった。石垣が築かれ、建物が建てられ、たくさんの人や馬や車の足でふみかためられた。ちょうど豆腐に重石《おもし》をしたような恰好で、いつのまにか、適度に水が抜けて堅《かた》豆腐になっていたのである。

「だから」

と、徳次は身をのりだして、声の大きさを落としもせず、

「だから渋沢先生、地下鉄道はだいじょうぶです。トンネルを掘っても絶対につぶれぬ。地面が凹《へこ》むこともない。ロンドンよりも掘りやすいかも」

「なるほど」

渋沢がつぶやいたきり、つぎのことばを発しないのは、反論の余地がないからか、それとも話を聞くことに疲れてしまったのか。徳次はまた鞄に手をつっこんで、

「このことに関しても、橋梁課で筆写した数字が……」

「もうよろしい」

渋沢は手を出し、手のひらを徳次のほうへ向けた。

それきり、口をつぐんでしまう。はあはあという徳次の息の音《ね》だけが部屋にひびく。渋沢は手をおろし、うんうんと合点をくりかえしてから、

「私は、お金はありません。実業界から身を引いたのです。ただ話はおもしろかった。友達ふたりに吹聴しましょう」

「は、はあ」

徳次は、肩を落とした。

全身の汗がきゅうに冷えた。体温とともに魂までもが知らない空へ飛んで行ってしまった気がした。結局、金は出さないのか。一円も。何が友達ふたりだろう。こんな命の際《きわ》の話を、この人は、

（茶飲み話に）

不満が、顔に出たのにちがいない。渋沢は苦笑して、

「後藤《ごとう》君と、奥田《おくだ》君にだ」

「えっ」

「面識はないのかね。後藤新平《しんぺい》君、奥田義人《よしと》君とは」

汗が、ふたたび沸騰した。

これまで何十度、いや何百度、意識したか知れない名前だった。鉄道院総裁と東京市長ではないか。鉄道行政に関しては、国家の長と当地の長。ゆくゆく敷設免許の下付を受けようと思うなら、煩瑣な手続きの節目節目でどうしても彼らの承認印が必要になる。

このうち奥田義人とは面識がない。後藤新平のほうは徳次がいっとき南満州鉄道の嘱託になるかならぬかのころ、二、三度、顔を合わせたことがあるけれども、よくある仕事の紹介のためで、だいいち十年も前である。やはり事実上の面識なし。こんなふたりが味方につくのは、つまりは特別列車の切符を二枚も手に入れたようなもの。それだけでもう、

（事《こと》は、成る）

徳次は、体がふるえた。

あたかも正体不明の難病にみまわれた人のように唇がわななき、ぴったりと閉じることをしなくなった。視界は病人どころではなかった。目の前の渋沢の顔が、そのうしろの床の間や、床柱や、違い棚が、とつぜん風船のように上下左右へふくらんで、破裂して、純白の光明そのものになった。

一瞬のうちに無限に膨張したその光明のなかに、思い出したくない、黒ずんだ顔がひとつ。あの北海道開拓で財をなした加藤なにがしという男爵。出資の願いを拒絶したばかりか裸銭で二円よこして「水菓子でも食え」と徳次をみじめに愚弄した男も、今後、

――渋沢さんが、後藤男と奥田氏に取り次いだ。

と小耳にはさめば君子豹変するだろう。ほかの資本家たちも同様だろう。地下鉄道のちの字も聞かぬうち争うようにして出資を申し出るにちがいないことは、いみじくも高田早苗の予言したとおりだった。株式会社の設立に必要な七人の発起人をあつめるのも、いまやもう、河原の石よりも、

（容易に）

これで学者に依嘱できる。徳次はそう確信した。橋梁課からの借りものではない、もっぱら地下鉄道の工事のための地質調査がようやく、

（可能に）

と、そこで我に返った。すべては岩のひとすじの石目。飛蝗《ばった》が跳ぶようにして座ぶとんのうしろへいざり出て、

「ありがとうございます」

がばりと平伏した。畳のへりを見つめながら、

「おかげで、世界がひろがりました」

「ひろがりすぎる」

と、渋沢の声はいたずらっぽい。まるでその光景をもう見てしまったかのような口ぶりで、

「気をつけなさいよ、早川君。これから君のところへ変な輩がつぎつぎと来る。なかには『話に乗らせろ』とむりやり要求するやつもいる。実業家や、地主や、詐欺師《やまし》や、自称社会改良家はもちろん、名のある政治家もね。君には冷酷さが足りない。門前払いも能力のうちだ」

「はい」

「東京市長の奥田義人君は、あれでなかなか多忙な人だ。いくら協力してくれるにしても、市会議員への根まわしを頼んではいけないよ。いつまでも待たされる。君自身がひとりひとり当たりなさい」

「はい」

と、徳次の返事は小学生のようである。具体的な助言はつづく。

「敷設認可に関しては、最終的な認可者はもちろん内閣総理大臣だが、事実上は、鉄道院総裁がこれを決裁する。ところが後藤新平君は、事務仕事にはとんと興味がない男でね。腹心ひとりに目をつけて、もっぱらそこへ接触するほうが結局のところ事ははやく進むでしょう。五島慶太君《ごとうけいた》などは最適」

「ごとう、けいた……」

「後藤の腹心が五島というのも話がややこしいんだがね、五島慶太君は、いまは監督局総務課のまあ一兵卒だが、各種の手続きに精通しているし、東大法科の出で頭が切れる。何より君と同世代だ。きっと意気投合するよ」

「はい」

「旦那様」

と、横から声がわりこんで来た。

いつのまにか、若い男が来ている。書生だろう。聞こえよがしのささやき声で、

「お時間が」

徳次は、あわてて懐中時計を出して見た。十一時をすぎている。二時間以上の長居だった。立ちあがり、

「申し訳ありません、渋沢先生。予定がおありなのですね。失礼します」

部屋を出て、玄関を出て、飛び石を跳ね、門を出てふりかえると、おどろくことに、渋沢みずからが立っている。見おくりに来たのだ。

「あ、や、先生……」

「もう少し、年寄りの話を聞きなさい」

渋沢は、立ったまま語りはじめた。若いころ、日本ではじめて紡績事業を成功させたのは自分であること。資金があつまらず、政府との交渉がすすまず、イギリスから輸入した蒸気機関はたびたび故障して直しかたもわからなかったこと。その他その他。

季節は、正月あけである。背広に外套を着こんだ徳次ですら内股《うちもも》がもじもじするほど寒いのに、渋沢は和服に羽織をはおり、草履をはいただけの姿だった。もう十五分も経ったろうか。

渋沢は、話をやめぬ。さっきの書生がうしろのほうで心配そうに主人の様子をうかがう。徳次はとうとう話の切れ目へむりやり舌をつっこむようにして、

「お体にさわります。後日、御礼にうかがいます」

体の向きを変え、ほとんど逃げだした。王子の駅をめざして飛鳥山の坂をばたばたと駆けおりつつ、

「ああ」

おのずから、涙がながれている。

火のように熱い涙が、頬の上でキンと凍る。その上へまた涙が来て凍る。顔全体がしびれるような感覚のなか、徳次はふと、

(女中を、雇う)

そのことへ思いを馳せた。事業資金があつまったら、何よりもまず、軻母子をしゃもじの仕事から解放しよう。

社長夫人らしい暮らしをさせてやろう。もっとも軻母子のことだ、そんなことは気にするなと言うかもしれぬ。言うだろう。まずは相談しなければ。駆けつつ徳次は時計を見た。まだお昼前だけれども、きょうは、きょうだけは、ゆっくりと家ですごそうと決めた。

第二章　上野　かたむく杭打ち機

早川徳次という名なら、大倉土木株式会社建築部現場総監督・道賀《どうが》竹五郎《たけごろう》はかねがね耳にしていた。

会って話したことはないけれども、

（漢《おとこ》だ）

くらいの好印象はあった。

何しろ早川は、徒手空拳だったという。鉄道省もやめ、鉄道会社もやめ、金も人脈もない浪人の身で、

――地下鉄道を、つくろう。

などという無謀なこころざしを立て、そのため欧米を見て来たばかりか資本をあつめ、人材をあつめて会社をこしらえ、免許をそろえ、ほんとうに起工にこぎつけてしまった。

（じつに英雄のわざだ。俺には、できん）

ところがその起工式の日に、竹五郎の熱はいっぺんにさめた。

（早川徳次、ぼんくらめ）

と、へどを吐く思いすらしたのである。

起工式は、あたりまえの話だが地上でおこなわれた。上野の山の東側の山下《やました》、浅草へ向かう表通りから少しひっこんだところの資材置場へめでたくも赤白の幕をめぐらして、そのなかに、南向きに祭壇がもうけてある。

祭壇に相《あい》対して、神主が祝詞《のりと》をささげている。

……もろともに手をたずさえて
たくみのわざを起こしてより
くろがねの杙《くい》をうめ
土くれを掻《か》いいだし
いかずちのくるま通さむとて
ことのよし申し上げ……

陽だまりで猫と遊んでいるかのような、その猫がときおり飲む皿の水までもが温《ぬる》んでしまったかのような気長すぎる節まわしだった。神主のうしろには背広をつけ、パナマ帽をかぶった男が七人、横一列に、背中をならべている。

その後方には、三百人ほどの紳士たち。

立ったまま、全員、こうべを垂れている。

竹五郎はこのとき、三百人のさらに後方にいた。会場のいちばんうしろである。竹五郎自身は請負《うけおい》会社に所属する一労働者なので、むろん招待客ではない。ただの会場管理係にすぎなかった。会場管理、などと言うと聞こえがいい。要するに雑用係である。うしろ手に赤白の幕の継ぎ目

をにぎりしめ、この日のやや強い風でばさばさと飛んで行ってしまわないようにしているのだ。われながら、

（ばかでも、できる）

竹五郎は、あくびをかみころした。

祝詞は、まだつづいている。この時点では早川徳次への幻滅はまだない、というより、前の背広の七人のうちのどれが早川かも知らなかった。祝詞が終わる。神主はゆったりとした動きでこちらを向き、七人の頭の上で、大きく幣《ぬさ》を左右へ払った。

それから、おもむろに口をひらいて、

「では、地祭《じまつ》りを」

七人はつぎつぎに頭を起こし、背すじをのばした。

くるりと竹五郎たちのほうを向いた。地鎮祭がはじまるのだ。竹五郎はそっと、

「……手をぬくなよ」

と、七人へつぶやいた。

なかばたわむれ、なかば本気である。竹五郎はけっして怪力乱神を信じるたちではないけれども、さりとて、あしたから現場で百人以上の人夫たちの命をあずかることになる。

いわゆる大《おお》親方である。これまで誰もしたことのない工事がまったく人間の力だけで完遂され得ると思うほど、それほど傲慢な人間ではないつもりだった。土地の神の怒りは、買わぬに越したことはない。

祭壇の横に、盛り土はない。

これがふつうの地鎮祭であれば、そこには前もって円錐台のかたちに土なり砂なりが盛られてあって、賓客がひとりずつ、白木の鍬《くわ》をさくさくと入れる。ところがここでは、盛り土のかわり

に天空から一本の綱が垂れていて、わずかに風にゆれている。

綱はもちろん、赤と白であざなわれている。神主に、

「どうぞ」

とささやかれて、最初にその横へ立ったのは、こちらから見て右はしの、小さな頭の男だった。その髪の毛も、左右にはみ出す八の字ひげも、雪のように白い。

(古市公威《ふるいちこうい》、だったな)

と、竹五郎はその名だけは知っていた。

帝国大学工科大学の初代学長にして土木学会の初代会長、斯界《しかい》の大長老である。早川徳次がこのたび東京地下鉄道株式会社を設立するにあたり、初代社長として招いたのも、その官界や財界での顔のひろさを頼みとしてのことだった。

いまはもう会社とは公的なつながりはないようだが、それでも早川は、恩にむくいるべく、この晴れの日の第一席をあたえたのにちがいなかった。

古市老はステッキを神主にあずけると、両手をもちあげ、赤白の綱をにぎった。

いちばん下は、だんごむすびのむすび目である。その上でぐっと握りなおして、

「やっ」

小さな声とともに、下へ引いた。

ひざまで下ろして両手を離すと綱のむすび目はするすると天へひきかえし、竹五郎から見てははるか右のほう、赤白の幕の外《そと》の世界で、
くわん
と、音が立った。

意外と大きな、しかし澄みきった金属音。上野の山を背景にして、あるいは浅草くらいには届

いたのではないか。

音のみなもとは、幕の上の青空のなかに見てとれる。人の背よりも高い鉄製の杭がぽつんと一本、突っ立っている。ここからは見えないけれども下のほうは地中ふかく埋まっているため——きのう竹五郎たちが埋めたのだ——ばったり倒れることはない。その鉄杭へ、真上から、二トンのハンマーが打ちおろされたのだ。

ハンマーといっても、いわゆる金槌形ではない。

手でにぎる柄《え》はなく、ただの馬鹿でかい鉄の円柱である。その上部は赤白の綱でしっかりとゆわえつけられていて、赤白の綱は、まっすぐ天をめざしたのち、滑車で左へみちびかれる。

左には、三階建てくらいには相当するだろうか。

さらにたかだかとした鉄骨の塔がななめにそびえ立っていて、その塔のなかで、赤白の綱は複雑なジグザグの線を描いている。数十個もの定滑車と動滑車で、方向と力を統制されているのだ。塔から左へとびだしたら、赤白の綱は、最後の定滑車によって上空から幕の内へと垂らしこまれて、古市公威の頭上に来る。たったいまそれを両手でぐいと引き下ろした当の老人の頭上へである。

金属音は、すっかり宙に溶けてしまった。

拍手は、起こらない。

神事はまだ終わらないのだ。古市老はひたいに汗を光らせつつ、満足そうな顔で一歩さがり、神主からステッキを受け取った。

つぎの男に、場所をゆずる。つぎの男は現社長・野村龍太郎《のむらりゅうたろう》である。古市とおなじような老人が、おなじように両手で綱を持ち、全身で引き下ろす。くわんという高鳴りがまたしても白い雲にはねかえる。

このふたりは、いわば完成された名声のもちぬし。

一種のお飾りであるのに対し、三番目にそこに立ったのは、ようやくと言うべきか、会社の実質そのものというべき専務の早川徳次だった。

「……ほう」

竹五郎は、そっと唇をすぼめた。

客のささやきで、その人と知ったのだ。自分たち請負《うけおい》の、実質的な、

（大将）

実物をまのあたりにするのははじめてなので、注意ぶかく観察した。

年のころは、四十なかばか。

背のひくい、小太りの、どこにでもいそうな男だが、全身から牛脂をじゅうじゅう焼くような精力のにおいを発している。このたびの地鎮祭をあえてふつうの盛り土式ではなく、杭打ち式、それもこのような破格のそれにしたのも発案はこの男だったという。社内には反対論も多かったが、早川は、

「われわれはこれから、機械で工事をやることになる。人夫たち職人たちの命も機械にあずける。地鎮祭のみ盛り土に鍬ではかえって地の神《うぶすな》を裏切るであろう」

いまその早川は、顔の前にぶらさがる赤白の綱をつかんだとたん、謹厳な顔をにわかにゆがめて、

「ひゃっ」

しゃっくりのごとき、口笛のごとき異常な音。早川は手を離し、その場にしゃがみこんでしまった。

（持病か）

うつむいているので表情はわからないけれども、こきざみに肩がふるえているのは、

竹五郎はそう思い、腰を落とした。いざとなったら駆け寄って介抱しようと思ったのだが、立ちあがり、ふたたび前を向いた早川の顔は、かきまぜたようにぐしゃぐしゃだった。うっうっと子供みたいな音を立てて、顔じゅうを濡らしている。両手の袖でそれをぬぐい、やにわに綱をひっぱったけれども、涙ですべったのか、綱はほとんど動かなかった。

はるか右方で、かそけき打鉄音。

(女々しすぎる)

竹五郎は、おのが体温のいっきに下がるのを感じた。

何を泣くことがあるのだろう。起工式など単なる第一歩にすぎぬではないか。これからときに太陽の下で、ときに地中の闇のなかで、毎日、危険ととなりあわせの仕事に専従しなければならぬというのに、その大将がこんな肝《きも》の小ささでは。

「ばかめ」

と、そのとき三百人のなかの最後列、竹五郎のちかくの背広の男が、

「おい」

ふりかえり、声をよこして、

「ばかとは何だ」

竹五郎はあわてて首をふり、

「あ、いや……」

「男が泣いて、何がわるい」

と言ったその客も、やっぱり顔が水まみれである。

年まわりも、早川とおなじくらいか。黒ぶちのめがねをかけ、ぴったりと三揃いを身につけている。

「君は、何かね」

「道賀竹五郎です」

「名などはいい。立場を聞いている」

竹五郎はむっとして、ようやく胸をそらし、

「きょうは会場管理をしていますが、もともとは、工事を請負う大倉土木の現場総監督。あしたからは、俺が掘る」

「年齢は？」

「二十四」

「若いな」

相手の男は、涙もぬぐわぬ。

地鎮祭の綱の引き手はもう四番目、五番目にうつっているが、男はすっかり竹五郎に正対して、

「その年では、早川さんの苦労はわかるまい。何しろ彼がはじめて渋沢栄一翁と面会し、協力の約束をとりつけたのは八年前。お前はまだ十代ではないか。その八年のあいだにも、早川さんは何度も、いや何十度も、計画が頓挫しそうになったのだ」

資本の不足、株主の離反、役人の無理解、おなじ鉄道会社経営者による姑息かつ露骨な妨害……と、男はいくつも列挙してから、

「最大の難関は、二年前の九月一日だ」

「ああ」

と、竹五郎も、さすがにそれのみで何の話かわかる。

「地震だ」

関東大震災である。

その年、その日の午前十一時五十八分、東京、関東、およびその周辺の地方を襲ったマグニチュード七・九の大地震は、無数の家屋やビルディングを倒壊させたことはもちろん火災をも発生せしめ、東京では家屋の焼失率じつに約七十パーセント、交通機関は全滅にひとしい状態だった。あの帝都の大動脈というべき系統番号「1」の市電もあるいは路上で横にたおれ、あるいは橋のまんなかで立ったまま黒こげになり、鉄くずと化した。

その横をたくさんの人力車が、いや荷馬車までが、人を満載しつつノコノコと往来するありさまは新聞や雑誌でたちまち全国民の知るところとなったが、いくら荷馬車のなかですしづめになるにしても、乗客たちは、生きのびただけましだったろう。

結局、東京では、死者約十万を記録した。

単純に言って、全市民の二十五人に一人くらいの割合である。もちろん早川の地下鉄道計画もそれどころではなくなり、地質調査、工事設計、資本の調達等、こつこつと石を積むようにして積んできた準備のすべてがご破算になった。

「早川さんは、あきらめなかった」

と、黒ぶちめがねの男はつづけた。

「ここが彼のえらいところだ。『奈落の底に突き落とされたのは、全東京、全日本の事業がおなじである。泣きごとは言わぬ』と宣言して、まずは東京市に建議書を出したのだ」

建議書のなかみは、単純だった。

地下鉄道の事業はひきつづき継続されるべし。ただそれだけ。市からの回答も、単純に、

――万難を排して敷設すべし。

むろん、一片の公文書である。役人がよく言うきれいごと、建前の決意にすぎないが、早川はとにかく言質は取ったわけだ。その上で、おどろくべき策に出た。

つぎの株主総会で、かねて懇意の株主のひとりに、こんな提案をさせたのである。

「もはや帝都がこのような潰滅状態である以上、従来のやりかた、少しでも資本を獲得して計画の実現をめざすという方法は不可能である。いまある資本でできることをやろう。そのために私は、経営陣に、計画の大幅な縮小を提案したい」

計画の縮小とはつまり浅草から上野、銀座、新橋を経て品川へ至るというこれまでの、内閣総理大臣から免許までもらった経路を、いったん、

——断念する。

ということである。そうして、まずは、
浅草－上野間
の開業をめざす。

北を上にした地図上では、従来の路線は、積分記号《インテグラル》∫に似た線を描いていた。あらたな案はその頭部のわずかな鉤《かぎ》のところを占めるにすぎず、全長約十三・六キロが、わずか約二・一キロになってしまうのだ。

提案を受けた経営陣代表、早川徳次は、

「たいへん意外なご提案ですが、きわめて有意義なように思います。さっそく検討いたします」

八百長である。早川自身の案なのだ。しかしながらこんな戦線縮小の構想を経営陣みずからが持ち出したりしたら、株主は、

——すわ破産か。

と不安になり、それこそ資本を引き上げて会社をほんとうに破産させかねない。そこで信頼できる株主にこっそりと加勢をたのみ、この発議をしてもらった。

違法行為かもしれぬ。だが早川はためらわなかった。非常時は、ときに姑息な手段を必要とす

るのだ。

結局、この案は可決された。早川は計画をあらため、免許の願書を出しなおし、工事実施の認可を受け、大倉土木と請負契約をした。さだめし手足をもがれる思いだったにちがいないが、

「それでも」

と、なおも黒ぶちめがねの男はつづける。

「それでも早川さんは、現実のなかで這いまわり、小さな問題をひとつひとつ解決して、ようやくこの晴れの日をむかえたのだ。彼には三斗の涙をながす権利がある。君ごとき青二才が、訳知り顔をするな」

ひそひそ声である。

が、ときどきしゃっくりが出るあたり、男自身、まだ感涙はやんでいないらしい。前のほうでは七人目の賓客が赤白の綱をひきおろして、ひときわ大きな音を立てた。

竹五郎はひややかに、

「やっぱり、女々しい」

「まだわからんか」

男が眉をひそめるのへ、

「大事なのは完成だ。起工じゃない」

「ほう」

相手の男は、唇をすぼめた。

チョッキのポケットから白いハンカチを出し、はじめ左目を、ついで右目を丁寧にぬぐうと、さっぱりとした口ぶりで、

「工事屋、いい心意気だ」

いかにも居丈高な言いようである。竹五郎はむっとして、

「あんたは、何だ」

「五島慶太」

「名前じゃない。肩書を聞いてる」

男はハンカチをしまい、ふふんと笑うと、もう片方のポケットから革製の名刺入れを出して、

「ほれ」

片手でよこした。

竹五郎も、片手で受け取る。よほど高級なのだろう。これまで見たことのないほど純白の、板のように固い紙だった。

竹五郎は、教育がない。

漢字はせいぜい新聞小説に出てくる程度のものしか読めないのだが、この場合は、

東京横浜電鉄
専務取締役

という字をかろうじて読んだ。目をあげて、

「偉物《えらぶつ》なんだな」

「まあな」

「だが東京横浜電鉄なんて、そんな会社、どこにあるんだ」

これは皮肉ではない。ほんとうに知らなかった。五島はむしろ胸をそらして、

「まだできて間もないしな。もうじき多摩川 - 神奈川間が開通して、目蒲《めかま》線との相互乗入れも実

現したら、東海道線とはべつの、もう一本の東京－横浜間の大幹線になるよ。そのときは……そうだな。東横線《とうよこ》」

「とうよこ？」

「そう呼んでくれたまえ」

竹五郎が、

（ばかばかしい）

と思ったことに気づいたのだろう。五島は、おのが胸に手をあててみせて、

「私はほら吹きではない。もともとは役人だ。鉄道院の監督局総務課というところに所属していてな、まあ最後は課長になったが、あのころは、何しろ私鉄認可の係だったから早川さんは何度も来た」

「ふーん」

「こっちもいろいろ、まあ人に言えぬ便宜もはかったが、その縁で、きょうは招待されたのさ。もっとも、向こうも経営者というものの生きたためしを見せてくれたわけだからな。おかげで私は、役人をやめても、こうして実業家づらしていられる。受けた恩恵は私のほうが大きい」

「ふーん」

と、竹五郎は、われながら相槌がそっけない。

何だか紙人形の半生を聞いている気がする。反論する気にもなれなかった。五島はなおも話し足りないのか、

「道賀君」

「何です」

「事故を、起こすな」

にわかに、目を光らせた。

「それが君の、いちばんの仕事だ。大きな事故を起こしたら新聞はいったい何と書き、市民はいったい何と言うか。彼らはいつも、結果を見ての賢者だよ。ほーらやっぱり地下鉄道なんて無理だったじゃないか、いますぐ工事を中止しろと言うにきまってる。株主はあっというまに去ってしまう。彼らには、投資先はいくらもあるんだ。ということは、日本の将来は」

と、五島は、竹五郎の両肩に手を置いて、

「こいつに負われている。たのむぞ」

「言われなくても」

と、竹五郎は両手をあげ、五島の腕をぱっと外側へふりはらった。

「結構」

五島は笑みを見せ、くるりとふたたび前を向いた。

前方では、ふたたび神主が祝詞をうなっている。七人の紳士はみなこちらに背を向けていたが、嗚咽の声はもう聞こえなかった。竹五郎はどういうわけか、いらだちがおさまらず、

「ちっ」

舌打ちして、また五島ににらまれる。

その日の午後を、竹五郎は、祭壇やら紅白の幕やらを片づける仕事のためについやした。起工式の会場は、もとの資材置場になった。

†

翌日より、本格的な工事開始。

まだ夜もあけぬ。竹五郎はきのうとおなじ場所へ——資材置場へ——五人の腹心を来させ、自分もふくめて輪を描くように立たせて、

「坪谷栄《つぼやさかえ》、木本胴八《きもとどうはち》、奈良山勝治《ならやまかつじ》、松浦半助《まつうらはんすけ》、与原吉太郎《よはらきちたろう》」

と、ひとりずつ名を呼んだ。

肩書はそれぞれ異なるものの、要するに、この工事現場における竹五郎という総監督の下の、——監督。

という位置づけである。

担当はそれぞれ土留《どど》めおよび杭打ち、覆工《ふっこう》、掘削、コンクリート施工、電気設備。

掘削担当の奈良山勝治をのぞけば全員、竹五郎より年上だし、もとより顔も性格もじゅうぶん理解し合っている。いまさら軍隊式の点呼など、何の意味もないのである。けれども彼らがみな、

「はい」

とか、

「おう」

とか、真摯な返事をしたのは、彼らもやはり、この朝だけは、この勿体をつけた二、三十秒をあえて共有したかったのだろう。

つまりはこれが、彼らの起工式だった。竹五郎はうなずいて、

「全員これから、それぞれの担当《かかり》でしっかりたのむ。工事の完成は二年後、大正十六年夏。ほんのわずかでも遅れるなと会社は言ってる。気をぬくな」

「おう！」

と声をそろえる部下を見て、竹五郎は、この一瞬だけは安心した。もっとも、このうち最年長の木本と最年少の奈良山が、

――貴様など、見たら目がよごれる。

と言わんばかりに顔をそむけ合っている。

以前は仲がよかった、どころか師弟のような関係だったのだが。ゆくゆくこの大事な現場で悶着を起こさねばいいが。それにしても二・一キロのために二年間とは、この工期はながいのか、みじかいのか。

竹五郎はつづけて、

「これから人夫どもが来る。その前にもういっぺん、もういっぺんだけ、大すじを確かめておこう。このたびの工法は、切開覆工式でおこなう」

「セッカイフッコウシキ」

とつぶやいたのは、竹五郎の右の坪谷栄。

三十二歳。土留めおよび杭打ちの担当である。まっくろに日焼けした顔を縦につぶして、へっと笑って、

「頭のいい連中は、いつもそんな言いかたをする。漢詩でも投稿する気かね」

「かっと、あんど、かばあだそうだ。横文字だと」

「要するにお城のお濠《ほり》だろ」

「サカ。うまいことを言う」

竹五郎はつい破顔した。坪谷はほめられて、

「大したことねえ」

眉間にしわを寄せ、それこそ漢詩でもひねり出しているような顔になった。

根は素直なのである。竹五郎は全員へ、

「言われてみりゃあ、そのとおりだな。上野から浅草まで、大通り（浅草通り）をまずごっそり

と掘りさげちまう。道そのものをお城のお濠にしちまうんだ。もちろん水は入れないから、空濠《からぼり》だな。その空濠の下へコンクリート製の、四角い、ながい筒を置く。そうして土を埋めもどす。地下には四角いトンネルができて、そのなかへ線路を敷けば、俺たちの電車が行き来できるってわけだ。だいじょうぶだな？」

全員、うなずく。竹五郎はつづいて、

「もちろん実際はトンネルのほか、駅とか、信号施設とか、地上への階段とか、いろいろ置くことになるわけだが、まずは、サカ」

「おう」

「お前が、あれで」

上半身をねじり、背後をたかだかと指さした。

きょう一日の晴天をはやくも約束しているかのような葡萄色《ぶどういろ》の空へ、例の、きのう七たび頭をたたかれた鉄杭がまっすぐ突きこまれている。その影は、鉄杭そのものの長さの何倍にもなって上野の山を駆けあがっていた。

鉄杭の左には、やはり昨日使用した、三階建てくらいの高さの鉄骨の塔。

最新式の杭打ち機である。赤白の綱はとりのぞかれたし、それを塔内でジグザグに誘導した定滑車や動滑車ももうぜんぶ外されてしまったけれども、もともと取り付けられていた鉄索《てつさく》（鉄製の綱）はそのままなので、ハンマーはつるされ、風でゆっくりと振子のように揺れている。

竹五郎はつまり、この機械で、

――先陣を切れ。

と言うのだろう。坪谷は、

（いい役だ）

と素直に思いつつ、

「おうよ」

胸をこぶしで殴ってみせて、

「電線の引きこみも、電圧の確認も、きのうのうちに終わらせておいた。午後にはモーターが動かせるぜ、大親方。巻上げ用の胴《ウインチ》をぐるぐるまわして、ハンマーを上げては落とし、上げては落として、一日一本、いや二本、どんどん地面にぶちこんでやらあ」

「たのむぞ」

「おうさ」

宣言どおり、その日の午後から、
くわああぁぁぁ
くわああぁぁぁ
きのうの比ではない。甲高く、大きく、まっすぐな金属音が東京じゅうの人々の脳天をつらぬくべく放射の余韻をかさねはじめた。

さながら啄木鳥《きつつき》のごとくと言うと言いすぎだけれども、打杭のはやさは一分に一度。いきなりなかなか調子がよかった。

鉄杭がすっかり地下に没してしまうと、すぐ横の穴へ、

「せーのっ。せーのっ」

と声を合わせつつ人の力で二本目を立て、それから機械のハンマーを落とす。

出る杭は、打たれつづける。一日、二日と経つうちに、竹五郎は、

「いいぞ、サカ」

やや弾んだ声をかけるようになった。

地下鉄道敷設工事の最初の一歩、いわゆる、

――杭打ち。

と呼ばれる工程である。

最終的には浅草まで、道の左右に、ずらりと数百本もの鉄杭がうめこまれることになる。

地中の壁が、二枚できるわけだ。

この壁がしっかりと立てられてはじめて人夫たちは壁のあいだの土を掘り、虚《うろ》をひろげ、空濠をつくることができるのだが、しかしその杭打ちの作業は、三日目に、とつぜん停止してしまった。

まだ片側の四本目である。近隣住民から、

――やかましい。

という苦情が来たため、ではなかった。

いや、そういう苦情もあったのだが、これは想定ずみである。坪谷はあらかじめ竹五郎に言って、町《まち》ごとの名主のような人々へ話をしっかり通してもらったので、さほどのさわぎにはならなかった。

問題は、町に属さぬ町人《まちびと》だった。

すなわち、道のみを行く通行人たち。

彼らが続々と、

――杭打ち機が、傾《かし》いでいる。

と人夫たちを難詰したのだ。

――いまにも道路にたおれこみそうだ。あぶなっかしくて通れやしない。

会社のほうへも、というのは東京地下鉄道と大倉土木の双方へも、同種の苦情があいついでい

るという。

株主からも、電話での問い合わせがあったという。坪谷はこれを竹五郎から聞いて、

「そんなはずはない。いや、そりゃあ何しろハンマーがあの重さだ、風にゆれりゃあ少しは櫓《やぐら》そのものがななめになるときもあるだろうが……」

「少し、かな」

「少しですよ。ピサの斜塔じゃあるまいし」

と、坪谷は、雑誌か何かに載っていた冗談みたいな建物の絵を思い出して笑ってみせた。が、竹五郎はにこりともせず、

「俺もそう思ったんだが……離れて見てみろ」

めずらしく、ことばじりに力がない。

(どうした)

坪谷はすぐに大通りへ出て、浅草のほうへ走りだした。ほどよいところで振り返り、

「うわっ」

ひざが、笑った。

もとの場所へ駆けもどりながら、頭上でぶんぶん両手をふり、人夫たちへ、

「おーい。とめろ。機械とめろ」

ピサの斜塔どころではない。杭打ち機はその立っている場所こそ、道の外《そと》、例の資材置場だけれども、そこから道を、ほとんど、

――覆う。

と呼びたいくらい、それくらい激しく傾いていた。

ほんの一吹き、そよ風が砂でも舞わせれば、それだけでもう倒木となって道をふさいでしまい

そうな……いや、ふさぐだけならいい、その瞬間にたまたま歩行者がいれば、人力車がいれば。現に、いまも無数にいるのだ。彼らはむごたらしく下敷きとなり、肉を埋め、血の絨毯をひろげることになる。最近ときどき見るようになったガソリンエンジン自動車も、虫がふみつぶされたような無惨な姿をさらすだろう。

何より、

(市電が)

運よく車両がそこになかったとしても、架空線がバチバチと寸断され、おなじ電気系統に属するすべての車両が即座にストップしてしまう。

乗客たちは大混乱、復旧の見こみはなし。切れた電線にうっかり触れた子供がどうなるか、大人がどうなるか、想像はきわめて容易だった。空にはほかに電話線も電灯線もある。

坪谷は、その杭打ち機のそばで立ちどまり、

「何してる。はやく」

機械付きの技師を叱咤したが、技師は何も言わず、とまどいの目で見返すのみ。

(それはそうだ)

と、坪谷は頭では理解する。こんな大きな建設機械は、とめろと言われて一分後にとめられるようなものではない。

とめたらすぐに動かせるようなものでもない。坪谷は竹五郎へ、

「大親方、こうなったら杭打ち機をばらばらにしよう。そうしてドイツから技師を呼んで、知恵を借りながら組み立てなおして……」

「サカ」

竹五郎は、坪谷のほうを見ていない。

じっと杭打ち機を見あげたまま、

「ほんとうに、傾いでるかな」

「おいおい」

坪谷は、黒足袋《くろたび》をはいた足で地団駄ふんで、

「どうしちまったんだ、大親方。あんたが言ったんじゃねえか。工期か？　工期の遅れがこわいのか？　大事《おおごと》がこわいのは恥でも何でもないって、あんたはいつも……」

「写真はあるか」

「写真？」

「機械の写真だよ」

と、竹五郎はようやく坪谷のほうを見て、しかしつかみどころのない口調のまま、

「この機械をはじめてベルリンから取り寄せたとき、実際にそこで使われているのを写したやつもらっただろう。もういちど見くらべよう」

坪谷はもう、

（何が、何だか）

涙ぐみそうになりつつも、技師を事務所へやり、写真帳を持って来させ、わしづかみにして竹五郎とふたり、足をふみだした。

大通りを、浅草のほうへ。

さっきのところで立ちどまり、振り返る。

あいかわらず杭打ち機はいまにも路上へなだれ込まんばかりで、その下を、老若男女が頭をかかえつつ足早にとおりすぎている。坪谷は写真帳をひらき、竹五郎に見せつつ自分も目を落とした。

ベルリンの写真と、東京の実物をかわるがわる見る。ふたり同時に、

「あっ」

それこそ機械じかけのように何度も首を上げ下げして、

「おなじだ」

「……これで、いいんだ」

坪谷はまたしても頭上で両手をふって、鉄塔の下の連中へ、

「つづけろ。杭打ちつづけろ」

技師も、人夫たちも、きょとんとした顔をしていたが、ひっきょう坪谷の、

――単なる、気まぐれ。

とでも思ったのか、ことさら混乱することなく作業をつづけた。坪谷は写真帳を閉じ、竹五郎と顔を見あわせて、

「はあ」

盛大なため息をつきあった。杭打ち機の鉄塔は、はじめから傾いでなどいなかったのだ。ただふたりとも錯覚した。鉄塔はいわゆる直角三角形のかたちをしていて、道路に近いほうから、地面に対して垂直な線が上昇している。

てっぺんまで行ったところで、反対側へ、つまり道に遠いほうへ斜線をおろして地面につく。そういう輪郭である。ところがその垂直線にそって二トンのハンマーが吊りさがり、風でゆれたものだから、ふたりの心の目はくるってしまった。

三角形そのものが道へなだれこむように見えてしまった。こうしてあらためて見れば、それが直立して安定をきわめていることは、人類が二足歩行しているのと同様に明々白々。鉄塔の最下部にはモーターやウインチという最重量物がどっかりと取り付けられているのである。

つまりは、恐怖心の問題。

臆病者が、枯れ尾花を幽霊と見るようなものか。これまで扱ったことのない機械の大きさというより、むしろ、おのが仕事に課せられた責任そのものの大きさに、感覚を、

(かきまわされた)

坪谷のみならず、竹五郎も。この分野では日本の最先端に立つ玄人ふたりがである。こんなことでは、

「……さきが、思いやられる」

坪谷がつぶやくと、竹五郎もうなずいて、

「ああ」

それからは、この件に関しては、日を追うごとに通行人や一般市民からの苦情が減った。彼らも見なれたのだろう。もっとも、それはそれで、あらたな問題の原因になる。

人夫たちの、気のゆるみである。彼らは杭打ち機の盤石をたのんで、しばしば不用意な行動をとった。

ウインチで巻き上げているさいちゅうのハンマーの下を平気ですたすた歩くやつ。

機械を操作するほうも、誰にどんな声をもかけぬまま、いきなりハンマーを落としたりする。

坪谷はそんなのに気づくたび、

「死ぬ気かっ」

「殺す気かっ」

不注意者をぶん殴った。

陸軍の精鋭部隊じゃあるまいし、彼らには頭部や、胴や、手足などを衝撃からまもるどんな硬質の装備も支給されていないのである。むろん、坪谷にも。西洋にはヘルメットなる防具もあるらしいが、みんなで使うには高価にすぎた。

が。

ほどなく同型の、二機目の杭打ち機が稼働するころになると、もはや坪谷もいちいち叱らなくなった。

面倒くさくなったのである。大通りの右と左で、鉄の杭は、どんどんならべて埋められていく。

†

日を追うごとに、埋められる杭は多くなる。

みな頭まで埋めてしまうから、一見すると平らな地面にもどるわけだが、とにかく上野を発した道の左右の土留め壁《へき》は、このようにして、延々、二・一キロ先の浅草へ向かった。

向かうあいだも、上野では、次の工程が開始される。次の工程は、

——覆工。

である。

正式には、路面覆工という。

土留め壁のあいだの路面を掘る。ただし本格的な掘削ではなく、ごく浅く、三十センチメートル前後。

掘ったところで、その上に、道路を横断するよう長いI《アイ》形鋼をさしわたす。I形鋼は一・五メートル間隔でつぎつぎと浅草に向かって置きならべられて行くが、その上にさらに、直角をなすよう、こんどは角材をならべていく。

角材のほうが間隔がせまく、約六十センチおきである。こうして格子状に根太《ねだ》を組んだところで、その上にひろく木の板をならべ、かりの路面とするわけだ。

路面の下には、三十センチの空隙ができることになる。

文字どおりの路面覆工、みちをおおいとなみ。全体の工法が英語でカット・アンド・カバーと呼ばれるのも、してみると実《じつ》をよくあらわしているといえるだろう。ほんとうならば、というのは、純粋に地下鉄工事のことのみ考えるならば、こんな面倒は必要ない。

いきなり路面をふかぶかと掘りこめばいいのだ。時間的にも経費的にも、それが最良。だがそんなことをしたら、地上はすべて通行どめになる。

歩行者、人力車、馬車、自動車、あらゆるものが立入禁止となり、むろん市電も連日運休。まるで血管がつまるようにして、人、物品《もの》、仕事がここでつまってしまう。

ひいては東京という人体そのものが機能不全におちいってしまう。そんなことは東京市長がゆるさず、鉄道大臣がゆるさず、そもそも市民《ひと》がゆるさぬだろう。

全国民も動揺する。それを避けるための一手間こそが路面覆工、すなわち路面を掘りつつもなお地表を地表であらしめる工程にほかならないのだった。路面がわりの木の板は、厚みが約十センチもあるのである。

竹五郎はかねてから、この工程こそが、このたびの地下鉄道工事全体における、

（かなめだ）

と見ていた。

ほかの工程なら、ほかの現場にもあり得るからだ。たとえばハンマーで鉄杭をうちこむ作業ならビルディング建設のさいの基礎工事でもぞんぶんにやるし、土を掘るならトンネルでもやる。しかし路面覆工は、それだけは、

（地下鉄道にしか）

逆にいえば、こここそが、未経験のなかの未経験。

どんな予想外のことが起こるか知れぬし、起こったら最後、わかりやすく世論は沸く。早い話が、地下十メートルの暗い坑内でたとえ人足が十人死んだところで新聞は一行、二行の記事ですませるだろうが、市電の車両がガタリと穴へ車輪を落としたら、それだけでもう乗客がかすり傷しか負わなくても見出しが連日、大活字になる。

上を下への大さわぎ。人足と市民では命のおもさに差があるのだ、そうして新聞というのは市民の読みものにほかならないのだ。

板子《いたご》一枚下は地獄、一般社会との危険な接点。ここを監督として任せられるのは、

(うわさに聞く、あの人しか)

竹五郎がそう信じたあの人こそ、木本胴八にほかならなかった。

胴八はもともと東京から遠く、群馬県と新潟県の県境あたりでトンネル工事に従事していたが、竹五郎は、わざわざ大倉土木にたのんで呼んでもらい、胴八へじかに、

「たのみます」

と、はじめて頭をさげたのが半年前。

場所は、わすれもせぬ。

東京代々木、明治神宮の境内だった。まわりに参拝客は少なかったが、目の前の拝殿は、その屋根にずらりと椋鳥《むくどり》をいただいて騒がしく、そのことが逆にいっそう空気を森厳とさせているような感じがした。

胴八は、四十五歳。

すでに竹五郎の倍ちかくも生きている。本人もそれを恥じるところなく、これはのちの話になるが、

「竹五郎。お前ケンポーハップを知ってるか。俺は知ってる。あれは俺が九つか十《とお》のころ……」

と自慢げに語ったことがある。そのくせ憲法も発布も意味がわからず、竹五郎がひとつひとつ字の説明をしてやると、おそらく「法」と「布」だけ理解したのだろう、

「ふーん。それじゃあぜんぶで、坊主の袈裟ってことだな」

本来は、そんな愛嬌がある男なのだ。しかしこのときの、明治神宮での依頼に対しては、

「ふん」

竹五郎をにらむだけだった。

両目とも、薄青色ににごった白目である。厳密には白目ではない。極端な三白眼《さんぱくがん》なのだ。よく見ると、黒目の点がちらちらと上のまぶたに見え隠れしている。視力はほとんどないらしい。

「なあ木本さん」

竹五郎は胴八に正対し、両肩に手を置いて、

「たのみますよ。ここで工事全体の勝ち負けがきまる。場数をふんでなきゃ駄目なんだ。誰も知らない仕事ってのは、すでに何でも知ってる人じゃなきゃあ……」

「掘りは？」

「え」

「掘りは、誰がやる」

(来た)

竹五郎は、どきりとした。

覆工のあとで実施されるであろう本格的な掘削の工程は、その監督を、いったい誰が担当するのか。そんな意味であることは明白だったが、竹五郎は、

「……」

つい、横を向いてしまう。

「誰だ」

かさねて問われて、竹五郎はようやく顔をもどし、

「それは、まあ、奈良山勝治」

「かつじ？」

「ああ」

「おいっ」

胴八は竹五郎の胸ぐらをつかみ、ぐいと引き寄せた。

おどろくべき右のかいなの力だった。竹五郎の視界いっぱいに胴八の顔がせまる。二個の白い目が、ざらざらと音を立てるようにして激しく上下左右へと向きを変えた。

「あの若造が」

胴八は舌打ちして、ふしぎな口臭のする息を吐いて、

「俺は、掘りに命を賭けている。いい仕事もうんとした。その俺が、たかが三十センチ掘るだけのお遊びにどうしていまさら付き合わなきゃならん。役まわりが逆だ。カリカリ地面をひっかくだけなら、それこそ腕っぷしの力もねえ、にこにこ顔だけが取柄のあの若造がお似合いじゃねえか」

「いや、そうじゃない。ふかさは関係ない。木本さん、覆工ってのは……」

「聞くもんか」

胴八は竹五郎をつきとばし、腕を組んで仁王立ちして、

「俺には、プライドがある」

憲法発布の何たるかも知らないくせに、こんな気取った外来語は知っている。竹五郎はそれを揶揄する気にはなれなかった。

†

木本胴八は、新潟県北蒲原《きたかんばら》郡新発田《しばた》町（現新発田市）に生まれた。

まだまだ大人たちがこの郷里を、県名でなく国名で、つまり、

――越後国。

と呼んでいたころという。庄屋でもない農家のしかも四男で、まともな教育も受けなかった胴八にはこれといった未来もあるはずがなく、二十歳で兵隊へとられたのを機に、

（このまま一生、軍人に）

夢とか目標とかいう輝かしいものではない。何となくである。両親も長兄も、

「それはいい」

と、何となく賛成した。このまま家でめしを食われるよりはまし、その程度の意思だったろう。国家が軍隊を持つということは、国民の側から見れば、とりもなおさず税金で口べらしをしてもらえるということなのである。一種、富の再配分ではある。

胴八は、まじめな兵だった。

或る時期から砲兵となり、新発田城内に駐屯する第十三師団に所属した。この師団は、勇猛果敢なことで有名な歩兵第十六連隊を擁していて、東京から雑誌記者も来たりしたので、胴八もなかなか得意だったが、しかし或る日、演習中に、胴八の点火した野戦砲が爆発した。

「わっ」

周囲は、大さわぎになった。爆発そのものは大したことがなく、砲身にひびの入る程度だったが、そこから爆《は》ぜた金属片がたまたま胴八の目にとびこんだ。

両目にひとつずつ。ほかに死傷者はなし。まことに不運としか言いようがないが、原因は、あとで判明したところでは男色だった。おなじ班の砲兵が、他班の、渡辺某という歩兵と深い仲になり、しかしそれを裏切って自班のべつの工兵とねんごろになったため、渡辺某が嫉妬のあまり、砲身へこっそりと土をつめこんだという。

命に別条はなかったものの、胴八は、視力が極端に低下した。

「目ん玉を、白絹《しろきぬ》三枚でくるまれたみたいな。そんな感じさ」

と、人には言うことにした。どのみち伝わるとは思わないが、しいて説明しようとすれば、色もわからぬ、輪郭もわからぬ、遠近もわからぬ薄明の世界をあらわす語彙はこれ以外にはなかったのである。

除隊となり、実家に帰った。

帰ったところで、田畑もろくに手伝えぬ。縄ない
や薪割りといったような仕事もむろんできぬ。なくした視力のかわりなのか、耳はむやみと敏感になったが、それでどうということもない。世の中にはめがねという道具があって、それを顔の前につければ多少ましになるそうだけれども、そんなもの買える財産はない。胴八はまだ二十六歳、まだまだ先の長すぎる人生において、時間以外の、

（すべてを、なくした）

手さぐりでも、酒は飲める。胴八は土蔵の二階にひきこもり、さらに無意味な暮らしをした。家のあるじは父から長兄に代わっていて、

「出て行け」

と何度も言われるようになったころ、大倉土木から、

――うちの請負で、やとわれてみんか。

という話が来たのである。

「トンネル工事なら、目が見えずともできる」

という人事担当者の勧誘のことばは、当の胴八にすら、いくら何でも、

（乱暴な）

としか聞かれなかったが、思いなおせば、ただ単に人手が足りないのかもしれない。二、三日、まよった末、

「わかった」

胴八はのちに知ったことだが、大倉土木は大倉財閥に属し、その財閥の創設者・大倉喜八郎《きはちろう》がそもそも新発田の出身だった。

それで大倉土木にも、その請負にも、この町で生まれた人間が多かったという。おそらくはそのうちの、砲兵時代の胴八のはたらきぶりを知る誰かが、

――あいつは、まじめだ。

とでも言ってくれたのだろう。もっともあの人事担当者の勧誘はそれはそれで真実だったので、胴八は、ほんとうにトンネル工事の現場へほうりこまれたのである。

その仕事は、十四、五歳の子供たちとともに、つるはし一本で岩を手掘りするところからはじまった。ほかの誰よりも薹《とう》の立った新入りだったけれども、

（目あきより、きっと役に立ってやる）

その心持ちが、にわかに胴八の胸を圧《あっ》した。この職業《しごと》をしくじったらもう二度と、

（世間様に、顔むけできん）

誰かから聞きかじった「プライド」という外来語をあたかも座右の銘のごとく誦《ずん》じはじめたのも、胴八の記憶では、このころからである。胴八はみるみる頭角をあらわした。意欲の問題もさ

ることながら、トンネル工事の坑内においては、健常の人は、どうしても陽光あふれる外の世界でのように自由に動くことができないのである。

むろん、坑内に電線は引く。

ぽつぽつ柱を立てて照明はつける。しかしながらその程度の光量では本能的な恐怖を脱することができないのだろう。歩くことすら困難な現場を、胴八は、胴八ひとりが、まるで水中に落ちた魚《うお》のごとく右へ左へすいすいと泳ぎまわったのである。

胴八のつるはしは、つねに適切にふるわれた。胴八の投げた石くれは、いつもあやまたず坑外ゆきのトロッコのなかへ飛びこんだ。なおかつその聴力は、健常人の数倍である。

人足たちの歩く音。目の前をふさぐ岩盤の奥にぴしりと亀裂が入る音、どこかで地下水のながれる音。……すべては反響の衣《ころも》をぬいで明確に受信され、位置を把握され、地図へ正確に書きこまれた。

地図はもちろん胴八の脳内にのみ存在するのだ。そんなわけだから、

「そっちは掘るな。人の手では歯が立たん」

などと同僚へ指図したり、あるいは突然しゃがみこんで地に耳をつけたかと思うと、親方へ、

「この下に、かなり大きな水脈がある。前のほうへ延びてるようだ。爆薬の量には気をつけろ」

などと助言するようになった。爆薬の量もみずから見た。そのさいには、かつて兵として野戦砲をあつかった経験が生かされたことは言うまでもない。気がつけば胴八自身が、どこの現場でも親方のような立場になっていた。もはや自分でつるはしを握ることはなくなっていたのである。

こういう実績を経た上で、三年前から、清水《しみず》トンネルの工事にくわわった。

清水トンネルは、国家の一大計画である。群馬県と新潟県の県境をなす谷川連峰をうちつらぬく全長約九七〇〇メートルの穴蛇《あなへび》。完成すれば日本の鉄道で最長になることはもちろん、世界で

も、山岳トンネルとしては第九位になるという。

投入される人の数も、厖大である。胴八はこのとき四十二歳、監督として百人以上の命をあずかることになり、まず心中ひそかに決心したのは、

（山はねでの死者を、なくす）

このことだった。

山はねというのは、坑内事故の一種である。

岩盤の圧力、すなわち盤圧により内壁がとつぜん岩の破片をはじき飛ばすというもので、破片はときに、人の体ほどの大きさにもなる。

ぶつかれば即死もある。実際それまで、日本中、いたるところのトンネル工事でこの死者はあったし、けが人となると数えきれない。科学的な予知の方法はなく、

――地下ふかくへ入れば入るほど、その危険は増す。

という、知ったところでどうにもならぬ経験則がかろうじて知られているだけ。要するに、手の打ちようがないのである。

が、工事がはじまると、胴八は、山はねの死者を出さなかった。血相を変えて、

「逃げろ！　坑外《そと》へ！」

と命じると、まるでそれが合図でもあるかのように地震が起こり、山鳴りがくぐもり、坑内の壁がほんとうに岩やつぶてを爆ぜ飛ばした。

人足たちは、この盲目にちかい監督を、

――千里眼。

――神通力だ。

とたたえ、ありがたがり、そうして怖れた。胴八には千里眼でも何でもない。音、におい、空

気のおののきというような兆候をほかの誰よりも感じるだけだし、何より強い意欲がある。

胴八自身がかつて、岩盤ならぬ、

（砲身）

その金属のつぶてで、両目の視力をうばわれている。人生のすべてを狂わされている。つまり山はねを憎む理由があるので、結局は、心のつよさの問題なのである。

胴八はこのとき、世のあらゆる健常人どもが甘ったれであるような、痴《し》れ者であるような、そんな満足をおぼえた。二十四時間、坑内に住み暮らしても、

（いい）

とまで思った。こんな胴八の功績は会社の重役の耳に入り、また施主である鉄道省の役人の耳に入り、

――現場の宝だ。

と、東京でも噂になったようである。

それが一因だったのだろう、胴八は或る日とつぜん、

――東京へ行け。

と命じられることになる。

――地下鉄道という未曾有の計画が実現する。人が要《い》る。

ここでの人とは、多数の人という意味である。

それ以上に、有能な人という意味である。胴八はそう受け取った。清水トンネルは完成まで十年はかかる見こみだが、まだ三年しか経っていないので、胴八は正直、

（いやだ）

心のこりは大きかったが、しかし同時に、

（おもしろい）

とも感じた。浅草－上野間ということは清水トンネルの五分の一の距離しかないわけだが、完成すれば、乗客数は百倍にも千倍にもなる。

群馬、新潟の県境とは社会貢献の度がちがう。そう思ったのである。それに、もっと素朴な心理においても、自分の人生はのこり少ない。一生に一度は、

（都会で、やりたい）

胴八は、この異動を受け入れた。

着なれぬシャツを着て、かぶりなれぬ鳥打帽をかぶり、新発田を発した。もちろん清水トンネルは開通していないので群馬側へは直接行けず、直江津から長野、軽井沢、高崎と西へ大まわりしなければならなかったが、それでも高崎から上野へ入り、下谷へ行き、大倉土木の出張所ではじめて竹五郎と会ったときは、

（来たかいが、あった）

という気がした。二、三分ことばを交わしただけで、

（話せる）

年若《としわか》なせいもあるだろうが、自分のことを、

「木本さん」

と、姓と敬称で呼ぶのも誠意のかおりがあった。これからどんな困難にみまわれようが、どんな危険にさらされようが、この総監督の下でなら、

（死ねる）

感動の極は、その直後に来た。竹五郎が腰をあげて、

「木本さん、ひとつ東京見物と行きましょうか。最初におがむべきは、もちろんあそこでさ」

みずから胴八の手を引いて、市電に乗せ、みちびいた先がすなわち代々木の明治神宮だったのである。南神門《みなみしんもん》をくぐり、拝殿の前に立つと、

「ああ」

胴八は、声が出た。

というより、咽喉《のど》のなかの糸一本がかすかにふるえるだけだった。これまでに感じたことのない充ち足りた静寂。ふわりとただよう檜のかおり。明治神宮はこの五年前に創建されたばかりの官幣大社である。亡くなった明治天皇と、その后《きさき》である昭憲皇太后の遺徳をしのび、合わせ祀《まつ》る。

横から竹五郎が、

「……これが、東京です」

「ああ」

「何を、しますか」

ふいに聞いたのへ、胴八はもう、礼拝をくりかえしながら、

「何でも」

即答した。どんなに暗い、ふかい、地獄のような現場だろうと、きっと掘りぬいてみせる。が、竹五郎のつぎのことばは、

「覆工を、たのみます」

「ふっこう？」

「地上から三十センチ」

「キロと言ったか？」

意味がわからない。胴八はつい礼拝をやめて、竹五郎へ向きなおり、

「センチメートル」

ようやく少し理解した。声を荒らげて、

「おいおい、何を言ってるんだ。子供の潮干狩りじゃあるまいし、そんな誰でもできる仕事のために俺を呼んだのか。冗談じゃない」

「しっ」

と竹五郎が唇の前で指を立てたのは、まわりの参拝客を、そうして拝殿の奥にましましているであろう二柱の祭神を、はばかったのにちがいなかった。耳に口を寄せ、ほとんどひそひそ声になって、

「それはちがう。誰でもできる仕事じゃない。だから呼んだんです」

「ふん」

「なあ木本さん」

竹五郎は胴八に正対し、両肩に手を置いて、

「たのみますよ。ここで工事全体の勝ち負けがきまる。場数をふんでなきゃ駄目なんだ。誰も知らない仕事ってのは、すでに何でも知ってる人じゃなきゃあ……」

「掘りは？」

「え」

「掘りは、誰がやる」

胴八は、それが最大の関心事だった。竹五郎は返事をためらったが、ようやく挙げたのは奈良山勝治の名だったから、

（冗談じゃない）

胴八は、舌打ちしたのである。勝治という男は、ろくに膂力《りょりょく》もない、にこにこ顔だけが取柄の若造だった。その若造とふたたびいっしょに仕事しなければならないばかりか、あろうことか、

「あいつが、この俺の足の下を」

それこそ地団駄ふみたい気分だった。

（ぜったいに、うんと言わぬ）

胴八はその決意だったが、竹五郎は、このことを予想していたのにちがいない。にわかに顔色をあらため、拝殿のほうへ片腕をのばして、

「ここは、明治神宮だぜ」

「知ってる」

「あんたは天子様の前で『何でもやる』って誓ったんだ。まさか反故《ほご》にはしねえよな？」

その瞬間、屋根の上の椋鳥がいっせいに飛び立った。

鳴き声と羽音《はおと》がけたたましく静寂をやぶった。空がつかのま暗くなったことが、胴八の目にも感じられる。思わず肩をびくりとさせて、

「う」

顔をそむけた。

（ちくしょう）

負けた、と思わざるを得なかった。下谷の出張所へもどり、種々の書類に記名した。

†

竹五郎は。

連日、二機の杭打ち機が大通りの右と左へ鉄杭を打ちこむのを監督しながらも、このときのことを、

（もう、半年も前か）

しきりと思い出している。

胴八を明治神宮へ連れて行ったのは、本人がどう思おうが、けっして言うことを聞かせるためではなかった。そもそも格別の意図もなかった。大倉土木という会社全体の方針として、上京者《おのぼりさん》にはまずそれを拝ませることになっているのである。

そうして天子のおひざもと、一国の首都、最高の人口密集地で仕事するという自覚をもたせる。実際、竹五郎は、胴八のあとにも、何十人もの人夫や職人をおなじ境内で感動させ、激励し、そのあと安酒屋で一杯飲ませた。

それにしても胴八は、どうしてあんなに覆工がいやなのか。プライドうんぬんも嘘ではなかろうが、プライドそれ以上に、

（こわい、か）

と、竹五郎は見ている。胴八は、覆工の仕事を恐怖している。

なぜなら覆工は、その現場が地表だから。太陽の燦々と照るところだから。自分の才はひっきょう冥暗《めいあん》のなかでのみ自在な才なのではないか、あふれる光のなかでは手も足も出ないのではないか。

竹五郎はもちろん、問題なしと見て担当決めをしている。地表には太陽が照る、地下には照らないというのは一種の先入観にすぎないのである。

（やってみりゃあ、だいじょうぶさ）

ところがその「やってみりゃあ」に、実際の工事は、なかなか達しない。

その前の、土留めおよび杭打ちの工程が、思いのほか進まなかったのである。胴八をはじめとする覆工担当の人夫たちは、毎日、竹五郎からの、

――待て。

の命令を聞かなければならないばかりか、待つあいだの時間つぶしとばかり、べつの場所で、べつの仕事をやることになった。

†

「静かな湖畔」という歌がある。もとはスイス民謡ともいうが、日本では、

しずかなこはんのもりのかげから
もうおきちゃいかがとかっこうがなく
カッコウ　カッコウ
カッコウ　カッコウ　カッコウ

という詞をつけられ、学校教育にもちいられた。

いわゆる輪唱の曲である。ひとつの旋律が出発すると、一定の間隔を置いたのち二番目が、また置いたのち三番目が……と、おなじ旋律があとを追う。追いつづける。

地下鉄道の工事というのは、この輪唱に似ている。上野－浅草間の開通予定地をかりに一本のひもとすると、このひもは、こまかく目盛りが刻まれていて、上野から最初の目盛りまでが第一小節、つぎの目盛りまでが第二小節、さらに第三、第四……となるだろう。

その第一小節をまず歌うのは坪谷栄、土留めおよび杭打ち担当。

第二小節へ入ったところで、第一小節では二人目、覆工担当の胴八が歌いはじめる。ふたりが小節ひとつずつ先に進むと、三人目、掘削担当の奈良山勝治がおもむろに声をあげはじめて……。歌い手はぜんぶで五人いる。

この地下鉄道工事は、五部輪唱の工事なのだ。

もちろん地下鉄道は「静かな湖畔」とはちがうので、終点・浅草に達したらふたたび上野から歌いなおし、ということはない。そもそも五人全員がおなじ速さで歌うことがあり得ない。みんな快速《アレグロ》で行きたいのは山々ながら、しばしば誰かが歩くように《アンダンテ》になるだろう。もっと遅い緩慢《ラルゴ》になるだろう。

先の歌い手に追いついてしまって歌唱そのものを一旦停止せざるを得ない場合も少なくないにちがいない。そういう各所の情況をながめ、遅速《ちそく》の指示を出して、全体にうまく和音をひびかせるのが、これからの竹五郎の腕の見せどころというわけだった。

さて。

工事は進み、坪谷の歌はようやく快速《アレグロ》になりつつある。

起工式から一か月あまり。こころよい打杭音が、連日、住民の耳を聾しつづけている。竹五郎が坪谷を呼んで、

「そろそろ覆工をやろうと思うんだが、サカ」

坪谷はあっさり、

「いいよ。ただし覆工の連中に言っといてくれ、杭打ち機の下には入るなってな」

「ああ。くれぐれも」

「くれぐれも」

両者の口調、切実とは遠い。

事故のおそれに慣れきっている。竹五郎はその足で、胴八のところへ行って、

「木本さん、出番だ」

「ああ」

胴八はこの時点で、すっかり気落ちしてしまっている。

立ったまま、背中が猫のように丸い。その背中を竹五郎はばんばんと平手でたたいて、

「わるかったな、木本さん、すっかり待たせちまった上、間《あい》のつなぎに、こんなところでお門ちがいの仕事をやらせちまって」

「うん……いや、いいよ」

胴八は白い目を伏せ、身をすくめた。

そこは工事現場から少し離れた、住宅地のなかの空き地だった。

土地のかたちはおおむね正方形、ひろさは約百五十坪、大倉土木がそのために借りあげた臨時の土砂捨て場である。

三つの山が、ななめに並んでいた。

左から、小石まじりの砂、砂まじりの土、どろりと灰色にぬれた目のこまかい粘土。それぞれ人の背ほどの高さがあり、まわりでは五十人からの人夫が五、六人ずつ集まって、地べたに尻をつき、くだらぬ話で馬鹿笑いしながら経木の弁当をがつがつ食っていた。

昼休みが終わればふたたび立ち、弁当がらを片づけるだろう。

ここへは一般市民や、大工の棟梁や、べつの土木会社の社員がつぎつぎと来て、これらの土砂を、

——引き取らせてくれ。

と言うだろう。彼らはその申し出に応じて、荷車に、あるいは貨物自動車《トラック》の荷台に、シャベル

で土砂をうつしこむ。そんな仕事をしていたのだった。

単純作業である。

「わるかったな」

竹五郎は、もういちど言った。

ふたりはこのとき、三つのうちの、右手前の山の前で話している。その山のふもとを地下足袋《じかたび》の足でくずしながら、

「こうなることはわかってたが、木本さん、何しろあんまり急な話で。ほかに手すきの連中が……」

「いや、いいよ」

この土砂の引き取りは、竹五郎たちの側から見れば土砂の「提供」だが、もともとの計画には存在しなかった。

がしかし起工前にはもう、会社では、

――やろう。

という方針が決定していたらしい。関係機械の試運転、作業用の小さな竪穴《たてあな》掘りなどで土砂がけっこう出たからである。ゆくゆく本掘削がはじまれば、出る量は、もっともっと増えるだろう。

この大量の捨て土砂を、

――どうするか。

というのは、じつを言うと、起工どころか計画の段階からもう大問題だったのである。

施工主である東京地下鉄道株式会社の実質的社長・早川徳次は、これに関して、たいへん壮大な構想を立てた。

「海に捨てて埋立地とし、東京のあらたな港としよう」

早川は、即座に実行する人である。ただ築港《ちっこう》の技術をまなぶためだけに海外へ視察に行き、帰国して関係各所に根まわしをし、実際に芝浦沖を埋め立てる出願書まで東京府知事へ提出したが、これは結局、東京市会の反対に遭い、却下された。どうやら市会は市会でべつの場所での築港案をもっていたらしく、その利権のために、早川の案はあまり好都合ではないらしかった。

土砂の捨てどころは、見つからない。

起工の日は、しだいに近づいてくる。早川はよほど気をもんだにちがいないけれども、ところがここに、思わぬ援軍があらわれた。

関東大震災である。

この地震で、ことに郊外の地盤はいちじるしく不良になった。

あちこちで地面がしずんだり、どろどろに溶けたり、とめどなく地下水があふれたり……いわゆる液状化現象である。地震後も復旧はなかなか進まず、家がなくなった人、あっても住めなくなった人、少々かたむいたくらいなら無理して住んでいる人がたくさんいるので、そういう土地の地主や工事関係者が、

——地下鉄工事では、土砂がたくさん出るらしい。

といううわさを耳にしたのだろう。大倉土木には、或る時期から引き取り希望が殺到した。

築港の必要はなくなったのである。大倉土木は住宅街に約百五十坪の土地を確保し、そこで連日、引き取り作業をおこなうことにした。

これなら本掘削が開始されても問題あるまい。もっとも、その引き取り用の土地の確保にあたり、地主との交渉が長びいたらしく、竹五郎のもとに、

——やれ。

という命令が来たのはだいぶん遅れた。そのときの工事の進捗の関係で、引き取りの仕事は、

まるごと胴八はじめ覆工組に一任されることになったのである。

この一任が、つまり胴八には凶事だった。

「やるのか」

と、胴八が絶句したことを竹五郎はおぼえている。何しろ仕事の舞台は地上である。空では太陽がしらじらしている。おまけに作業そのものは要するに土砂をこっちからあっちへ移しこむだけ。単純この上ないものだから、いざその仕事がはじまったら、五十人からの人夫たちは、胴八のどんな指示も欲しない。

誰でもできる仕事なのである。胴八はただひたすら陸《おか》に上がった魚よろしく邪魔にならぬところで突っ立っているばかり。竹五郎はただ、

(がまんしてくれ、木本さん)

内心で、手を合わせるしかできなかった。

胴八は、さだめし絶望していたのではないか。こんなことなら、

――清水トンネルの暗がりを、出なければよかった。

とまで思ったのではないか。

ところが胴八、いざ覆工の工程がはじまり、現場へのりこんだとたん、

「おい、お前ら」

あの猫のように丸かった背中が、しゃっきりとした。

白い目がぎろぎろと光りだした。まるで自分ひとりが目あきであるかのように、地表の土をかろやかに踏みつつ、人夫のあいだを縫って歩きまわる。そうして語気あらく、

「ばか。何してる。しっかり掘れ」

だの、

「たかだか三十センチじゃねえか」

或る時期からは、

「何だ何だ、目あきどもめ、だらしねえなあ」

歯ぎれのいい胴八ぶしである。人夫のほうも、何だかんだ言って単なる土砂の引き渡しよりは士気が上がるのだろう。

「おう、親方！」

全体が、湯が沸くようである。竹五郎もやや遠くからこの様子をながめて、

「へっ」

苦笑いして、ふと空を見ることがあった。この日はたまたま月がなく、星も薄雲にかくされて、闇の度がいちだんと濃い。そう、覆工の工事というのは、基本的に夜間におこなうものなのである。

闇のなかでは、人夫たちは、まるで盲人のようである。

彼らの仕事はたいてい、毎晩、地につるはしを入れることからはじまる。

出た土砂をシャベルですくい、荷車に積んで運び出す。

このくらいなら火薬や機械を使うほどでもないのである。しかしながらこんな単純な作業でも彼らはそこここで体をぶつけ、足をつまずかせ、そのたびに大声でののしり合った。

「わっ。あぶねえ」

「俺の頭を掘る気かっ」

「しょうがねえだろ。暗いんだ」

「目が慣れたか」

「慣れた」

「だからそれは俺の足だって。土じゃねえ」

まさしく胴八のための現場だった。竹五郎はなるべく白昼さながらに仕事ができるよう、怪我人が出ないよう、毎晩、もちはこびのできる電灯をそこへ立てさせたけれども、効果はさほど高くなかった。数は少ないし、光量はとぼしいし、むしろ人夫たちの影がかえって濃くなったため怪我人が出たりして、いよいよ胴八の存在は大きくなったのである。

竹五郎はもちろん、最初から、これを見こして胴八をここに起用した。

(うまいこと、配置《はめ》やがった)

われながら、そう思わぬでもない。胴八は工事が進むにつれ、いよいよ的確に指示を出し、いよいよ腕をふるったのである。

いや、この場合はむしろ、

——足を。

と言うべきか。あるいは、どうせ正確を期すのなら、

——足の裏を。

たとえば、人足たちが地面を掘る。

鉄杭の列の内側を掘る。胴八はその外側に立ち、右足をもちあげ、そろそろと内側へおろす。足の裏でざらざらと地面に弧を描く。二、三度やったところで、横の人夫へ、

「あと〇・八センチ足りん」

人夫たちは当初、そのたびに、

「まさか」

好意的に笑った。

冗談だと思ったのである。ところが実際にものさしを立ててみると、たしかにそのとおり。こ

んなことは何度もつづいた。人夫たちは何度目かで面倒くさくなり、この実測をやめ、無条件降伏したのである。

掘りの深さは、最重要の問題である。

ことに電車の線路のところを掘るときには。具体的にはまず線路を一本とりはずし、そこを三十センチ掘り、I形鋼と角材で根太を組んだ上に木の板（覆工板という）をすえる。つまりは臨時の路面である。

その上にふたたび線路を置くわけだ。掘りの深さを少しでも誤ると、覆工板のはまりが甘くなり、線路のはまりが甘くなり、ちょっと見たところでは誰にもわからなくてもガタリと脱線しかねない。

大惨事になりかねない。いうまでもないことながら、以上の工事は、終電と初電のごく短いあいだに仕遂げなければならず、手ばやさと正確さがもとめられるのだ。

それに加えて、最近は、自動車もふえた。

自動車はやはりそれ自体が重量物であるばかりか、電車とちがって道のどこを踏みしだくかわからない。タイヤはやわらかなゴムだから少しの段差で破裂するおそれがあり、破裂したら車は制御をうしなう。まわりの人を轢《ひ》くことになる。これらの重大な交通事故を、胴八は、たしかに予防したのだった。

さながら清水トンネルの大工事において山はねの死者をひとりも出さなかったように。覆工は、地下鉄道のためにやるのではない。地上の既存交通のためにやるのである。

もっとも当人は、当人なりに気苦労があるらしい。東の空でほのぼのと朝日の花びらが咲きはじめるころ、
どろどろ

どろどろ
という始発の電車がつつがなく走る床鳴《ゆかな》りを聞くと、胴八はいつも、

「ああ、よかった」

懶《ものう》げな動きで尻をつき、足を投げ出し、若者を呼んで右足のふくらはぎを揉ませた。なお実際のところ、路面がわりの覆工板は、すべて水平に敷かれるわけではない。

左右の道のはしっこへ向けて、わずかに勾配をつけて敷かれる。雨水《うすい》を路外へながし出すためである。目には見えないこのかたむきを検知するのも、専用の計器より、胴八の足の裏のほうが正確だった。

覆工の工事は、こうして順調に進展した。

歌いぶりは快速《アレグロ》だった。竹五郎もさすがに、

(自分だ)

もはや、心にしまっておけない。めずらしく手柄を誇示したくなって、

「木本さん」

胴八を呼んで、あの明治神宮でのくさぐさを思い出させるつもりで、

「どうだい」

「何が」

「やっぱり格別だったろう？　天子様の前の誓いは」

やぶへびだった。胴八は、べつの何かを思い出したのにちがいない。みるみる顔をゆがめたかと思うと、この日、置いたばかりの覆工板をどんと踏みならして、

「この下の掘りを、あいつが」

あいつとは、奈良山勝治のことである。竹五郎は内心、

（まだ、うらみに）

微笑したくなるのをこらえつつ、

「まあまあ、もういいじゃねえか。あんたの力は誰もがみとめた。年があけたら勝治も出番だが、ひとつお手やわらかにたのむよ」

年があけたら、大正十五年。

胴八の言う「掘り」が、いよいよはじまる。陽のささぬ地下でのトンネルづくり、地下鉄道工事の晴れ舞台。完成予定は大正十六年夏だから、工期はあと一年半。

（一年半も、ある）

竹五郎はこの時点で、いくらか楽観視しすぎている。

†

この地下鉄道工事では、当初、鉄道用のトンネルは地下五十尺以深のところを掘るはずだった。内閣総理大臣・原敬《はらたかし》が大正八年（一九一九）十一月十七日、早川徳次にあたえた免許状には、

第二条　隧道《ずいどう》ノ拱頂《きょうちょう》ハ地下五十尺トス。

と明記されている。隧道はトンネル。拱頂はその最上部をいうのだろう。一尺をかりに三十センチメートルとすると、じつに十五メートル以下ということになる。

早川は一瞥するなり、

「ばかな」

顔面蒼白となり、頭をかかえたという。これはのちのち、たとえば二十一世紀の東京ならばどういうこともない数字であるが、当時の技術では、

——深海へ、もぐれ。

と言われたにひとしい。

何しろ露天掘りなのである。すでに道路のあるところを十センチ掘り返すのも大事なところへこの深度は、非常識、かつ実現不可能というほかなかった。かりに掘り得るとしたところで、その工費はどこから出るのか。

どうしてこんなことになったのだろう。理由はどうも、原敬自身のロンドン体験にあったらしい。

帰国後の或る日、地下鉄道の話を出されたとき、

「ロンドンなんか、百尺だ」

原はそう力説したとか。

「百尺も掘っても、ホテルに泊まれば、音がはっきり響いてくる。俺はたしかに聞いたんだ。ましてや東京のごとき地盤のよわい土地ではもっと響くにちがいない。宮城にまで。何という恐れ多い」

彼の脳裡では、それがすべての基準だった。免許状の「五十尺」はむしろ温情の結果だったのである。

早川はむろん、ロンドンを知っている。

いろんなホテルに泊まったが、そんな音を聞いたことは一度もなかった。原が耳にしたのは地上の電車の走行音だったか、あるいはほかの物音だったか。

——気のせいでしょう。

と笑いとばすには、その逸話は、しかしあまりに深刻だった。原はけっして夢想家ではない。どころか政治家になる前は「大阪毎日新聞」の社長に就いて読者を三倍にしたこともある当代随一の現実家である。

その現実家ですら、こういう素朴な恐怖をまぬかれ得なかったのである。原敬にしてこれだもの、一般大衆のそれはどれほどだったか。

免許状の「五十尺」には、つまりそういう語感がある。無言の世論の支持がある。早川はただ押しいただくしか術がなかったが、押しいただけば、これは金科玉条である。非常識だろうが何だろうが、理由なき変更はゆるされない。早川はあらゆる関係者と相談し、あらゆる役人の意見を聞いて、右の条文の但し書き、

　　但シ政府ノ認可ヲ受ケタル場所ニ於テハ路下式又ハ浅部地下式ト為スコトヲ得。

の一文を利用することにした。

路下式または浅部地下式の工事なら、政府はみとめるというのである。路下式も浅部地下式も明確な定義はないにひとしいが、要するに、安全であるということの証明がじゅうぶんならば五十尺のいましめは解かれるのである。

早川は、

――みとめてくれ。

という旨の申請を提出した。

東京帝国大学教授である地質学者・神保《じんぼ》小虎《ことら》による地質調査の結果をあらためて引き、地質の盤石である所以《ゆえん》を説いた。結局、政府も、この場合は鉄道省だが、

——あれは、五尺のまちがいだった。

という内示をあたえ、あらためて認可をあたえたのである。

これにより、地下鉄道工事のトンネル掘削は、拱頂五尺でおこなわれることになった。換算すれば一・五メートル、じゅうぶん現実的な数字である。

さいわいにもと言うべきか、これより前、原敬は東京駅で暗殺されている。すでに認可をさまたげるものはなかったのである。

第三章　日本橋　百貨店直結

年があけて、本掘削がはじまった。
上野の地表に穴を掘り、ゆるやかな坂になるよう掘りさげて、覆工板の下にもぐりこむ。覆工板にそって、浅草めざして掘りすすめる。生じた土砂はどんどん機械ではこび出す。さしあたり天井が落ちる心配がないのは、これはもちろん、先行の覆工工事において組まれたI形鋼と角材の根太のおかげだけれども、問題は、左右の土留め壁である。
例の、I形鋼の立ちならび。掘ったままにしておくと、それらは土圧《どあつ》でめりめりと内側へたおれてしまうので、それをふせぐため、角材の横木《よこぎ》をわたしかける。
つっかえ棒のようなものだった。まばらにやると土圧に負ける。なるべく密にしたいのだが、あんまり密にしすぎると、こんどはコンクリート施工等、つぎの工事のさまたげになる。さしあたり机上の強度計算によれば、少なくとも、
垂直方向に　三メートル
水平方向に　二メートル
の間隔でわたさなければ安全は確保できないのだが、そのへんをどう判断するか。いずれにし

ても、この横木をわたしたところで掘削の工程はいちおう終わり……と、口で言うのはかんたんである。

が、いざ実際にやろうというとき、この工程を監督する奈良山勝治は、

「かんたんですよ」

と、やっぱり最初から人夫たちへ言い言いしていた。

「何しろ僕は、ここに来る前、清水トンネルをやってましたから。知ってるでしょう、あの群馬と新潟の県境をぶちぬく日本一ながいやつ。まあ完成前にこっちへ引き抜かれたわけですが、山《や》岳《ま》の苦労にくらべれば、地下鉄道なんか平地《へいち》です。取るに足りないじゃありませんか。さあ、やりましょう」

勝治は、このたびの監督五人のうちの最年少。

生まれたのが日露開戦の年というから、まだ二十三歳、竹五郎とくらべても二つ若いのだが、何しろ、みょうに人望がある。

父親のような年齢の、荒くれぞろいの人夫どもが、どういうわけか、

「なるほど、かんたんだ」

「よし、やろう！」

手もなく参ってしまう。

「あれは、ふしぎだ」

と、総監督の竹五郎も、かねがね人にもらしていた。あの盲目の木本胴八もそうとう人をひきいる力があるが、しかしあれは実際有能だからなので、いわば人望の理由がある。

勝治のそれは、質がちがう。

勝治ももちろん無能ではない。ないがむしろそれ以上に、何というか、生まれつきの風格の後

光で心をうばう感じである。

人間そのものが、きらきらしい。余人はそれに惹かれざるを得ない。竹五郎でさえも、どうということのない世間ばなしをしているときなど、ふと勝治の目のくりくりとよく動くのを見て、

（ああ、好きだな）

と骨身にしみるときがある。竹五郎が今回、この大役にこの若者を抜擢したのは、この有無を言わさぬ魅力を嘉《よみ》したところが大きかった。理外の理を採ったのである。

トンネル工事にたずさわる人夫は、巷間、

――もぐら。

などと呼ばれる。

太陽の光もあたたかみも届くことのない土のなかでの連日の作業。暗く、さむく、命の危険はつねに目の前。心理面での圧迫があんまり大きすぎるからか、おしなべて彼らは信心ぶかい。

工場の労働者やデパートの店員はもちろんのこと、バスの車掌、学校の教師、オフィスビルの電話交換手やタイピスト……どこの職場にも女の顔のあるこの時代にすら、もぐらたちが、

――女が来たら、山の神が怒る。

と本気でうったえて現場への立ち入りをゆるさないのもその一例だろう。彼らは神を信じ、ほとけを信じ、しばしば突拍子もない験《げん》をかついだ。そういう彼らに喜びいさんで仕事をしてもらおうと思ったら、ただ有能なだけでは不十分なので、勝治のような一種、宗教的な魅力があるほうが、

（得だ）

というのが、竹五郎の、なやんだ末の結論だった。ほかの工程ならいざ知らず、この工程は、ほかよりも人夫の数が圧倒的に多いのである。

もちいる建材、道具、機械なども多く、そのぶん生命の危険も大きい。もっとも竹五郎は、勝治の持つ独特の魅力の理由がまったくわからぬわけでもない。

少なくともそのひとつは、

（学校、さな）

ともあれ、人夫たちは動きだした。

「静かな湖畔」の三番手が歌いはじめたのだ。彼らもまた右の工程に応じて、

掘り（掘削）

出し（搬出）

支《つか》え（支保《しほ》）

の三組にさらに分かれる。はじめはもちろん、掘り（掘削）である。

つるはしで土をこわしつづける。みな人力である。山岳トンネルのように発破（火薬）を使うことはしなかった。そんなことをしたら天井がわりの覆工板がふっとぶとか、住民や通行人をまきこんで大惨事になるとか、そこまで行かずとも騒音問題は避けられないとかいう事情ももちろんあるけれども、根本的には、使う必要がないのである。

なぜなら山とちがって、都市の地下は、固い岩盤がない。

ほとんどの場合、あるのは砂礫または粘土の層であるし、しかも事前のじゅうぶんな地質調査が可能である。人力がいちばん効率的なのだ。

人夫たちは坑内へすすみ入り、連日、交代でつるはしをふるった。

ざくざく掘り出しゃ　エンヤコラ

こがね　しろがね　鉄《てつ》　鉛《なまり》

綾《あや》も錦《にしき》もどこかにサ
花の東京の名物サ　エンヤコラ　ヨイヨイ

いいかげんな仕事唄を坑内いっぱいに響かせながら。彼らの刃はあたかも浅草名物の雷おこしでも砕くように、やすやすと地を砕き、大量の土砂をいっぺんに産出したのである。

土砂はもちろん、出し（搬出）の連中により、地表へ運ばれることになる。その搬出の効率向上のため、大倉土木は、このたび最新の機械を導入することにした。

機械の名を、スキップホイストという。

由来は英語なのだろう。スキップ skip は名詞で「大型容器」、ホイスト hoist は動詞で「（ロープなどで）巻き上げる」の意。しかしそれにしてもこの名前はあんまり長ったらしく、かつ発音しづらいので、現場の連中は日本語で、

——どあげき。

と呼ぶようになった。

土揚げ機の意味である。ただし現場にあらわれたのは新品ではなく中古品。ここ以前には、ドイツのベルリン地下鉄道をぶじ開通にみちびいたという歴戦の勇士、いや勇機。

「そいつぁ、縁起ものだな」

「勝ち運がある」

と、ここでも人夫たちは一種、宗教じみたものとして機械の戦歴を受け取るのだった。

設置場所は、上野の山の南のふもと。

車坂町《くるまざか》の大通りの道ばたである。使いかたは、まず地上から竪穴をあけて、坑内へななめに鉄棒を二本、通す。

ななめと言っても、垂直にちかい。この二本の鉄棒のあいだにゴンドラ状の箱をはめこむのだ。箱は人の背ほども高く、かるく十人は入れそうなほどの容積がある。それを坑内の底板《そこいた》のところまで落としたら、人夫たちが、

「それっ」

とばかり、土砂をざぶざぶ放りこむ。

いっぱいになったら引き揚げである。鉄棒にそって地表をめざす。動力は電気だ。箱にはワイヤーロープがむすばれていて、ロープは地表に置いてある円筒形の巻き胴《ウインチ》でぐるぐる巻き取られる。

箱はぐいぐい上昇する。地表からもさらに上昇して、そのてっぺんに至ったところで土の箱はさかさになり、土砂をドドドと落とすわけだ。

落とす先は、巨大な溜桝《ためます》。

溜桝は、巻き胴《ウインチ》や動力機械などとともに櫓のなかにおさめられている。櫓は木造。三階建てほどの高さがあり、鉄棒のあるところを除いた三面をしっかり外壁でかこまれているため、住民や通行人は、なかの様子はわからない。

そのかわりと言っては何だけれども、外壁には堂々と、右から左へ、

東京地下鉄道
大倉土木作業所

と墨で書かれた大看板が掲げられている。人々はかたわらの道路を行き交いつつ、しばしばこれをちらりと見あげた。

箱は、土砂を落とすと、からっぽになる。

からっぽのままクルリと正立《せいりつ》し、ふたたび坑底めがけて降下しはじめる。二本の鉄棒の傾斜軌道にそって、土砂をざぶざぶ放りこまれるために。実際にはこのスキップホイストは、おなじ鉄棒、おなじ箱、おなじ巻き胴《ウインチ》等がもう一組、となりに据えつけてあるので（ただし地上の櫓は共通）、左右の箱は、遠くから見ると、まるでシーソーのように上下するような恰好になる。

坑底で待ち受ける人夫たちは、なかなか休むひまがない。右の箱が行ったと思ったら左の箱が来る。土砂をシャベルで右へ、左へ、また右へ左へ……体力的には苦しいはずだけれども、彼らの目は、良質の興奮でかがやいていた。歌声もはずむ。

「やるじゃないか」

と、或る日、竹五郎は言った。

勝治はふりむいて、

「何のことです、道賀さん？」

「何のことって、そりゃあ、お前の仕事にきまってるさ」

ふたりはそのとき、櫓のなかにいた。

動力機械の点検に立ち会っていた勝治のところへ、背後から、竹五郎が声をかけたのである。

さらに語を継いで、

「お前は何しろ、勝治、人の上に立つのははじめてだからな。正直ちょっと気になってたんだが、取越し苦労だった。人夫にあれほど汗水ながさせて、怒りを買うどころか有難がられるとは……」

「ああ」

と勝治はつまらなそうに顔をふって、

「これくらい、誰でも」

「そうか」

竹五郎はちょっと返事にこまったけれども、勝治の肩をぽんとたたいて、

「問題は、このあと」

「このあと？」

「あの手づまりだ」

竹五郎が唇をへの字にすると、勝治は、

「解決しました」

「はあ？」

「僕の、ここでは」

勝治はそう言い、指で自分のこめかみを突いた。竹五郎は、

（まさか）

目を見ひらいて、

「ほんとか？」

「ええ」

あの手づまり、とは。

まだ地鎮祭も終わっていないころ。掘削には、

——スキップホイストを使う。

と決定した瞬間、宿命的に、発生したものだった。

なるほどその機械の力は絶大である。竪穴を通じて短時間に大量の土砂を地上へ排出することができる。けれども何ぶん竪穴そのものを動かすことはできないため、ふたつの箱は、ひたすら

おなじ斜行軌道を上下するばかり。

ということは、つるはし組がどんどん先へ行ってしまうと、そのぶん搬出口とのあいだの距離は長くなる。

理の当然である。その長い距離の先から、坑内の人夫たちは大量の土砂をどうやって運べばいいのか。

いくら何でも、両腕でかかえて走るのはだめだろう。バケツリレー式もだめ。荷車もだめ。体力の消耗をかりに度外視するとしても、あまりにも効率が悪すぎる。一回あたりの量が少ないため、機械の箱をみたすのにむやみやたらと時間がかかる。坑内には、しだいに土砂がたまるだろう。

たまれば士気も落ちるだろう。事故の原因にもなりかねない。この問題を解決するには、

——線路を、敷く。

これしか方法がないのである。

線路の上に、さながら鉄道におけるごとき無蓋《むがい》貨車（屋根のない貨車）を乗せる。土砂を入れ、ころころ走らせる。これまで竹五郎がもっぱらにしてきた山岳トンネルでは当たり前だったこの通称「トロリー」方式が、結局は、ここでも最上なのだった。これならば貨車がどんなに重くなろうと、あるいは二、三両くらい連結させようと、動力はいらない。

手押しでじゅうぶん動かせる。ところがやはり都市のトンネルは山岳のそれとは異なるので、単純に、

——トロリーで行こう。

とは参らない。そう。坑内には、例のつっかえ棒があるのだ。

左右の土留め壁がめりめりと内側へたおれるのを防止する、あの角材の横木たち。

支え（支保）の組の連中の仕事のたまもの。いや、それ自体はもちろんトロリーとは両立できる。なぜなら横木の間隔は、垂直方向に三メートル。いちばん下にはじゅうぶんな空間がつくれるからだ。

線路も貨車もぶつからない。あおげば角材の縞模様。しかしながら素掘りのトンネルは、いつまでも素掘りのままでは置いておけぬ。ゆくゆくは、いや、工程管理上はすぐにでも、輪唱の四人目、五人目に歌うことをはじめさせたい。

松浦半助のコンクリート施工、与原吉太郎の電気設備に場所をゆずりたいのだが、そんなことをしたら彼らの進入と、土砂搬出の貨車の逆行は、文字どおり正面衝突してしまう。

どちらの仕事も不可能になる。これを、

――どうすべきか。

というのは、くりかえすが地鎮祭もまだ終わらないころから竹五郎の頭をなやませつづけた問題だった。

まさしく、手づまり。

竹五郎だけではない。大倉土木、東京地下鉄道、両社の首脳もいい知恵がないらしい。東京地下鉄道専務・早川徳次などは彼自身が外国をじかに見ているのだから、何かしら知見がありそうなものだけれども、聞いたところでは、ため息をついて、

「外国と日本じゃあ、資力がちがうよ」

と言ったという。

「あの連中ははじめからスキップホイストを三つも四つも持っているし、坑道も、本坑とはべつに土砂専用のやつを掘る。おなじことは日本ではできん」

資力がちがうと人夫の数もちがう、資材の量もちがう。

工法をえらべる幅がちがう。つまりはそういうことなのだろうが、ならば日本でこれまで何十件もおこなわれてきた山岳トンネルはどうかというと、これがまた何の参考にもならぬ。そもそも地下数十メートル、ときに数百メートルのところを掘るのでスキップホイストが使えないし、掘削にはしばしば発破をもちいる。

いっぺんに出る土砂の量がまったくちがう。掘削はただ掘削のためだけに坑道を利用するのが結局はもっとも効率的なので、コンクリート施工だの、電気設備だのはあとでゆっくりやればいいのである。

とどのつまり竹五郎の達した結論は、スキップホイストという機械そのものを、

——歩かせる。

というものだった。

（それしか、ない）

と見るほかなかった。掘削のすすみに合わせて機械もすすむ。終点である浅草へ向かう。いちいち竪穴をあけてはふさぎ、櫓をばらばらにしては組みなおし……その作業のあいだは土砂の搬出はもちろん掘削も中止しなければならないわけで、効率がいいとは決して言えぬが、それでも機械がすすんだ部分でつぎの工事にとりかかれるのなら、

（まだ、まし）

そう自分をむりやり納得させて久しかった竹五郎には、いま勝治が、

——解決した。

と言い放ったのは、息がとまるほどのおどろきだった。次善ではない、最善の策。

本能的に、

（縋《すが》る）

竹五郎は、こめかみを突いた勝治の指をぎゅっとつかんで、

「どうすりゃいい?」

「痛いです」

「すまん」

竹五郎はあわてて指から手をはなして、

「それは勝治、き、機械を歩かせるんじゃあ?」

「ちがいます。もっと能率的」

「だよな、もちろんよし」

竹五郎はきょろきょろと周囲を見てから、声をひそめて、

「今晩、どうだ」

左手の人さし指と親指でCの字をつくり、ひょいと口へちかづけてみせた。

酒を飲もうと誘ったのである。まだ日がある。掘削の工事は、基本的に、昼間におこなわれるのだ。いくら最新式でもスキップホイストは騒音が大きく、夜間に稼動させたりしたら住民からも、東京市からも苦情が来る。

この話はとにかく、

(工事の根幹《ねみき》を、左右する)

地下鉄道の未来にかかわる。それが竹五郎の判断だった。うっかり人夫たちの耳へ入れていい話ではない。

勝治はすなおに、

「はい」

「たのむ」

と、なぜか誘った竹五郎のほうが手を合わせる。櫓から出ると陽はもう西へかたむきだしていた。冬だから沈むのは早いはずだが、竹五郎は、この日は特にそれが待ち遠しかった。

†

その晩。

竹五郎と勝治は、てくてく根岸《ねぎし》まで歩いた。

顔見知りのいないところで、という配慮からである。町名でいうと中根岸町か、それとも下根岸町か。このへんまで来ると上野や下谷の喧噪はだいぶん遠くなり、なかば東京市外のようだった。

街のあかりは、ほとんどない。

道の左右にトタン屋根をいただいた、間口のせまい、けれども奥行のありそうな木造の家のならぶのは、たぶん職人の家なのだろう。竹五郎は何度か入る路地をまちがえたあげく、ようやく奥に、

しまゐ

と下手くそな字で書かれた看板を見つけた。漢字で書くなら「島井」あたりか。

「おお、ここだ。前に二、三度、来たことがある」

竹五郎がつい安堵の息を吐いたのを目ざとく見のがさなかったのだろう、勝治はちょっと首をかしげて、

「そのわりに、道賀さん……」

「おお、おお。俺としたことがなあ。似たような家がたくさんだし」

縄のれんをくぐり、なかへ入ると、ひろびろとした畳敷きである。脚のみじかい卓袱台《ちゃぶだい》が、七つ、八つ散っているさまは居酒屋というよりめし屋だった。

先客は、一組のみ。

竹五郎は地下足袋をぬいで畳へ上がり、あぐらをかき、熱燗をたのんだ。卓袱台の上に煮豆と、おでんと、焼き海苔の鉢がならんだところで、勝治の杯へうんと景気よく注いでやりながら、

「で、その解決法は？」

われながら、身をのりだすのを堪《こら》えられない。ひととおり杯のやりとりをしたあとで、勝治は敷島を口にくわえ、マッチで火をつけながら、

「かんたんですよ、道賀さん。半分にわければ」

「半分？」

「こんなふうに」

と言うと、勝治はおでんの鉢からちくわを取り、自分の皿の上に置いた。

箸を置き、焼き海苔を一枚とって手で縦に裂き、それをちくわの穴へさしこんだ。そうして箸でちくわをそっとはさみ、目の高さに上げてみせる。

竹五郎は、その穴を見た。穴はさながら丸囲みの数字の①のごとく、海苔を仕切板にして、左右の房《へや》にわかれている。勝治のあかした作戦は、言われてみれば、きわめて単純なしろものだった。

まずはトンネルに仕切りをする。進行方向にずらりと鉄柱をならべて立てる。どのみち本式に

鉄道車両を通すさいにはI形鋼を打ちこんで上り線、下り線の境目をつくるわけだが、さしあたりは鉄柱でいいし、何なら角材でもかまわない。その仕切りの列柱の、たとえば左のほうに線路を敷くのである。

土砂搬出用の貨車は、すべてここを往復する。右のほうは、

「構築にあてます」

「お、おお！」

竹五郎は、ほとんど感動した。ここでいう構築とは、コンクリート施工や電気設備など、掘削後の仕事すべてを意味するのである。

「それじゃあ勝治、構築が終わったら……」

「左右を逆にする。それだけの話です」

「痛《いて》え！」

と竹五郎が大きな声を出したのは、おのが鼻を、ぎゅっと指でねじったのである。

感動というより、叱責のせいだった。自分への叱責。この程度のこと、どうしてこれまで、自分だけじゃない。会社の偉い人々も、その依頼を受けた大学の先生連中も。みんなみんな、

（気づかなんだか）

自分をふくめて、

——まねすれば、いい。

などと心の底で思っていたのではないか。

地下鉄道は外国種《だね》だから。日本は後進国だから。口では立派なことを言いながらも、結局はそんな負け犬根性のぬる風呂にどっぷりと首までつかったまま、湯から上がろうとしなかった。

自分の頭で考えることをしなかった。とすればこの奈良山勝治という二十三歳の、まだ頬の白

さの抜けぬ男はこの土木界における、いや日本におけるたいへんな逸材かもしれず、その逸材が今後さらに現場の経験をかさねたらどんな役に立つ監督になるか、いや、

（総監督に）

竹五郎は、恐怖にちかいものを感じた。

ゆくゆくは自分も、こいつの下風に立つことになるのだろうか。勝治がちくわを海苔ごと口へ入れ、むしゃむしゃ食いはじめたのへ、竹五郎は、

「やっぱり、ちがうなあ。学校を出たやつは」

と、ことさら朗らかな口ぶりで、

「俺なんかとは、ものがちがう。頭の出来がちがうんだ。そう言やあ、勝治、俺はまだお前の生い立ちを知らなかった。よかったら聞かせてくれねえか。たしか郷里《さと》は、前橋だったな」

「はい」

勝治は箸を置き、ちょっとためらってから、しかし屈託なく述べはじめた。

勝治は群馬県前橋市南町、山川屋《やまがわ》という絹問屋の次男坊だった。

山川屋は、一種の名家だった。徳川時代には藩主・松平家の御用達をつとめ、そのあるじも代々、名字帯刀をゆるされたという。勝治という名は、むろんのこと次男故のものだった。

兄の一夫《かずお》は、四つ年上。

ことばがうまくしゃべれなかった。年ごとに図体は大きくなるのに、発音は四、五歳児のまま、足がもつれるような話しぶり。語彙《ごい》も少なく、字はカタカナが書けるだけ、ひらがなになるとだめだった。

曲線というのがむつかしいらしい。そろばんは店の番頭が熱心におしえこんだけれども、とうとう一桁の足し算以上のことは身につかなかった。

ふだんの暮らしでも、頭の回転はよくなかった。父が牛鍋を食べて、そのあまりの脂の多さに、「胸が焼ける」

と顔をしかめたら、とつぜん立って台所へ行き、手桶で水をくんできて、父の胸にばしゃっと浴びせたのは十三歳の晩である。善意そのものの顔だった。兄の頭脳は、もののたとえという事物と表現の二重うつしが理解できなかったのだ。

こうした先天的な無能力を、母はかえって、

「かわいい」

と言い、溺愛の対象とした。父はわりと早くからあきらめていたようで、いずれ店を、兄と勝治の、

——どちらに、継がせるか。

ということで、両親はしばしば口論した。

口論はときに深夜におよんだ。これを逆の面から見れば、両親が口論せざるを得ないくらい、それくらい勝治は利発だったのだ。

母はしだいに、勝治を疎《うと》むようになった。

ふだん着るものの生地、めしの盛りよう、あらゆるところで兄と弟に差をつけた。奉公人たちへは何事においても兄のほうを優先するよう命じ、おこたった者はきびしく罰した。勝治は家よりも学校のほうが楽しくなった。

いったいに、商家では、

——学校の勉強など、必要ない。

というのが常識である。

ましてや勉強以上のことをしだしたら、たとえば本など読んだりしたら、身を粉にして働くこ

とをしなくなるばかりか、世の中について、人間の運命について考えるなどという僭越かつ有害無益の習慣にどっぷりと身をひたしてしまう。だから勝治も、本来なら、学歴は最低限しかあたえられないはずだったし、それが親の愛情だった。

しかしながら結局のところ、尋常小学校を卒業するさいの、

「高等《こうとう》小学校に、上がりたいのです」

という勝治の希望はそっくり受け入れられることになった。両親としては、右のごとき後継者決定の微妙な問題をいわば先のばしする口実として格好だったのだろう。勝治はさらに中学校へも進んだ。入学をみとめられるだけの学力があったことは言うまでもない。

中学校は、前橋中学校。

家から歩いて行ける場所にあったが、勝治はあえて、

「寮に、入りたいのです」

と両親に告げた。そうする学生のほうが圧倒的に多いという理由もあったけれども、勝治はたぶん――これは勝治による自己分析だが――このころになると、やはり多少なりとも憂鬱になりはじめたのだろう。いつまでも子供そのもので言動が無秩序をきわめる兄との、それを猫かわいがりする母との、おなじ屋根の下での暮らしがである。

結局、この入寮という選択が、勝治の人生を決定した。

きっかけは四年生の冬、父が死んだことだった。三、四日、寝こんだだけのあっけない最期。医者は死因を「感冒」としか言わなかったけれども、近所では大人や子供が十数人、同様にまなこを閉じたのだから悪質な流行病だったのだろう。地方の人口集中地では、毎冬、ままあることだった。

問題はその後である。母はこの重大事を、あろうことか、中学校へも寮へも知らせることをし

なかった。

知らせぬまま、葬儀を終えた。ばかりか兄を当主につけ、勝治の縁談までまとめてしまった。未亡人、まことに迅速な行動だった。縁談の相手は、約七十キロ離れた埼玉県川越市の、榎屋《えのき》というおなじ絹問屋のひとり娘、すみ子だった。

すみ子は、まだ十二歳にすぎなかった。むろん勝治は顔も見たことがない。しかし相手方の両親は、

「こんな家へ、来てくれるとは」

と、一も二もなく同意したのだという。勝治がすべてを知ったのは、春休み、前橋の実家に帰省したときだった。

亡き父の位牌の前で、母の口調は事務的だった。信じがたい話の連続だった。腹が立ったし、母をなじりもしたけれども、

(もしも)

思いなおしたことも事実だった。もしも四年前、中学校に入ったとき、寮生活をえらぶことをしなかったら。家からの通学をえらんでいたら。母はこんな勝手放題はできなかった。自分にも責任はあるのだ。

卒業後、勝治は、すみ子と正式に結婚した。

川越の店の子になった。やはり家を出たかったのかもしれない。ところがこちらの榎屋は、実家ほどには裕福ではなかった。

というより、火の車だった。勝治の入った翌年には借金の返済が不可能になり、人手にわたり、親子もろとも家を出ることになったので、勝治はつまり、中学を出た二年後にはもう無職の人となったことになる。

前橋中学校を出た秀才がである。天から地への墜落だった。母はおそらく、このこともまた知った上で養子先をえらんだのだろう。なるほど妻の両親が一も二もなく同意するはずだった。

店には、四名の従業員がいた。そのうちふたりが男だった。たまたま川越の街というのは荒川のほとりに位置していて、むかしから水害が多く、このときも大規模な堤防工事があったので、彼らはその施工者である大倉土木の事務所をおとずれた。

日銭ばたらきを始めたのである。勝治もまた、

——それじゃあ。

というわけで、ふかい考えもなく畚《もっこ》をかつぎはじめたのが、

「この道のはじまり、ってわけです」

勝治の口ぶりは、最後まで屈託がなかった。

竹五郎はお銚子をつまみあげて、

「そうか」

ぐっと突き出した。勝治の杯をいっぱいにしてやりながら、

「そいつはまあ、なかなか因果な人生だったなあ。それじゃあ前橋の実家《さと》は……」

「あねが、ゆきとどいた人なので」

「あね？　兄貴は嫁をもらったのか」

「ええ。母にも気に入られたみたいで、兄をたすけて、っていうのかな、輸出用の品扱いをはじめたそうです」

「輸出用……アメリカ向けか」

「ええ」

「順調なんだな」

「ええ」

「お前にゃあ、さだめし納得いかねえだろう。世が世ならお前が亭主に……」

「そんなことはありませんよ。そのかわり」

と、勝治はそこでにっこりして、竹五郎の手からお銚子をとり、こちらへ少しかたむけてみせた。

竹五郎は自分の杯をつまみあげ、前へ出した。こんどはついでもらう番。ことりと勝治はお銚子を置き、ふたたび箸をとり、煮豆を食った。焼き海苔を食った。口をもぐもぐさせながら、

「そのかわり、もぐらになれました」

白い歯を見せ、はにかんだ。竹五郎の目にすら、何というか、少女のような愛らしさだった。

むろん、本心かどうかはわからない。わからないが、竹五郎は、

（蠟紙《ろうがみ》）

そんな語が、ふと浮かんだ。表面に蠟を引き、水がしみこまぬようにした紙で、傘紙《かさがみ》、封筒、贈りものの包み紙などに使う。

よごれても、さっと水でながせば落ちる。奈良山勝治の人格とは、要するに、そんな人格のようだった。年齢はたかだか二つ下にすぎぬけれども、竹五郎はこの刹那、自分がひどく不潔であるような、ひどく年寄りになったような気がして仕方なかったのである。

もっとも、それならば、そのよごれなき蠟紙がどうしてたったひとりの達人だけは、

（目の、かたきに）

その疑問を口に出そうとしたそのとき、ガラリと入口の戸が音を立てた。

竹五郎は杯を置き、そちらへ顔を向けた。縄のれんを背後にひかえて立っているのは、ほかならぬその達人だった。

「おおい、木本さん、木本さん。ここだ」

と呼びかけると、胴八は、白濁した眼球をこちらへころがし、

「ああ」

ちょっと笑った。

うしろ手に戸をしめた。足袋をぬぎ、畳へ上がり、いつのまにかお客だらけになっている卓袱台のあいだを縫うようにして来る。

すたすたと、という語がぴったりの歩きかた。半盲目の人にしてはずいぶんと確信にみちた足どりだけれども、それはそうだろう。胴八はこのへんの塗師《ぬし》の家の二階に住んでいて、この「しまゐ」は、かねてなじみの店なのだから。

竹五郎にぐっと顔を近づけ、手をかざして、

「やあやあ道賀さん、どうした風の吹きまわしだ。あんたがわざわざこんな場末へ」

「いやまあ、木本さん、きょうは市電の線路の交換日《おきかえび》だしさ。覆工は休みだ。あんたの体は、なかなか晩にゃあ……」

「帰ります」

と、ことばを割りこませ、がたりと立ちあがったのは勝治である。誰の声かわかったのだろう、胴八はにわかに笑顔を消し、黄色い歯をむきだしにして、

「何しに来た。勝治」

「僕はただ道賀さんに……」

「うるせえ」

胴八は腰をしずめ、左足をふみだした。

右手のこぶしで勝治のこめかみを一撃した。勝治は背を丸めて避けようとしたが、避けられず、

胸から卓袱台にとびこんだ。

店じゅうに、派手な音がひびいた。皿が割れ、お銚子がたおれ、小鉢がぶつかる硬質の音。まわりのお客がこちらを向いて口笛を鳴らし、拍手して、

「いいぞう」

「もっとやれ」

などと無責任にはやし立てる。そういう店なのである。勝治はこめかみを手でおさえつつ、すぐに立ちあがり、胴八を見たが、しかし反撃することはしなかった。煮豆の汁にまみれたシャツの胸をちょっと見ると、何ごともなかったかのように無表情でズボンのポケットに手を入れ、銅貨をごとごとと卓袱台へ投げ出して、

「帰ります」

「何だその澄まし顔は。男ならやり返せ。ばかにしてんな、この野郎」

と胴八がまた殴ろうとする、その手首をこんどは竹五郎がしっかりとつかんで、

「やめねえか胴八。ばかはあんただ、こんちくしょう。殴るなら俺を殴れ。あんたに黙って勝治をここに呼んだのは俺なんだから。いっぺん腹ぁ割って話してもらおうと思ってたんだよ、いつまでも仲悪《なかわる》のままじゃどうにもならねえから。わかるだろ木本さん。俺はあんたの顔を立てた。会うのはこの店じゃなきゃ、あんた……」

胴八は、

「ふん」

顔をそらす。勝治はさっさと行ってしまう。その背中へ、竹五郎が、

「おい！」

「待ってるんです」

「誰が」

「すみ子が」

「む」

竹五郎は一瞬、声をうしなった。勝治の妻。つぶれた川越の店のひとり娘。結婚したのは十四の年ということになるか。勝治の背中は、

「彼女の親もいっしょに暮らしてるし、子供もいます。貧乏人の子だくさんでね、五歳、四歳、二歳、一歳。僕がいてやらなきゃあ」

言いつつも、去る足はとめなかった。戸をあけ、縄のれんを邪険におしのけ、通りの闇へ消えてしまう。竹五郎はため息をつき、ふりかえった。胴八が、

「もう、いいだろ」

竹五郎の手をふりはらったが、その顔はなおも入口とは反対の壁に対している。

――あんなやつ、見たら目がよごれる。

と言わんばかりに。

(見えぬくせに)

竹五郎は手をのばし、のどぶえをつかんだ。にぎりつぶしてやろうと思ったが、

「最年長《としがしら》だろう」

舌打ちして突き飛ばし、

「あんた最年長だろう、五人の監督のなかでさ。それがいちばん若いのへ……」

「そっちこそ」

「何だ」

「このごろ俺ぁ、やっとわかったんだ。あんたがわざわざ俺と勝治を覆工と掘りの相棒にしたの

はどうしてか、そのわけをさ。要するにあんたは、道賀さん、会社の偉い人へいい顔してみせてえんだ」

「偉い人へ？　いい顔？」

　意味がわからない。目をしばたたくしかできないでいると、胴八は、

「何しろ工事全体がはやく終わるしな、俺たちがしゃにむに『あいつには負けん』って競い合えばさ。現に、覆工《こっち》はもう稲荷町《いなりちょう》をすぎたが、あいつぁ追いつけ追いこせで……」

「何言ってんだ、子供じゃあるまいし。掘りが覆工を追いこしたら地面に大穴があいちまう。市電がぽこぽこ落っこっちまう。勝治はそんなあほうじゃねえよ。さっきだって一本の坑道で、土砂の搬出と構築の進入がぶつかっちまう問題をあっさり落着《ケリ》つけちまって」

「ずいぶん買うね」

「いまのあんたよりはな。まあ、すわろう」

　竹五郎はふかく息を吸い、息を吐いて、心をおちつけた。

　身をかがめ、卓袱台の上の銅貨をひろって財布へおしこんだ。あした勝治に、

（返してやろう）

と思いつつ、そのまま畳にあぐらをかく。胴八は向こう側にすわり、まわりを見るようなしぐさをした。

　まわりの客は、もう注目をやめている。

めいめいの与太ばなしにもどっている。店のおかみが来て、何も言わず、ことことと卓袱台にあたらしい箸や小鉢や杯をならべる。そうして勝治の使っていた箸や、小鉢や、それに割れた皿のかけらやをお盆へじかに乗せて、行ってしまった。この損害はもちろん勘定で塩梅されるのにちがいない。

竹五郎は卓袱台を見た。お銚子は一本だけ無事だった。

ちょいと持ちあげてみる。まだ少し、のこっている。竹五郎は、

「ほれ」

突き出してやったが、胴八はかぶりをふり、

「飲まねえんだ」

「意外だな」

「これだから」

と、おのが目を指さして、

「これがない人間にゃあ、音や声、もののにおい、手足のさわりごこちが世の中のすべてだ。身の危険もそれで知る。酔っ払ったら、俺ぁたちまち死んじまうよ」

最後のひとことが、みょうに胸に来た。竹五郎はお銚子を置き、ため息をついて、

「それほど自制できるあんたが、なんで……」

「俺も、わからん」

「は？」

「わからんのだ、じつは皆目。勝治のやつが、なぜ俺を目のかたきにするのか」

「おいおい、逆だろ」

竹五郎は目をしばたたき、胴八の顔をまじまじと見て、

「あんたが勝治を……」

「そりゃあちがう。いまは俺も手が出るが、最初はむこうが喧嘩を売って来たんだ」

「勝治が？」

「ああ」

「吹いてんじゃねえか」

「ほんとうさ」

と、胴八は箸を置き、こちらへ左右の手のひらを向けて、あわてて胸の前でふってみせる。見かたによっては可愛らしいしぐさである。竹五郎は、

「清水のころか？」

「ああ」

「何があった」

「それがさ」

胴八の話は、簡潔だった。胴八が清水トンネルの現場へ入ってまもなく、

――川越から、中学校出《ちゅうがっこうで》が来る。

とうわさが立ち、勝治が来た。

勝治は、一介の人足にすぎなかった。とにかく人あたりがやわらかい。仲間のくだらぬ話にも、いちいち、

「ええ、ええ」

「なるほど」

「そうですか」

と念入りに相槌を打つものだから人気が出た。一人称が「僕」であることも何がなし烏《からす》のなかの鷺《さぎ》という感じだっただろうか。

仕事に必要な腕力のほうは、少々欠ける。

駆け足も、おそかった。しかしながらこの時代はもう工事現場もいろいろと機械化が進んでいるし、それにたとえば背広を着こんだ社員が来て、労働条件の変更とか、目標管理とかいう難解

そうな話をもちだしたりすると、勝治はひとり進み出て、堂々と交渉しはじめる。ほどよいところで話をまとめる。ときに拒否する。人足たちは大よろこびで、

——勝治がいりゃあ、俺たちは、会社の言いなりにはならねえ。

それもまた、大きな人気の根拠だった。勝治は半年も経たぬうちに、

——奈良山派。

とでもいうような仲間組の長《おさ》のようになった。もとより確固たる組織ではないし、会員、非会員の差もないが、とにかく一種の指導者だった。

いっぽう胴八は、すでにして一派が成っている。これもまた自然発生的なあつまり。ふたりの出会いは平凡だった。

「よろしくお願いします」

「……ああ」

はじめのうち、勝治はやはり愛想がよかった。事あるごとに胴八を立て、ほめそやし、その指示にしたがった。

ほとんど師のように接したといえる。が、例の山はねの件で神話的にまで胴八の評価が高まると、にわかに態度が変わったのである。

「どう変わった」

竹五郎が聞くと、胴八は、

「足を、かけた」

「はあ？」

「足をこう、出すんだよ。俺が横を通ると」

そう言いつつ、卓袱台に人さし指と中指を立てて、人さし指を外側へ寝かせてみせた。

唇をかみ、なみだを浮かべんばかりに目を細めて、

「俺は見えない。かならず突っころぶ。みんなの前で」

「そんなことか」

「あんたにはわからねえ。あいつはそれを日に何度も」

訴えをつづける胴八の声を聞きながしながら、

（ほんとうか）

竹五郎は、にわかに信じられなかった。子供のけんかじゃあるまいし、あの勝治が、そんなことをするだろうか。

だが目の前の胴八の主張も、うそや誇張とは思われない。ひょっとしたら勝治のやつ、とんでもない猫かぶり。蠟紙どころか、

（泥まみれの、浅草紙《がみ》か）

ひとたびそう仮定してみると、たしかに胴八は、勝治とは正反対だった。教育はないし、人あたりは悪いし、兵隊あがりだから腕力がある。ひとことで言うと、いかにも昔ふうの職人なのだ。そんなやつがにわかに自分をはるかに凌駕した。

（ねたみ、かな）

あとの経緯は、竹五郎も聞き知っている。はじめ胴八が東京へ引き抜かれ、まもなく勝治も引き抜かれた。勝治はやはりその就学歴を買われたものらしい。日本最初の地下鉄道工事にあたっては、坑道外はもちろん、

――坑内にも、頭脳が要る。

そういう会社の判断だったという。東京に来たばかりの勝治に対して竹五郎が最初にしたのは、

やはりと言うべきか、明治神宮へつれて行き、

「掘りを、たのむ」

と告げたことだった。

「覆工は、木本胴八さんにやってもらう。清水トンネルでいっしょだったろ。夜の地上と昼の地下だ。阿吽《あうん》の呼吸でやってくれ」

しかしふたりは工事がはじまっても、阿吽どころではなかった。清水の確執をひきずりにひきずって現場を混乱させ、竹五郎の気をもませ、こうして根岸のめし屋でおたがい感情を爆発させてしまった。

「いまからでも、遅くねえ」

竹五郎はそう言うと、お銚子をつまみあげ、のこった酒をラッパ飲みしてから、

「仲よくしてくれよ。年上のあんたが折れてくれ。たのむ」

両手をひざに置き、頭をさげた。胴八は、

「いいよ」

ぷいと横を向いて、

「あいつが折れたら」

「いいかげんにしてくれ。いまは大切な時期なんだ。来週には銀行団が視察に来る。おかしなところは見せられん」

「銀行団？」

「ああ」

「またか」

胴八は、くさった雑草でも口に入れたような顔になり、

「この前は政治家だった」

「あれは床次《とこなみ》なんとかだろ、政友本党とかいう小所帯の親分だ。総理大臣になるために世間むけに目立ちたい、それだけの話だ。こっちがつきあう必要はねえ。銀行はちがう」

「やっぱりあんた、おべっか主義だな」

「そういう問題じゃねえ。金主《かねぬし》だぞ。へたしたら工事自体がやめになる。がきみてえなこと言うなよ」

その店の勘定は、竹五郎がもった。出たところの路上で、

「もう一軒どうだ」

と言ってみたけれども、案の定、胴八は首をふり、

「あしたがある」

言いすてて、家のほうへ歩きだした。

結局、この晩、事態は進展しなかった。竹五郎は舌打ちして、ひとりで四軒目まで行った。

†

「ちくわに焼き海苔」工法は、ただちに採用と決定した。

ながい坑道のまんなかを仕切り、左右にわけ、それぞれ土砂搬出と構築にあてるという勝治の基本構想はすべて実行にうつされることとなり、まずはその仕切りにつかう鉄柱の調達が開始された。

鉄柱が来るまでは、現場はこれまでどおり。

焼き海苔のない一本穴での作業である。勝治が昼に地下を掘り、胴八が夜に地上で板を置く。

そのくりかえし。またたくまに一週間がすぎると大正十五年（一九二六）三月一日となり、東京地下鉄道株式会社は、経済的にはひとつの、

――佳境。

というべき銀行団視察の日をむかえた。

場所は、上野。

よく晴れた朝である。上野の山の東の山すその坑道入口ちかくに集まったのは、錚々たる顔ぶれだった。おもな者を挙げれば、

小野《おの》英二郎《えいじろう》（日本興業銀行総裁）
佐々木《ささき》勇之助《ゆうのすけ》（第一銀行頭取）
串田《くしだ》万蔵《まんぞう》（三菱銀行取締役会長）
池田《いけだ》成彬《しげあき》（三井銀行筆頭常務）
結城《ゆうき》豊太郎《とよたろう》（安田銀行副頭取）

かすり傷ひとつ負わせるだけでも翌朝の新聞の一面をかざること間違いなしの人々である。なかには東京府知事・平塚広義《ひらつかひろよし》のような人もいたけれど、この本来はかなりの大物であるはずの男でさえ、この場では、何やら小間使いのように見えた。

うっかりと彼らの機嫌をそこねて、

――もう、金は出さん。

だの、

――認可は出さん。

だのと言われたら万事が休する。その世話を焼くために、東京地下鉄道からは、

野村龍太郎（社長）

早川徳次（専務）

阪谷芳郎《さかたによしろう》（相談役）

をはじめ、背広を着た幾人もの社員が出たことはいうまでもないが、そのなかには意外にも、道賀竹五郎の姿もあった。きのうの午後、

——君も、来なさい。

という会社からの伝言を受けて、急遽、背広を借り、生まれてはじめてネクタイを首にしめて、

（やれやれ）

この接待の場にのぞんだのである。

青空の下、

「本日は皆様、お忙しいところをお集まりくださり……」

などと口火を切ったのは、早川徳次専務だった。

早川はこの年、四十六歳。腹のあたりが少々せり出したように見えるのは、そういう年まわりということか、それとも毎晩のように実業家、政治家、役人、鉄道関係者、新聞社や雑誌社の編集人などをまねいて会食に余念がないからか。もっとも、

「さあ、こちらへ」

歩きだしたその体の動きは、このせっかちな男らしい、兎のように俊敏なものだったが。

早川のあとを、銀行団がぞろぞろつづく。

土砂搬出用の線路の敷かれた坂をおり、坑道へもぐりこむ。ふだんの倍の電灯をともしたので、内部がかなりはっきり見える。左右のたかだかとした土留め壁、それを内側から支える無数の横木。穴の奥で、
うーん

わーん
という高い音がかすれているのは、いうまでもなく、掘削作業の音である。この日も休まなかったのだ。ときにジジという低い音のまじるのは、これはスキップホイストの稼働音だ。竹五郎には見なれた光景であり聞きなれた音であるが、銀行団は、

「おお」

古代の王の墓にしのびこんだ盗賊のような声をあげた。ただしそんな子供じみたふるまいは一瞬だけで、あとはもう早川をつぎつぎと大人の質問で攻めるばかり。その質問のほとんどは、

――崩落しないのか。

とか、

――地震が来たら、だいじょうぶなのか。

といったような、一般市民と変わらぬものだった。早川は、ひたいの汗をふきながら、

「地盤が」

と、ふたこと目には言う。

「地盤の強固さをご覧ください。これまでに大きな事故はありませんでしたし、今後もありません」

もちろん要するに、

――今後の投資にも、不安はありません。

とうったえているわけだ。竹五郎は横でぼんやりと聞きながら、

（金あつめも、たいへんだな）

と同情的な気持ちになったりもしたし、

（事故がないのは、地盤が強固だからじゃない。俺たちが注意してるからだ）

と口をはさみたくもなったりした。銀行団のひとりが頭上を指さして、

「あれは、木の板かね」

早川が、

「ああ、池田さん、そのとおりです」

「一枚板かね」

「たいへん結構など質問です。一枚ではありません。たくさんの小さな板をまったく隙間なくならべている。だから地上の光がもれこんで来ないのです。そうだな道賀君？」

とつぜん話がこっちへ来た。竹五郎は、

（おぼえてたのか。俺の名前）

おどろきつつ、

「ええ、そうです。あの板の上は大通りで、市電も走るし自動車も走る。人の往来もひっきりなしで」

「大通りとは、浅草通りだね」

「ええ」

「ふーん」

池田さんと呼ばれた男は、三井銀行の池田成彬にちがいないが、天井を見ながら何やら考えはじめたようだった。早川はふたたび全員へ説明しだした。

「掘削には、スキップホイストという機械を……」

一同は、それからもう少し奥へ足をふみいれた。ただしスキップホイストの現物に着くはるか手前で、

「さあさあ」

早川が足をとめ、手を鳴らした。

「皆様には、本工事の高い安全性がおわかりいただけたかと存じます。時間もない。このへんで引き返しましょう。精養軒に席を設けました。食事をとりつつ、今後の計画のお話を。資料などもお配りします」

視察はもう、

（終わりか）

竹五郎は拍子ぬけしたが、早川の意識では、おそらくは精養軒もふくめての視察なのだろう。全員のろのろときびすを返し、坑道を出た。

†

この視察は、ひとつの副産物を生んだ。

三井銀行筆頭常務・池田成彬は、同日午後、上野精養軒を出た足でそのまま日本橋三越本店へ行った。

日本橋三越本店（社名は三越呉服店）はわが国最初のデパートメントストアであり、本店は洋風五階建て、服飾や雑貨の流行を主導していまや規模の点でも名声の点でも東洋一、東京中に知らぬ者なく、

——大三越。

とか、

——三越王国。

などと称されるようになっていた。

おなじ三井財閥に属する仲間でもある。池田はその専務・倉知《くらち》誠夫《まさお》の部屋へ入るや否や、めずらしく興奮して、

「倉知君。あの地盤はよほど固いぞ。地下鉄道の開通は確実だ。それも思ったより早いだろう。ところで」

まくしたてたのち、日本商業史上画期的なアイディアを出した。

「ところで浅草通りの下を掘るということは、ほどなくして、この店の前に達するということだ。いまなら間に合う。停車場《ステーション》を置いてもらうよう早川君に交渉したまえ」

「停車場を？」

「ああ。そこから地上へ出るための階段で、じかに店へ出入りできるようにするんだ。客はむやみと歩かんですむし、雨にもぬれない。便利この上ないじゃないか」

翌日の朝、倉知誠夫は上野の東京地下鉄道本社を訪問して、

「早川君、そういうわけでぜひたのむ。駅の建設に要する費用はすべて三越が出す」

「はあ」

早川徳次、これには仰天したという。

申し出そのものの断新さにも打たれたが、三越前ということは、地理的にほとんど、

（室町じゃないか）

と思ったのだろう。

室町なら、思い出だらけである。いまだ何者でもなかったころ地下鉄道に関する市民の反応をたしかめるため再三再四、晩めしを食いに出かけた街。

三越も、むろんその前を幾度も歩いた。入口のところの一対の獅子像にも、イタリア産大理石の六本の列柱にも、いやというほど目をさらしながら、その発想はとうとう脳裡に浮かぶことが

なかった。ちなみに言う、三越はもともとロンドンの有名高級百貨店ハロッズにまなんで成立したところが大きいが、そのハロッズですら、こんな地下直結の仕掛けは持っていない。

純粋な池田成彬の独創だった。なお池田はこの六年後、右翼のテロである血盟団事件で暗殺された団琢磨《だんたくま》のあとを継ぎ、三井合名会社理事に就任した。

銀行のみならず、物産、鉱山、海運、保険、製紙、セメント、製鋼、電気化学、紡績、製糖……あらゆる業種をつかさどる日本最大の財閥・三井財閥の総帥になったことになる。定年退職したのちも日本銀行総裁や蔵相、商工相などを歴任し、いわば日本経済そのものの総帥でありつづけた。

†

掘削は、いよいよ順調だった。

そのぶん捨てるべき土砂もたくさんになったけれども、銀行団が例の視察で増資をきめたのか、あるいは話自体が以前からあったのか、竹五郎のもとに、会社から、

——スキップホイストを、増設する。

連絡が来たのはうれしかった。

しかも二機。竹五郎は、

「お偉いさんも、ようやっと現場の大事さがわかったのさ」

と人足たちを励まし、たぶん自分をも励ました。

例のちくわの焼き海苔も、順次、ときどきはじめた。鉄柱である。坑道のまんなかへ一本一本ならべて行く。まもなく坑道はきれいに往路と復路にわかれて、片方で土砂の搬出をしながらも、

もう片方で同時にコンクリート施工や電気設備などのいわゆる構築の作業にかかることができるようになる。

工事全体が、劇的に進む。竹五郎は毎日、雀躍《こおど》りするようにして現場へ入った。

（俺もやっと、みとめられた）

おなじことを、おそらく勝治も思ったのだろう。掘削の最前線で全体の差配に終始しつつ、休憩時間など、やはり人足たちへ向かって、

「山とくらべれば、はるかに楽です」

とうそぶく程度ならまだしも、

「僕たちは、追い越そうと思えば追い越せるんですよ。覆工を」

暴言である。少なくとも胴八の耳には入れられぬ発言であるし、ほかの監督、ほかの人足が聞いてもいい気持ちはしないだろう。このことを聞いた竹五郎が、

（勝治め）

危惧しつつ、しかし結局、黙過したのは、ひとつには、この時期にはもう確信していたからだった。

（胴八より、上）

監督としての能力がである。竹五郎の見るところでは、胴八がひっきょう畏怖と厳格によって部下を操作しているのに対し、勝治はむしろ共感と激励によって勇み立たせている。長い目で見ればどちらに将来があるかは考えるまでもないのである。

若さの故もあるだろうが、不慮の事態への対応もはやい。おのずから、

「勝治。勝治」

呼びつける回数がふえる。もっともこれは、勝治の人間への信頼のほかにもうひとつ理由が

あったのだが。

掘削が、にわかに困難になったのである。おりしも全工程のほぼ半分、地上の名前では菊屋橋あたりへさしかかったところで坑底が――予想していたことではあったが――泥《どろ》状になった。より正確には、異臭のつよいヘドロ状に。これには正直、竹五郎は、覆工のほうへは気が行かず、たとえば、

「ヘドロはどうやら坑底《した》だけじゃねえな、勝治。左右の壁へもまわりこんでる。土はよほどやわらかいはずだ。人数をさいて支保の横木を点検させよう」

などと相談する。

話は自然、ふたりっきりのひそひそ話になる。このときの勝治の答は、

「そんなことしたら、掘りの進みが遅くなる。点検の必要はありません。土留めはしっかりしてるんだ、何の問題もありません」

「そうか」

勝治はほどなく、

「僕はもう、道賀さんの片腕ですよ」

などとも人足たちへ言いはじめた。

「地上の連中は見えないだろうが、地下では四六時中さしむかいだ。そうでしょう？　このごろは道賀さん、掘削以外の工程についても相談してくるんだ。まいっちゃうな。僕ももう総監督見習ってとこかな」

竹五郎は、黙過した。

†

掘削の先頭が菊屋橋をすぎ、田原町《たわらまち》へ入り、いくぶんヘドロが減ったときに事故が起きた。

それまでも、

——事故。

と呼ばれる出来事は三件あった。最初のそれはごく初期である。人足が持っていたカンテラの火がとつぜんふくらみ、坑内ではちきれんばかりになったのだ。

カンテラは、石油式だった。容器に石油を入れて芯を出し、火をともす。掘削現場のちかくには一般家庭へ供給するためのガス管が通じていて、たまたま継ぎ手がゆるんで土中にガスの漏れ出ていたのが、坑内に入り、カンテラに引火したのだった。竹五郎はただちにカンテラを廃し、坑内の照明を電灯に変えた。

二度目、三度目は浸水である。いずれも大したことはなく、死者も重傷者もなかったし、特に話題にもならなかった。だがこのたびの四度目は、翌日の新聞各紙がいっせいに報じるほどの、それほどの凶事になってしまった。

大正十五年（一九二六）八月二十五日。

場所は、やはり坑内。

掘削工事の最先端では、その日も、ふだんどおり何人もの人足がつるはしで土の壁をくだいていた。と、地鳴りがして、坑内のすべてが黒から白に変じたのである。

「わっ！」

「何だ！」

あまりのまぶしさに、全員、道具をすてて顔を覆った。

或る者はしゃがみこみ、或る者はべたりと地に伏せた。勝治もしゃがみこんだ。とつぜん上から、

(光が、来た)

そのことはわかった。しかも電灯やガス灯ではない。まっぴるまの、世界をあまねく照らすところの太陽のそれ。神の来臨さながらである。

竹五郎は、いなかった。

上野の坑道入口で土砂搬出の様子を見ているはずだ、ということは、いまここで人をみちびく責任があるのは、

(自分、ひとり)

勝治は指をひろげ、目を慣らした。

まだ痛む目で上を見た。まったく隙間なくならべられているはずの覆工板が何枚かすっとんで、青い空を見せ、ゆるゆる白い雲のうごくのを見せている。

「木本さん」

勝治は舌打ちして、大きな声で、

「何か、やったな」

心がはずんだ。他人の失敗が、というより、敵対者の失敗のみがあたえてくれる暗いよろこび。

誰かが、

「あ、あれ!」

指さしたので、勝治は立ちあがり、そちらへ、つまり掘削の進行方向へ顔を向けた。

坑道は十メートルほど先で行きどまりになり、銀色の刃のつるはしが散らばっている。

人足たちも、立ちあがりつつある。その左側にそびえる土留め壁のうち、I形鋼の五本が、ぐにゃりと頭《こうべ》を垂れていた。

そうならないよう内側でささえているはずの上空の横木は、いまやのきなみ「へ」の字に折れ、やじろべえのように前後にぐらぐらゆれている。

あかるくなったから見えたのか。いやちがう。五本のI形鋼はみな下半身もねじり飴になっている。いくらさっきまで電灯がぽつぽつ点《とも》るだけの闇だったとしても、これほど突き出ているのだもの、誰も気づかぬはずがない。

すなわち、この異様なねじれは、

（いま、生じた）

その瞬間、ふたたび地鳴りがした。

さっきのよりも大きい地鳴り、大きな地のわななき。あんまり足の下がふるえるので、勝治は一瞬、三年前に川越で経験した関東大震災を思い出した。あれはひどい地震だった……しかしこの坑内は、きゅうに異臭がしはじめた。

かと思うと、例の五本のI形鋼があっけなく立つことをやめ、坑内へたおれ、土の殺到をゆるしてしまう。

前後のまっすぐなI形鋼も、もう耐えられぬ。

土砂は轟音とともに坑内へなだれこんで来た。折れた横木がたくさん落ちて突き刺さったので、土の山は、針の山のようになった。勝治はその中腹を見あげた。

中腹にはいまのいままで地上にあったはずの覆工板が何枚もはさまっている。その横からは二本の糸がとびだして、やわらかく地上へのびていた。

糸ではない、

（市電の、線路だ）

わかったとたん、その糸の、ちょうど勝治の目の高さほどの中空から、
ボッ
と音がして、人魂《ひとだま》があらわれた。

人魂は、青い火だった。

火はふくらみ、そして消えた。その一瞬のうちに延焼したのだろう、山の横木がパチパチと音を立てて赤く燃えだし、黒煙を生じた。

黒煙は、ほかの何ものにもさえぎられない。まっすぐ駆けのぼり、地上へ出て、青空をめざす。

勝治はそれを目で追うことはしなかった。ひたすら目の前の山を見つめつつ、

（下敷き）

そのことに、意識の全域を占領されている。

山のまわりには人足がいて、ひざをつき、素手で土を掻きはじめている。四郎、岸田、権太、矢一郎、トメ、キン公、熊吉、カッパ、チンコロ……無数の名前や愛称をさけびながら。さっきまでと人数がちがう。少なすぎる。あとの連中はどこで何をしているのか。

（下敷き。下敷き）

と、遠くで、

「……かつじ。かつじ」

呼ぶ声が聞こえる。勝治は上を見た。誰もいない。ひろびろと雲があるばかり。がしかし掘削の進行方向に対して後方の地上、崩落しなかった覆工板の上に、ひとつの小さな人影がある。

勝治からは、その上半身だけが見える。逆光で顔はわからないが、

「火を消せ。水かけろ。火消し用の水箱《みずばこ》が坑内《そっち》にあるだろ」

だみ声を投げおろして来る。

「誰です」

と勝治が目を細めたのへ、

「見るな。聞け。胴八だ」

「は、はい」

返事したものの、ぼんやりと立ちつくすだけ。胴八はとびおりた。土の山の山すそへ着地し、駆け寄って来て、

「ばか！」

横っ面を平手で打った。勝治はよろめき、目をしばたたいて、

「あ、あれ？」

「目をさませ。胴八だ。ふだんは夜の仕事だが、たまたま来てた。覆工板の具合が気になったんでな。俺たちは運がよかった」

「こ、こ、幸運」

「もしも崩落の瞬間に地上《うえ》を市電が走っていたら？　自動車が走っていたら？」

「あっ」

「事故はここで終わりにしろ。俺は市電の運転をとめて、道路も通行どめにしてもらう。お前は火のもとの始末をしろ。ガス管だ。土中にあったのが折れたんだ。ガス管には前後に阻止弁ってのがある。さがして締めろ」

「で、でも」

「何だ」

「あれ」

前方の山を指さした。人間の背よりもはるかに高い土の山のふもとで、人足たちが、ひざを地につき、手で土を掻き出している。人類史上、もっとも原始的な掘削法。胴八はひややかに、

「やめさせろ」

「木本さん。あんたは鬼か。いくら何でも人のいのちが……」

「ばか」

また横っ面を平手で打って、

「十一時半をすぎた」

「え？」

「時刻《じかん》だよ。昼時だって言ってるんだ。みんな、めしを食うときぐらい日の光があびてえってんで坑外《そと》へ出てるはずだろう。お前はそれも見てなかったのか。ゆるゆるじゃねえか。あの慌て者どもとおんなじだ。一刻もはやく避難させろ」

「は、はい」

「ガス管を締めろ」

「道賀さんの許可を……」

「待ってられるか」

「それじゃあ、すぐに呼んで」

「あの人は坑道入口にいるんだ。この音は聞こえる。すっとんで来るにきまってる。阻止弁だぞ。いいな」

結局。

これ以上の惨事にはならなかった。小さな地くずれは何度かつづいたし、そのつど地面のふちに建っていた医院の建物はかたむきの度を増したけれども、落ちるにはいたらなかった。

落ちたのは、電灯柱一本と市電の線路だけ。それ以外のものはとうとうあの土の山のなかから出てくることがなかったのである。

人足の死体も、出てこなかった。これは奇跡的なことだった。もちろん例の、昼めし時というのもあったろうが、もうひとつ崩落の範囲も幸運だったと思われる。崩落したのは、掘削の進行方向を向いたときの左の壁のみだったからだ。

たまたま坑内にいた人足たちは、反射的に、当然、右へ逃げたわけだが、しかしこのとき右の壁はぴくりともしなかった。もし右もくずれていたら彼らは生きながら埋葬されていたこと確実だったろう。この左右の差は、

——何か。

ということは、このあと原因調査の主眼となる。

火のほうも、要するに、高さ五、六メートルの炎をふきあげただけ。

あるいは黒煙をふきあげただけ。地上のどんな家へも類焼することがなかったのは、やはり不幸中の幸いだった。

もっともその噴出は、だいぶん長い時間つづいたけれども。なぜならこの火の火種《ひだね》は、予想どおりと言うべきか、地くずれで埋設管が切断され、ガスもれが発生したことにあるのだが、そのガスもれ阻止のため阻止弁を締める処理をついに勝治はなし得なかったのである。

締めるどころか、そもそも阻止弁がどこにあるのかわからなかった。素人には荷がおもすぎたのだろう。勝治はただ、ガス会社の技手の来るのを為すところなく待つだけだったし、それはまた、ほかの人足も同様だった。

この間《かん》、地上では、消火活動がおこなわれた。

下谷はじめ東京市内十か所の消防署から消防隊がかけつけて来て、ときに派手に放水した。

地元の青年団や在郷軍人も応援に来た。これは消防隊の手伝いをしたほか、やじうまを追い返したり、新聞記者に対応したり、現場周辺の建物を一部破壊したりした。これもまた類焼をまぬかれた一因だったろう。天に冲《ちゅう》する黒煙は、やがて夜の薄墨《うすずみ》となった。

――事故発生。

の第一報を聞いたとき、早川徳次は戦慄した。

反射的に、

「銀行が」

と口走ったのは、これを機に、

――出資を、引き上げる。

などと言われたら万事が休する、その恐怖のせいだったか。

いくら工事現場を見せようが、いくら精養軒で食べさせようが、市場の信用が低下すれば、つまり株価が下がればどうしようもない。この時期の早川の関心は、もっぱら会社資金へのそれに集中していた。

あるいは早川は、心の傷があったのかもしれない。六年前の会社発足時、はじめて株式を発行したところ、五円の株券が五十銭で取り引きされたという衝撃的な記憶。

株価が十分の一になったのである。それくらい地下鉄道の事業というのは信用がなかったわけだ。あの惨劇に、

――また、みまわれたら。

だがこれも、つまるところ杞憂に終わった。この崩落事故により株価は下落したものの大幅ではなく、すぐに元通りになった。銀行団はむしろ、

「この程度の困難は、新規事業にはつきものだよ」

などと早川を激励さえしたのである。被害が最小限にとどまったせいもあるけれど、それ以上に大きいのは、調査の結果、この崩落の原因が、

――工事排水の不備。

と断定されたことだった。

下水道。

というものが、この時期すでに、坑道沿線の地域には普及しはじめている。

都市環境の快適さのための、汚濁物質の駆逐体系。家庭の台所や風呂、事業所などで使われた水は細い管で追い出され、土中を行き、まずは何戸かごとに、

――溜桝《ためます》。

という木製の箱にあつめられる。

人が泳げるほどの大きさの水箱。そこからあらためて太い陶製の下水管へ排出され、遠くへ運び去られるのだ。

一見、手数《てかず》が多すぎるようである。そんな箱など経由せず、じかに下水管へつなぐほうが早いように思われるけれども、こういう水には、ほとんどの場合、油脂分がまじりこんでいる。

と同時に、食べかすや砂や小石のような微細な固形物もまじりこんでいる。それらは下水管をときには傷つけ、ときにはつまらせる原因になるので、あらかじめ取り除かねばならず、その取り除くための装置がつまり溜桝なのだ。

そこに水がたまるうち、油脂分は浮くだろう、食べかすは澱《おり》になるだろう。その中間層から出すことにすれば、太い下水管へながれこむのは清らかな汚水――みょうな言いかただが――ということになる。

一種の濾過装置ともいえるかもしれない。ときには人の手で内部をきれいに掃除しなければ機

能が保てないことは言うまでもないが、とにかくこの溜桝という下水道装置ないし濾過装置は、今回の場合、たまたま坑道左側に埋設されていたのだ。

いや、この言いかたは、厳密には正しくない。

溜桝のほうが先にそこにあったのだから、正しくは「坑道が右を通過した」と言うべきだろう。いったいに坑道というのは、当たり前の話だが、土を掘った横穴である。

そうして土を掘るとは、要するに地下水を掘るということである。それほど水をふくんでいるのだ。地下鉄道の工事では土砂の搬出も大事だが、それと同様に、いや、ときにそれ以上に、

――水の搬出が、一大事。

と言われる所以である。

生活排水ならぬ、

――工事排水。

という呼びかたもできる。貨車やスキップホイストで運び出せるものではないので、今回の工事では、その排出を、下水道にゆだねることにした。掘削で出た地下水はこれをいったん坑内の貯水槽に入れ、ポンプで揚水して、溜桝にながしこんだのである。

すなわち、地下水を下水にしたわけだ。既存の設備を使用するので余計な手間もかからないし、工費も削減することができる。管轄の東京市の許可もあらかじめ得ているので不法行為ではない。一石二鳥どころか、三鳥、四鳥の妙策だった。掘削の進行に合わせて使う溜桝もどんどん替えていくことは言うまでもない。

が。

工事排水は、あまりにも多量でありすぎた。

生活排水とはくらべものにならぬ。これまでの溜桝はどうにか処理し得たけれども、今回のそ

れは、木組みにゆるみがあったものか。

あるいは亀裂があったものか。誰にも気づかれぬまま漏水がはじまり、まわりの土をぐずぐずにした。

ぐずぐずは、いつしか広範囲になっていたのだろう。土はいわば流体のようになり、土留め壁まで達した。そうして土留め壁というのは実際は鉄杭のならびにすぎないので、その隙間から泥がしみこみ、壁そのものをくずしたのである。

勝治が最初にまのあたりにした五本のI形鋼のねじり飴は、つまりそれが原因なのではないか。上空の横木がのきなみ「へ」の字に折れたのもおなじ。

とまあ、このような次第で、

——事故は、起きたと思われる。

と、東京地下鉄道株式会社は調査結果を声明した。

——例の、巻きこまれた電灯柱は、当該溜桝のすぐそばに設置されたものである。

と念を押したのもやはり事実そのままであるが、結果として、これは絶妙の弁解になった。なぜなら、

——われわれが、わるい。

という潔い印象をあたえることができるいっぽう、溜桝からの漏水ということで、

——東京市にも、責任がある。

という暗示にもなるし、さらには、

——地盤は強固だ。

という積年の主張をあらためて、しかもさりげなく強調するきっかけになったからである。排水に異変がなかったならば工事はきわめて安全であった。何しろ当該箇所は地下約五メートルま

では砂まじりの粘土層、それ以下は硬質粘土および硬砂の層であるのだから。うんぬん。

これに対して東京市は、抗議の表明をしなかった。下水道設備全体に過失があると言われたわけではないからだろう。実際、東京市の側に立ってみれば、

——原因は、地下鉄道にある。

と主張できる可能性もいちおう残されているわけだから、そこをわざわざ騒ぎ立てて世間の目を引くこともない。話の落としどころとしては格好なわけだ。責任の所在を曖昧にしようという意図はもとより地下鉄道側にはなかったけれども、結果的にそうなり、事故のうわさは下火になった。

そうして工事は、まるで何ごともなかったかのように淡々と続行されたのである。崩落した土は取り除かれ、土留め壁は立てなおされ、土砂をはこぶ貨車の音はいっそう坑内をとどろかすようになった。

工事排水の問題も解決した。溜桝そのものを交換ないし点検してもらった上、工法を、同時に複数のそれへ流しこむようあらためた。ひとつあたりの負担を軽減することで再発防止をはかったのだ。

あとは、竹五郎。まがりなりにも責任者である。減俸、更迭、事によったら、

——解雇も、あるか。

と人足たちは見ていたが、結局、経営陣に叱責されただけだったし、竹五郎もまた勝治を呼びつけて、

「気をつけろ」

げんこをひとつくれただけ。懲罰人事はおこなわれなかった。勝治については、例の「ちくわに焼き海苔」の工事がまだ緒についたばかりという事情もあったのだろう。

勝治はふたたび、にこにこ顔になった。すべては旧に復したように見えた。

†

が。

その後、人足たちは、勝治の言うことを聞かなくなった。

指示には忠実にしたがうのだが、世間ばなしには付き合わなかったし、年かさの人足など、あからさまに、

——若造が。

という顔をすることがあった。

理由は、事故以前の言動にあった。勝治がたびたび、

「横木の点検は、省略しましょう。掘りの進みを優先しましょう」

と竹五郎へ進言したことはまだ彼らの記憶にあたらしい上、その進言の根底にあるものが胴八への過剰な敵愾心であることも、

——勝治のやつは、私情ではたらく。

その悪評を高くさせた。その末に彼らは、

——こんなやつに、ほんとうに命をあずけていいのか。

という単純な、しかし工事現場における人間関係はすべて結局そこへ収斂《しゅうれん》されるような疑念を持ってしまったのである。

もちろん彼らとて、現実には、横木が原因ではないと知っている。下水道の溜桝うんぬんの話も聞かされている。つまり一種の感情論ないし八つ当たりにすぎないのだが、これに対して勝治

が、早合点にも、

「ガスですか。阻止弁ですか」

などと突っかかったため、事態はこじれることになった。この人心の離反は、あのとき自分が、

――阻止弁をさがして、狼狽したから。

と勝治はどういうわけか信じこんでいて、

「あれは仕方ないでしょう、いくら何でも。こっちはガスは素人なんだ」

そんなふうに弁解したのだ。人足たちは冷笑した。

勝治はまじめな男だった。名誉の挽回のためだろう、或る日とつぜん、始業前に人足をあつめて、

「テムズより、ましでしょう」

などと言いだした。

「地下鉄道の元祖であり、この東京の師というべきロンドン地下鉄道の工事は、われわれのそれより段ちがいに悲惨だったんだ。何しろあの幅広のテムズ川を横切るとき、川底がたびたび抜けてしまう。そのつど坑道は水があふれ、土砂でうまり、労働者は命を落としたんです。いったい開通までに何十人、いや何百人が……」

最悪の話題である。聴衆のひとりが、

「そんな話どこで知ったんだ。道賀さんから聞いたのか」

と唇をとんがらせると、胸をそらして、

「本で読みました」

勝治はますます人望をうしなった。それでも掘削は着々と進んだ。工事というのはそれ自体が巨大な貨物船のようなもので、はじめはなかなか進まないかわり、ひとたび速度に乗りはじめた

ら区々たる感情くらいでは容易に停止することをしない。

「ちくわに焼き海苔」の焼き海苔にあたる仕切りの鉄柱も並べ終わり、上野のほうの始点ではいよいよ四番目、五番目の工程であるコンクリート施工、電気設備施工がはじまった。掘削は、追われる立場になったのである。

それが終われば、いよいよ線路を敷くことになる。

と同時に、駅づくりにもかからねばならぬ。その内装工事の施工やら、自動改札機等の搬入やらの計画を竹五郎が本格的に立てはじめた矢先。

一度目から、わずか二か月後。

二度目の事故が発生した。

第四章　浅草　開業そして延伸

約一年二か月後、昭和二年（一九二七）十二月二十九日。この年の瀬もおしつまり、東京中で老若男女が掛け取りや買い出しや挨拶のため急ぎ足を交わす日にとうとう早川徳次および東京地下鉄道株式会社がむかえたのは、開業式ではなかった。

——開通披露式。

という、珍妙な名の式だった。

厳密には式ですらなかった。そこにはおよそ日本の式典にあるべき開会の辞もなく、神主のお祓いもなく、社長のスピーチもなく、乾杯の音頭もなく、万歳三唱もなく、そもそも多数の列席者がいちどきに座れるほど多数の椅子もならべられていなかったのである。

「そういうことは、よしましょう」

と言い出したのは、徳次だった。

一か月ほど前だったろうか。取締役社長・野村龍太郎に呼ばれて行くと、野村が、

「工事も終わりに近づいたね。開業式はどうやるかね。やはり起工式のときとおなじに……」

「そういうことは、よしましょう。合理的ではありません」

徳次は即答し、かねて考えるところを告げたのである。

いわく、もちろんお世話になった人々をまねいてこの記念すべき機《とき》をともにしてもらい、あわせて宣伝のたねとするのは当然の手だけれども、何しろ小川平吉《おがわへいきち》鉄道大臣、原嘉道《はらよしみち》司法大臣、八田嘉明《はったよしあき》鉄道次官、森田茂《もりたしげる》衆議院議長はじめ朝野の名士、当局関係者、株主関係者、工事関係者、沿線住民……ちょっと想像しただけでも招待状の発送先は千人をくだらぬ。

その千人は、それぞれ同伴者があるだろう。へたをしたら起工式のときの十倍にもおよぶかもしれぬ。これを一堂に会させ得る場がはたして上野のどこにあるのかが問題だし（もういっぽうの終点である浅草はすでに店や民家が建てこんでいる）、あったとしても、式典はともかく、その後の試乗が渋滞するにちがいないのだ。

上野－浅草間、たった約二・一キロにすぎぬとはいえ、二千人以上をつぎつぎと運んで待たせぬほどの輸送力はない。あんまり待たせてしまっては、客たちも腹が立つだろう。つぎの予定も狂うだろう。そうなったら宣伝どころか、

――あんなのは、だめだ。使いものにならん。やっぱり市電のほうが便利だった。

などと悪評を立てられかねないのだ。初日にこれをやられたら、取り返すのが至難の業であることは容易に想像がつくのである。

「じゃあ、どうするね」

野村が問う。徳次は、待ってましたとばかり声をはげまして、

「三々五々来てもらって、乗ってもらって、帰ってもらう。それしかありません」

「それじゃあ、ただの試乗会だ」

「いかにも」

「私は挨拶しないのか」

「口頭では」

「書面かね」

「ええ」

「大臣はどうする」

野村は、みょうに首がながい。しかめっ面をぐらりと横へ倒して、

「これは書面というわけにはいかんよ。呼んでおいて名前も披露せぬ、挨拶もさせぬでは……」

なお逡巡のけしきを見せる。徳次は、

（世間なみ）

という語が、脳裡にまたたいた。

（やはり、役人は役人だな）

野村龍太郎は、もう七十ちかい老人だった。これまでの人生のほとんどを東京府鉄道局や鉄道院、南満州鉄道株式会社等ですごしてきた骨の髄までの鉄道官僚。そもそも徳次がこの人を高額の俸給でむかえたのは、能力というより、人脈のひろさが欲しかったのにすぎないのである。

そのせいだろう、野村の発想の出発点はつねに、

――体裁。

というその一事から離れなかった。他人におかしいと言われない、世間にうしろ指さされない、それが行動原理のすべてなのだ。

徳次は、ちがう。

その思考のみちすじは、組織人とは正反対である、というより組織とは元来無縁である。東京地下鉄道という社名など、あるいは専務取締役という肩書きなど、しょせんは成功のための仮のやどり。胸をそらして、

「ご心配にはおよびません、社長。はじめての乗りものを前にすれば、有髯《ゆうぜん》の男子もひっきょう子供になりますよ。大臣も例外じゃない。挨拶なんか、わすれます」

或る意味、乱暴きわまる答である。野村はあっさり、

「わかった」

徳次はつまり、この時点で、この鉄道界の最長老をも容易に説き伏せられる貫禄がある。ほとんど権力にちかいものだったろう。もうだいぶん長いあいだ、

――専務がいなければ、仕事は先に進まない。

そう言われる境遇にあったことに加えて、四十七という脂ののりきった年齢が、いわば徳次を説得力のばけものにしていた。徳次はその後、例の千人に招待状を出したが、そこには、

――午後一時から三時まで、ご都合よろしい時間にお越しください。

と記したのである。三々五々は実現した。

会場は、やはり上野公園とした。ただし二年三か月前に起工式をおこなった東側の山下はいまも資材や建場《たてば》が置いてあるし、かたづけたとしても広さがまったく足りないので、そこから山を上がったところの、竹の台と呼ばれる広場でやることにした。

竹の台は、むかしこのへんが徳川幕府の宗教庁というべき東叡山寛永寺の境内だったころ、本堂（根本中堂）があった場所である。

こんにちは東京国立博物館をのぞむ長大な噴水池が置かれていて、種々のイベントもおこなわれているけれども、徳次の当時はただの広場だった。

あるいは、開豁《かいかつ》すぎる道路だった。式の当日、徳次は、そこへ紅白の幕をめぐらした。幾張《いくはり》ものテントを張り、その下にテーブルと椅子をならべ、客の来訪を待ったのである。

午後一時より、客の数はおびただしかった。客の視点で見てみよう。彼らは受付をすませると、

まずその横にずらりとならぶ東京地下鉄道株式会社の野村龍太郎社長、早川徳次専務取締役ほか重役一同に、ふかぶかと頭をさげられる。

「年末ご多忙にもかかわりませず、わざわざご来駕くださいまして」

などとねんごろに謝辞を述べられると同時に、引出物の箱を手わたされる。

箱は、紙製である。横長であまり厚みがなく、ずっしりとしていて、上面に、

謹呈
東京地下鉄道株式会社

と黒の活字で記されていた。

重役連の前をはなれ、テントに入り、おもむろに椅子へ腰かける。若い社員がとんでくる。飲みものと食べものの希望を聞かれる。選択の余地はあまりない。茶菓、ビール、サンドイッチくらいの用意しかない由なので、たいていは少し口をつけただけで立ちあがり、連れ立って、地下鉄道の駅めざして歩き出す。

もともとこれが第一目的なのである。なかにはテントには目もくれず、受付から駅へ直行する者もある。

駅は、南の山下にある。テントの群れに背を向けるかたちで不忍池のほうへ行き、西郷隆盛像のところで左へ折れる。

石段を下りる。都会の崖の底である。道をわたれば、そこが省線（現ＪＲ）上野駅の横にあたる。

くりかえすが、省線上野駅である。地下鉄道のそれは見えない。

「どこだ。どこだ」

と見まわして、彼らはようやく、当たり前の事実を知るのだった。地下鉄道というのは、何とまあ、駅も地下にあるのである。

地上には、そこへ下りるための階段があるだけ。階段の上には化粧タイルを貼られたコンクリートの箱がちょこんと伏せて置かれていて、一方があけてあり、これがつまり入口なのだ。かたわらに、若い社員が立っている。そいつが手をあげて、

「ここが入口です。地下鉄道の入口でーす」

と声をはりあげるので、客たちは安んじてそちらへ向かい、階段を下り、だいぶん前から噂だけは聞いている自動改札機というやつ目ざして……というように流れるように進むことができるのは、現実には、一番乗りの客だけだった。

それ以降は、たちまち長蛇の列となったからである。階段のところから道をまたいで西郷像のあたりまで、その長さは百メートルにもおよんだだろうか。にもかかわらず客たちが続々と最後尾につき、列をいっそう延ばしたのは、はた目には珍妙きわまる光景だった。

何しろ日本を代表する名士たちが、羽織袴だの、モーニングだの、きっちり礼装に身をかためつつ夜店の客のように自分の順を待っているのだ。なかには、

「いつまで待たせる」

とか、

「つぎの予定が」

などとぶつぶつ言う者もあったけれども、大部分はむしろ浮き浮きしている様子だった。

或る意味、たしかに子供だったのである。東洋初の地下鉄道の最初の乗客になれるのだから当然といえば当然だけれども、それにしても待ち時間は長かった。よほど手もち無沙汰だったのだ

ろう、なかには立ったまま引出物の箱をあける者もあらわれる始末で、そこにあるのは、

一、挨拶状　一通
一、小冊子「上野浅草間建設工事概要」一冊
一、開通記念写真帳　一冊
一、優待乗車券　一綴

挨拶状は和紙袋とじ、手のひら大で、表紙を入れてもわずか十ページにすぎぬ。本文はもちろん社長・野村龍太郎名《めい》のもの。

二番目の小冊子「上野浅草間建設工事概要」は文字どおり今回の工事の概要を述べたもので、前半は線路、用地、工事概況（工法）、軌道などをあつかう。後半は事務担当者、設計者、工事監督者、請負会社、材料納入会社の名前を列挙することさながら神社仏閣の奉加帳のごとし。

いちばん嵩《かさ》があるのは三番目の開通記念写真帳である。ここでの「写真帳」とは冊子の形式としてのアルバムをいう。実際には写真のみならず、木版の絵も貼られているのだ（後述）。

大きさはA4、横長。

右紐綴《ひもと》じ。表紙の絵は最新のアール・ヌーヴォーふうである。全体を縦横《たてよこ》の線で六つに区切り、そのうちの左上に「地」の字を、中央下に「下」の字をそれぞれ置く。

どちらも角のするどく立った、工業的な字体である。のこりの四つの区画にはそれぞれ銀色の点や、蔦のような曲線や、柊《ひいらぎ》の葉らしい模様があしらわれて、しかしやっぱり天然の植物という感じはなかった。こうした思いきりのいいデザインはおおむね好意の対象となったが、一部の年寄りの客には、これまた、

「題字は、楷書であるべきじゃ」
とか、
「わけがわからん」
などと少々不評だった。
表紙をひらくと、左ページのみ使われている。一ページにつき一枚、絵葉書大くらいの写真または木版の絵がぺたりと糊づけされているわけで、おもなものは、
路線図（木版）
起工式（写真）
隧道内部全景（木版）
上野駅プラットホーム（木版）
浅草駅 客溜《きゃくだまり》（木版）
上野変電所（木版）
同　　内部（写真）
全鋼製電車（写真）
何らかの理由で事前に撮影できなかったものが木版のほうへまわされたのだろう。とにかく客たちは長い待ち時間の末にようやく階段を下り、駅の客溜（構内）へ足をふみいれることになる。構内がまるで地上のごとく明るいことに、
「おお」
と感嘆の声があがる。
壁には宣伝用の看板が何枚も貼られているのだが、どれもこれも、こまかな字までくっきりと読める。客の列は改札へ向かう。

社員たちの誘導により、さながら西洋料理に使うフォークのごとく一列から四列にわかれる。

そのさい社員はひとりひとりへ、

「どうぞ」

「どうぞ」

と、小さな白銅《はくどう》製の円盤を手わたした。

円盤には、穴があいている。

十銭硬貨である。誰かに、

「何かね、これは」

と聞かれるたび、社員たちは、

「これで改札をお通りください。改札はターンスタイルでございます」

などと得意そうに答えたけれども、客はきょとんとするばかり。答はしだいに、

「ターンスタイルです」

と気安くなり、さらには横文字の誇示があきらめられ、

「自動改札機です」

となった。社員たちは、こころなしかつまらなそうな顔をした。

自動改札機は、地上の鉄道もふくめ、おそらく日本初の導入だろう。客たちの前には横になが い鉄柵がある。鉄柵には四本の通路があけられていて、それぞれ、木の棒が横にわたしてある。もしも客のひとりが無理につっこんで行こうとしても、木の棒はびくともしないだろう。無賃入場はゆるされないのだ。ところが右手には運賃箱が置かれている。

客たちは、いましがた受け取った白銅貨をその投入口へすべりこませる。内部でちゃりんと音がする。このとき白銅貨はおもみで電気回路の開閉器をも動かしているので、客はそのまま前へ

進めば木の棒をあっけなく押し出して入場することができるのである。

木の棒は、上から見れば「一」の字ではない。

それを四つ組み合わせた「十」のかたち。客ひとりを通したときは四分の一だけ回転《ターン》したわけで、つぎの客は、つぎの木の棒にやっぱり通せんぼされることになる。向こう側へ抜けるには、やっぱり運賃箱へお金を入れるほかないのだ。

ちゃりん、かしゃん。

ちゃりん、かしゃん。

近代そのものの音とともに「十」の字がまわっては止まり、まわっては止まる。男も女も子供のような顔になったけれども、やはりと言うべきか、そのはしゃぎようは、ほんものの子供にはかなわなかった。

なかには前歯のうんと突き出た、見るからに狡猾そうな男の子もいたが、その子もやはり十銭という結構な大金を手にしてもこっそりと袖のなかへ隠しこんで引き返すようなまねはせず、進んで運賃箱へ入れて、

「わあ」

と純真そのものの声をあげる。金銭欲よりも乗りものの欲のほうがまさったのだ。

改札の向こうは、プラットホームである。いわゆる相対《そうたい》式。二線（複線）の線路の手前と奥にそれぞれ一本ずつホームがあるのだ。手前のそれへ一両のみの電車が来て、ドアがひらくと、みんな吸いこまれるように入って行った。

駅員がかたわらで人数をかぞえる。定員に達したところで運転士へ合図して、ドアを閉めさせる。

一瞬の静寂。

まるで時間がとまったかのよう。つぎの瞬間、
コトリ
と軽やかな音がして、モーター音の演奏がはじまった。

演奏が高鳴り、電車はゆっくりと動きはじめる。日本初の全鋼製車体はしかし鋼鉄らしさとは正反対の、果汁をまきちらすようなレモンイエローにぬられていて、ただし最上部のみ濃い茶色。この組み合わせには、子供たちも、

「カステラだ。カステラだ」

と大よろこびした。

速度を上げ、トンネルの闇へとびこんで行くと、客たちの目にのこるのはテールランプの光だけ。

上部中央に、ぽつりと一灯。

それは前照灯である。いまは消えている。テールランプは車両下方の左隅。ささやかな、ほんとうにささやかな赤の点だった。

しだいに闇に侵されつつ、けれども消失することは拒みつづける。地中の星そのものだった。

†

こういう改札やホームの様子を、むろん徳次は見ていない。

午後一時の開会時から、地上の受付横に立ちっぱなしだったからである。

冬のおだやかな陽の光をあびつつ、つぎつぎと来るお客へお辞儀をし、感謝のことばを述べつづけた。改札機や車両だけでなく、自分自身までが、

（電気じかけに）

そう錯覚する瞬間もあったほど同一の動作、同一の発語のくりかえしだった。

もっとも、開会から一時間がすぎたあたりで、来客はにわかに減りはじめた。みな早めに来たのである。試乗があんまりたのしみだったのか、あるいは混雑を予想したのだろうか。客足がとぎれると、徳次はふうと息を吐き、ポケットからハンカチを出した。シャツの衿《えり》の内側をぬぐいながら、

「暑いですな」

野村社長へ声をかけた。十二月なのにである。野村は、

「そうだね」

と応じたが、その顔はべつだん暑そうでもない。例のながい首に風のかようのが、むしろ涼しそうな感じである。

（それは、そうだ）

と徳次は思った。さっきから客へは自分のほうが三倍もしゃべっている。しかしまあこれは野村が怠惰ないし非礼なわけではなく、ただ単に、こっちが生まれつき多弁な上、きょうはやはり、

（気負いすぎ、かな）

徳次は、ハンカチをポケットにしまった。

と同時に、渇きをおぼえた。テントのほうを見た。客の姿はほとんどない。白布をかけたテーブルの上にビール瓶が林立している。なかには半分以上、のこっているものもある。

（もったいない）

徳次は、生唾をのみこんだ。左右を見て、客の来ないのをたしかめると、そちらへ駆け寄り、いまだ汚れていないコップを取った。

立ったままビールをつぎ、いっきに飲む。よくひえている。

「おやおや」

背後から声がした。ふりむくと、モーニングを着こんだ男がひとり立っている。

子供のいたずらでも見つけたようににやにやしている。小《こ》づくりな、みょうに書生じみた顔。

徳次は息をついて、

「何だ、君か」

「何だとは何です、早川さん。私も招待客でしょう」

「君はまあ、関係者も同然だ」

「勤務中じゃありませんか」

「一杯だけだ。のどが渇いてね」

と、けろりと言ってから、徳次は、

「君は、乗りに行かんのかね」

「後日ゆっくり乗りますよ。十銭支払って」

書生ふうの男はそう言うと、にわかに真剣な表情になり、手にしていたコップを突き出して、

「乾杯」

「む」

「早川さんの壮挙に」

「事故もあったが」

「不慣れの故です」

「必要の事はかならず実現する。それだけの話さ、代表さん」

「早川さんから、すべては始まったんですよ。ポケットの豆からと言うべきかな」

徳次は、感動屋である。これだけで、

（ああ）

あのころのさまざまを思い出し、しゃっくりにも似た何かが胸へせりあがって来た。相手の男はさらに早い。もうすでに丸いめがねの内側にぱらぱら水滴がくっついている。泣いているのだ。

泣きながらも、目は徳次を正視して、

「起工式は、二年あまり前でしたね。大正十四年九月二十七日午前十時からでした。イギリスで世界最初の鉄道が開業し、その汽車がダーリントン－ストックトン間を往復したちょうど百年後、同月同日にあたります。東西をへだてた時差はあれど、時間までおなじ」

「ほんとうかね」

徳次は、目をみはった。男が、

「ええ」

うなずいたので、ほんとうだと確信した。この男はめっぽう数字につよい。

「それは稀有な暗合だね。知らなかったよ。きょうの日はどうだね」

「それは」

と男は目を細め、洟《はな》をすすり、

「あるわけないでしょう。そうそう都合よく」

「はっはっは」

徳次は哄笑した。男はめがねの内側へ指を入れ、目を揉むようなしぐさをしながら、

「だいいち早川さん、きょうは終わりの日じゃないでしょう。地下鉄道は完成していない。単なる中仕切りにすぎない」

「そのとおりだ、五島君。まことにそのとおり」

何度も首肯して、二杯目のビールをあおりつつ、

（やはり）

と、徳次は、ふかい満足をおぼえている。目の前にいるこの書生ふうの、しかし実際はすれっからしもはなはだしい五島慶太という男こそ、やはり真の知己、いちばんの理解者にほかならないのだ。

五島慶太、四十六歳。

徳次のひとつ下である。起工式へ招待したときの肩書きは、東京横浜電鉄の専務取締役だった。あのとき五島は、たまたま会場管理をしていた現場総監督・道賀竹五郎へ、

——もうじき東海道線とはべつの、もう一本の東京‐横浜間の大幹線ができあがる。そのときは東横線と呼んでくれ。

などと大ぶろしきをひろげたものだが、実際には、その時点では大幹線どころではない。たった一メートルの営業路線も持っておらず、そもそも会社自体がまだ設立されたばかりだった。

——そんな会社、どこにあるんだ。

と竹五郎が首をかしげたのは、むしろそのほうが尋常な反応だったのである。

要するに、無名の会社だった。ところがその後、二年のあいだに、
丸子《まるこ》多摩川‐神奈川間（大正十五年二月十四日）

渋谷‐丸子多摩川間（昭和二年八月二十八日）

の線路を敷いたことには徳次もおどろいた。あわせて渋谷‐神奈川間である。横浜までほんの少しのところまで来たわけで、しかも経営は順調、株主からの異議もないという。

世人はたちまち、

——五島の凄腕《すごうで》。

などと言いだした。あるいは、

――目にもとまらぬ早わざ。

とか、

――奇跡だ。

などと評したが、もちろん五島は神様でもないし魔法つかいでもない。からくりがある。彼はただ、目黒蒲田電鉄《めぐろかまた》という別の会社の役員でもあっただけの話なのだ。

目黒蒲田電鉄は、その名のとおり目黒－蒲田間約十三キロの路線が売りものである。いわゆる目蒲線《めかま》である。田園をのぞむ郊外路線というような性格だけれども、大正十二年（一九二三）、関東大震災があってから、なかなか復興の進展しない都心での暮らしをあきらめて沿線へ来る人が急増した。

彼らは毎日、電車で都心へ出勤し、電車で帰宅した。会社の売上はおのずから結構なことになる。その目黒蒲田電鉄へ、五島慶太は、東京横浜電鉄（厳密には当時の名は武蔵電気鉄道）をまるごと吸収させてしまったのだ。

そうして社名は、むしろ吸収されたほうを採った。

新生・東京横浜電鉄である。五島はその専務取締役になったわけだ。

おなじ社内だから資金の融通はやりやすくなり、目蒲線というドル箱のあがりは、そのうちのかなりの部分が渋谷－神奈川間、五島のいわゆる「東横線」へと投下された。これが奇跡のからくりである。ちなみに言う。渋谷－神奈川間はこの翌年（昭和三年）、高島町までの延伸により、横浜への到達を果たすことになる。文字どおり東横線になったわけだ。

五島はその仕事ぶりを評価され、代表取締役に昇格した。

名実ともに、東京横浜電鉄の頂点に立ったのだ。徳次がいま彼をたわむれに「代表さん」と呼んだのは、このことにもとづく。

経営者仲間のうちには、

――地下の早川、地上の五島。

とならび称する者もいるし、あるいはまた、

――東の早川、西の五島。

と見る者もいる。後者もまた、言い得て妙というところだった。徳次が宮城の東で上野と浅草をむすびつつあるのと、五島が西の渋谷を着々と本拠地化しているのとの対比。或る種、ライバルどうしという見立てである。

実際、ふたりは、あたかも天がそうなるように意図したかのごとく競争の条件がそろっていた。何しろ誕生日は六か月しかちがわないし、故郷はまあ似たようなところ。徳次は山梨県、五島は長野県。

大学はおなじ法科だったし（徳次は早大で五島は東京帝大）、ただしふたりとも大学へ入るまでには非エリート的な寄り道をしている。徳次はわざわざ岡山の第六高等学校へ進学した上に病気で退学してしまったし、五島は五島で、家計の都合により、松本中学卒業後にいっとき故郷・青木村《あおき》（小県郡《ちいさがた》）で小学校の代用教員をやっていたのだ。

そうして現在はふたりとも鉄道会社の経営者であり、この約二年のあいだに徳次は上野‐浅草間約二・一キロを、五島は渋谷‐神奈川間約二十四キロを、それぞれ現実のものとした。地上のほうが工事がしやすく、敷設技術の蓄積の度も高いことを考えれば、ここでもまた、

――互角の勝負。

と言うことができる。もっとも徳次自身は勝負などとは思ったことがない。かねてから前述のごとき真の知己、あるいはいっそ、

（戦友）

という思いを抱いていたし、それ以上に五島のほうが、

「早川さん。早川さん」

と、何かにつけて話しかけて来る。いっしょに小さな仕事をしようとする。兄を慕う弟というか、親を慕う子というか。最近も、ひとつの逸話がうわさになった。

この月のはじめ、徳次は、最初の走行試験をした。

上野車庫で車両《くるま》へ乗りこんだ。ほかには野村社長ほか事務系の社員たちが乗り、技術系の関係者たちが乗り、さらに鉄道省の役人数名が乗る。

役人の前では、わずかの失敗もゆるされない。いよいよ発車というときに、徳次は、顔をこわばらせて、

「みなさん、本日の試験はわが国初のこころみであり、運転は細心の注意を以てしなければなりません。気が散ることを避けるため、運転中は私語を厳禁といたします。林《はやし》君（電気課長・林昭《あき》徳《のり》）が運転士その他へ命令するほかは、何が起きても沈黙してください」

ところが電車が車庫を出て、五十五パーミル（水平距離千メートルに対して五十五メートル）の勾配をくだり、トンネルに入り、とどこおりなく上野駅へ着こうとすると、

「万歳！　万歳！」

ほかならぬ徳次自身が諸手《もろて》をあげ、叫喚したのである。役人のひとりが、後日、へんな人だと揶揄するような語感とともに五島へこのことを告げた。五島は目の色を変えた。そこは役所の庁舎内で、まわりに人がいるにもかかわらず、

「万歳！　万歳！」

つまり五島は、それほどまでに徳次を欽仰《きんぎょう》していた。ひとつ年上だからでもあっただろう。地

上と地下では競合がない、つまり客の取り合いにはならないからでもあっただろう。しかしながら究極のところでは、五島は徳次を師と思い、さらには命の恩人とすら思っているようだった。命の恩人とは、この場合、けっして大げさな言いようではないのである。

五島は、官僚あがりである。

鉄道院（当時）にいたころ、そうとう有能だったらしい。中途入職にもかかわらず出世がはやく、たちまち監督局総務課長に任命されるところだったが、何しろ勤続年数があさい。ひとまず課長心得ということになり、この「心得」が、本人はたいへん気に入らなかった。

それをまた露骨に態度に出した。ときどき稟議書がまわされて来る。ふつうなら決裁印を押して次へまわすところ、五島はわざわざ「心得」の二字を赤線で消し、認印まで押したという。

案件によっては、稟議書は、政治家をのぞけば最高位の上司である鉄道次官・石丸重美《いしまるしげみ》のもとへ行く。或る日、石丸が、

「不満なのかね」

と問うた。五島はむしろ胸をそらして、

「私は課長の仕事を十全に果たしていると自負しております。ほかの誰にも負けません。しかるに『心得』などという曖昧な立場で決裁をおこなうことは課長職への侮辱になります」

二か月後、昇進した。晴れて「心得」なき課長となり、石丸に、

「おめでとう」

と告げられると、五島はお礼を言うどころか一片の微笑だに見せず、

「遅きに失したくらいです」

こんな傲岸不遜さであってみれば、五島がいわゆる肩たたきに遭うのも時間の問題ではあった。課長就任から一年半後、五島はとつぜん、

——武蔵電気鉄道という会社がある。とてもいい会社だそうだよ。

と勧められたのである。

勧めたのは、石丸次官その人だった。官から民への「天下り」……とだけ言えばまあ儲け話のようだけれども、本質は、体のいい追放にほかならなかった。

何しろこの武蔵電鉄という会社、免許状だけは何枚ももらったくせに、実際の線路はただの一メートルも敷いたことがない。一種のペーパーカンパニーである。五島慶太三十九歳、さすがに、

——やりすぎた。

と思っただろうし、

——人生、終わった。

と思っただろう。そこへ声をかけたのが徳次だったのだ。

尾羽《おは》打ち枯らした武士《さむらい》へ、商人《あきんど》が、

——手を、さしのべた。

というところだろうか。いろいろ助言をあたえたり、ときには一部の者しか顔を出せぬ特別な会議へまねいたりして、とにかく五島を一人前の経営者にしてやった。

旧知のよしみ、だからでもある。あるいは東京地下鉄道の前社長・古市公威、あの起工式で最初にくわんと杭打ちの儀式をしてみせた老工学博士に、

「早川君、よろしく五島君のめんどうを見てくれ。五島君の結婚は、わしが媒酌したのだからな」

という好々爺そのものの委任を受けていたからでもある。どちらにしろ徳次には大したことではなかった。こまっていたから助けただけ。五島はよほど恩に着たものらしい。いったい傲岸不遜というのは理由もなく目的もなしに人をとことん下に見る心事であるが、それだけに、何かの

拍子にころりとするや、たちまち理屈ぬきの崇敬になるのである。

おなじコインのうらおもて。そういう五島慶太が、いま、地下鉄道の事業を、

「中仕切り」

と言った。徳次は、

「ああ」

と言いつつ、二杯目のビールを飲む。

椅子にすわり、テーブルに手をのばし、サンドイッチもむしゃむしゃやりだした。ふしぎなもので、あらたまった場にかぎって腹がへる。

五島は、立ったままである。

ビールのコップは手にしているものの、直立不動にちかい姿勢で、

「この晴れの日に言うのも何ですが、上野－浅草間など、しょせん中仕切りにすぎませんよ。早川さんのこころざしはその先、はるか南にあるのですから。上野をこえ、新橋をこえ、最終的には品川へ」

「こころざしなんて大げさだな。そもそも申請がそうだったじゃないか」

「延伸工事は、順調ですか」

「もちろん」

「当面の目標は」

「新橋」

徳次はそう断言するや、口中のものを呑みこんだ。ビールをさらに流しこんで、

「新橋までは、上野－浅草間の倍以上もの距離がある。そこまで行ったら内々《うちうち》の祝宴を張るつもりだよ。外部の人は呼ばない。平《ひら》社員も、請負《うけおい》会社の現場監督も、人足たちも、なるべく労をね

ぎらってやりたいしね」

「ターンスタイルは？」

「え？」

「ターンスタイル。自動改札機です」

「ああ、あれか。アメリカからの輸入品だよ。ずいぶん金がかかったが、何しろ切符を発行せずにすむのは大きいからね。近ごろは紙代《かみ》もばかにならない。遠からず、もとが取れるだろう」

「そうじゃなくて、早川さん、延伸の話ですよ」

「延伸？」

「ええ」

と、五島は、まるで男の子がおもちゃの話でもするような熱心そのものの口調で、

「ゆくゆく延伸ということになれば、乗車距離に応じて運賃が変わる、いわゆる区間制を採用せざるを得ない。子供料金の設定もしなければ。となるとターンスタイルは撤去しなければならないじゃありませんか。あれは全区間十銭均一が前提で……」

「おいおい、五島君。きょうくらい勘弁してくれ」

「あ」

五島はすばやく頭をさげ、

「これは、つい。お疲れなのに。失礼しました」

「いいんだ、いいんだ。あしたからまた考えるよ」

と徳次が一笑に付したとき、受付のほうが騒がしくなった。徳次はビールを置き、ハンカチで口をぬぐい、

「失敬」

椅子から立ち、駆けだした。

来客が、にわかにふえたのである。受付横に立ち、ふたたび礼と謝辞の人になった。

何度も頭をさげながら、徳次は、

（む）

客のむこうが目に入った。五島がなお片手でコップを持ち、片手をズボンのポケットに突っ込みつつ、こちらを凝視している。

丸めがねの奥の目は、まだ露《つゆ》を帯びているように見える。

（五島君）

こっちのひとみも、おのずからうるむ。五島は金で苦労したという。故郷で小学校の代用教員をしたこともそうだが、帝国大学入学後も学費に窮し、民法学者・富井政章《とみいまさあきら》やら元外務大臣・加《か》藤高明《とうたかあき》やらの家へ住みこんで家庭教師をしていたという。

要するに、やしなってもらっていた。結局この世は苦労した者が勝つのだというような平凡な感慨にとらわれて、徳次は胸が熱くなり、客に知れぬよう横を向いた。

そうっと、指で目尻をぬぐった。

†

この日の開通披露式は、見かたによっては、午後一時の開始ではなかった。

その三時間前、午前十時の開始だった。なぜならこの時間には朝香宮鳩彦王《あさかのみややすひこ》および竹田宮恒徳《たけだのみやつねよし》王による台臨があり、徳次はじめ重役一同は、これをむかえる名誉をかたじけなくしたからである。

徳次たちは、ふたりをまず上野精養軒へ案内した。

茶菓など勧め、それから上野駅へ向かった。階段を下り、ふたりに十銭白銅貨をそれぞれ手わたし、ターンスタイルを通過してもらう。車両に乗りこむ。ごとごととゆられつつ上野から浅草へ、折り返してふたたび上野へ。ふたりとも車内では子供のようで、記念写真の撮影にもこころよく応じ、みじかいながら徳次へも讃辞をさずけた。

徳次はうやうやしく拝聴した。おそらく世の苦労をしたことのない人々からの讃辞だが、徳次はあっさりと感動している。

†

翌日から、一般むけ営業開始。

（どうかな）

徳次は、じつは危惧していた。ほんとうに客は来るだろうか。

何しろ上野－浅草間である。歩いて行ける距離であるし、市電にごとごとゆられても七銭しかかからない。それをわざわざ十銭も出して陽光とどかぬ地下へもぐりこもうなどという風狂人が、はたして、

（どれほど）

ふたをあければ、一番電車から大混雑だった。

上野駅は前日とおなじく、いや、前日以上の列ができた。ずらずらと改札口から階段をのぼり、地上へ出て、大通りぞいに延び、はやくも昼前には上野広小路にまで達した。

最後尾の者は、おそらく乗るまでに一時間以上かかるだろう。ただし徳次は、その時間にはも

う現場にはいなかった。どの駅で、ないしどの駅間で、どんな椿事が発生するか知れないので、社へもどり、会議室にこもり、ほかの重役や技術者らとともに待機の時間をすごしたのである。

「大本営だな」

と誰かが言い、全員さざめく程度に笑った。さいわいにも持ちこまれるのはごく軽微なものばかりで、停電とか、車両や機械の故障とか、乗客の線路への転落とかいうような深刻な話は来なかった。

†

上野広小路では、昼すぎに、最後尾へふたりの女が加わった。

退屈しのぎなのかどうか、ふたりともよくしゃべる。喧噪にまぎれがちだけれども、ひとりは、

「軻母子さん」

と呼ばれ、もうひとりは、

「すみ子さん」

と呼ばれ、ときに片方が片方の二の腕をぶつまねをするあたりは仲のいい友達どうしに見える。

軻母子とは、徳次の妻の軻母子である。

列はゆるゆると前へ進む。およそ一時間後にふたりはやっと階段の下り口に達し、さらに三十分後にターンスタイルを通過した。

ホームに出て、全鋼製、カステラ色の車両が来ても話をやめぬ。ドアがひらく。後部のそれから足をふみいれる。軻母子は前方へ目を向けた。

内装の基本は板張りであり、満員の座席はいわゆるロングシート。左右でベンチが向かい合う

ような感じ。座席の上では手前から奥へ、ずらりと吊革がぶらさがっていた。

あたかも数字の「11」をつらねたように二列に……いや、ちがう。ぶらさがってなどいない。立ち客の移動のじゃまにならぬよう「ハ」の字のかたちになり、いわば空《そら》の道をあけているのだ。吊られざる吊革、とでもいうべきか。持ち手のかたちも独特だ。よくある円形ではなく、その上部をつまんで引っぱったような涙形。

あとから客が来る。座席がすべて埋まってもなお鉄砲水のように押し寄せて来るのに背中を押されて、軻母子はどんどん前へ送りこまれた。

車内がおちつき、安住の地を得たところで、

「立ちん坊ね」

軻母子は、すみ子に声をかけた。すみ子は、

「ええ」

「どのみち、みじかい距離だしね」

「ええ」

専務取締役の令夫人も、ここではひとりの乗客にすぎないのだ。軻母子は手をのばし、吊革をつかんだ。吊革はこっちへ引き寄せられ、方向がほぼ鉛直になる。もしも手をはなしたとしたら、ばねの力でもとどおりになり、奥へななめに固定されるわけだ。

車内は、たちまち満員になった。

座席四十、立席八十、合計百二十名が定員であることを軻母子はいちおう夫から聞いているが、見たところ、それよりもたくさんいるらしい。駅員が制止しきれなかったのだろう。

地上の市電さながらの鮨づめ状態。もともとは市電の混雑をどうにかしようという目的で開業した地下鉄道なのに、初日とはいえ、これは何としたことか。

ぴい。

という笛の音が天井にひびく。緑色の服を着た若い乗務員が、

「発車しまーす」

と言い、ドアをしめる。車両はごとりと、

――挨拶がわり。

と言わんばかりに一ゆれして、乗客たちに歓声ないし悲鳴をあげさせてから、ゆっくりと、ゆっくりと前へ進むことをしはじめた。

窓の外は、あかるい。

駅のあかりで、むしろ、

(まぶしい)

軻母子はつかのま、目を細めた。そのまぶしさが後方へ押しやられ、トンネルの壁のコンクリートと化し、すっかり暗くなってしまうと車内照明がにわかに気になりだす。

すみ子も同様なのだろう、上を見て、きょろきょろしながら、

「軻母子さん」

「なあに」

「何か、ちがうわ。夜に市電に乗るのと似たようなものかしらと思ってたんだけど、何かこう……だいいち、光源《あかり》はどこかしら。天井にもどこにもない。何でこんなに明るいのかしら」

「ここ」

軻母子は正面を見て、窓を指さし、

「え？」

「窓の上」

指をはねあげるようなしぐさをした。

窓の上には木製の荷物棚がある。その奥に光源が横にならんでいた。一見わかりづらいのはシェードのようなもので覆われているからだろう。そのシェードは、よくある下向きではなく、チューリップの花のひらくように上向きに設けられていたのである。

つまり光は、室内をじかに照らさない。いったん上へひろがり、象牙色の天井にぶつかり、それからはじめて車内へほのぼのと金粉のごとく舞いおりるのだ。ビリヤードでいうクッションボールのようなもの。

——間接照明というんだ。

と、輌母子は、夫がそう自慢げに言うのを聞いたことがある。八年前に原敬首相より認可をもらってからというもの、夫はほとんど家におらず、早朝の出勤と深夜の帰宅をくりかえすばかりだけれども、ときたま日曜日などは夫婦そろって銀座へ出て、買いものをしたり、氷を飲みつつ歩いたりした。この話もたしかそんなおりに出たのだったか。

——間接照明？

輌母子が首をかしげると、徳次は、ほかの通行人がふりむくような大きな声で、

——たとえば裸電球なんかは直接照明だ。じかに室内へ光をはなつ。太陽が真昼にぎらぎらと照りつけるみたいなものさ。でもこんど俺の車両《くるま》に採用したのは、日没直後というかな。地平線にしずんでもなお世界にやわらかく色をのこす。

——どうして？

——乗客の顔がきれいに見える。じかに照らすと、人間の肌というのは、案外あらが目立つものでね。

——男の人は気にしないでしょう。

――女の客のためにするのさ。地下鉄道というのは都会生活の一舞台だからね。女優をきれいに見せなきゃ。そのほうが長い目で見て……。

――東京の街が垢抜《あかぬ》けするのね。

――会社の売上げになる。

夫は、まじめな顔で言った。かりにも銀座の路上である。嘘でもいいから「垢抜けする」と言うべきじゃないかしらと軻母子はそっと眉をひそめたが、考えてみれば、よくも悪くも、これが軻母子の夫だった。頭のなかに事業しかない。うつくしさとか、風流とか、詩情とかいうのは夫にとっては事業計画の一要素にすぎず、決算書の数字になってはじめて意味があるのだろう。

そんなことを思い出しながら、軻母子が、

「間接照明っていうんですって」

と教えてやると、すみ子はなおまじまじと窓の上を見て、

「へーえ」

「そこまで、めずらしい？」

すみ子はうつむき、やや声をひくくして、

「私はふだん……直接《じか》ばかり」

「じか？」

「呼ばれる先のお座敷が。どこもただ電球をぶらさげてる」

「……浅草の？」

「ええ」

「ご主人は、お元気かしら」

遠慮がちに聞くと、すみ子はちょっと肩をすくめて、

「たぶん」

すみ子は、本名、奈良山すみ。

夫はかつて、この地下鉄道工事において掘削の工程を担当していた奈良山勝治である。この瞬間、そこを彼女たちが通りぬけているトンネルもおそらく彼が掘ったものだろう。着工当初はじつに快調に掘り進んだけれども、結局、二度も崩落事故を起こしてしまった。

二度目のそれは後述するが、結局は、やむを得ない自然災害などではなく、

――勝治の、失敗。

ということになり、勝治は、所属先である大倉土木をやめさせられた。

ひとりで責任を負わされたのである。もちろん徳次は、たかが請負会社の人足ひとりの進退など知るよしもない。しばしば現場へ足を運ぶことはあっても、報告を受けたり、指示を出したりする相手はつねに現場総監督・道賀竹五郎にとどまっていて、それ以下の職位の者たちとは口をきくことがなかったからである。

知らぬまま、二度目の事故の二か月後、浅草の料亭「半善」へ行った。東京市の水道関係の役人に、

――妓のいる店へつれて行け。

と言われ、つれて行ったのだ。

よくある接待である。座敷には四、五人の芸者を呼んだ。そのうちのひとり、薹の立った見習いが、徳次が東京地下鉄道の重役と知るや、きゅうにそわそわしだしたのである。

客へのお酌の手もせっかちになった。徳次がふと厠《かわや》へ立つと、厠を出たところで待ちかまえていて、

「どうか、お助けを」

この芸者見習いが、つまり、すみ子だったのだ。すみ子はその場で身の上をあかした。夫のあれこれを告白した。もともと前橋中学校の出身であること。群馬－新潟間の清水トンネルの現場にいたこと。若いのに抜擢されて来たこと。大倉土木をやめたあとは家をはなれ、ひとり横浜へ行き、いまはかんかん虫をしているらしいこと。

「かんかん虫か」

徳次は、うめいたという。かんかん虫とは、一種の港湾労働者である。

陸《おか》の船渠《ドック》で貨物船などの甲板へあがり、一枚板の上に乗り、ロープを下ろして船腹にへばりつく。カンカン音を立てて錆や貝などを剝がし取る。

太陽の光なら嫌というほど浴びることができるものの、相手は大型船である。建物で言うなら地上何階ぶんかの高さがあり、うっかり落ちたら命にかかわる。夫は——勝治は——日曜日も祝祭日《はたび》もまったく帰って来ないばかりか、わるい仲間にむりに博奕《ばくち》にさそわれるらしく、このごろは仕送りもとどこおるようになったため、このとおり、自分もはたらきに出た。とはいえ家には小さな四人の子供がいる上、老いた父母もいるため、芸者見習いの給金では、

「焼け石に水で」

うんぬんと、すみ子はそう言ったのである。そうして最後にこう付け加えた。自分がこの仕事をしていることは、くれぐれも夫には内緒にしてください。

徳次は、こまった。

なるほど同情に値する話ではあるが、勝治とはそもそも一面識もない。金銭的援助の義理はないのだし、かりにあっても金がない。徳次には、個人資産というべきものがほとんどなかったのである。いちおう専務取締役という肩書はあるにしても、給料は、けっして高いものではなかったのだ。

何しろ東京地下鉄道という会社自体が、この時点では、一銭の事業収入もないのである。ただただ名士からの出資および銀行からの借金でせっせと穴を掘っているだけの会社というより事業体で、たしかな未来は何ひとつない。そういうところから高額の給料を吸い取るのは、道徳的にも、物理的にも不可能なことだった。

ましてや、或る種の世慣れた男たちのように、

「わかった。面倒みてやる。妾になれ」

などと言って向島あたりの一軒家をあてがうなどは発想からして生じなかった。そのかわりと言っては何だけれども、徳次はこのとき、

——中学校か。

そのことは、多少、心にのこったという。

あの日の光とどかぬ坑道のなかで土にまみれ、泥水にまみれ、命の危険ととなり合わせの日々をおくっている労働者のなかにそれほどの就学歴のもちぬしがいるとは、さすがに想像もしなかった。掃溜《はきだ》めに鶴というか何というか、大きく言えば、自分や、役人や、技師や、あるいは東横線の五島慶太などとおなじ世界のほうの住民なのだ。

地下足袋よりも革靴をはくべき社会人。これはひとつ、

——何かしら、してやらねば。

と心決めしたのはいいが、しかしこの早川徳次という人間のふしぎさは、その何かしらを、ほかならぬ妻へ一任したことだった。

「友達になってやってくれ」

「まあ」

「女どうしなら、話も合うだろう」

「まあまあ」

軻母子はあきれた。どこの世界に、見習いとはいえ、芸者の世話を妻にやらせる夫があるだろう。それでも結局、

「わかりました」

と返事したのは、軻母子自身、

（お仕事の役に、立てる）

心がはずんだからだろうか。

気がつけば、夫は、だいぶん大きくなってしまっている。専務取締役の肩書を持ち、百人からの部下をしたがえ、名士と会い、博士に教わり、大銀行の役員たちと連日、巨額の金の相談をしている。

役人を料亭で接待するのも、逆に言うなら、役人がわざわざ貴重な一夜を、

――割《さ》くに足る。

と認めていることのあかしなので、軻母子はそのぶん、蚊帳の外へ出されてしまった。草創期には黒豆白豆を用意して東京のあちこちの交差点でいっしょに交通量調査をした、日本神話でいうならば伊弉諾尊《イザナギノミコト》に対する伊弉冉尊《イザナミノミコト》のごとき女神というのに。

軻母子は、大正の妻である。

夫の仕事に口を出さず、ひたすら家で着物のしわをのばしているような明治の妻とは、

（ちがう）

その自意識がある。もっとも、去年の暮れには、その大正の御代《みよ》もとうとう天子の崩御で終わりを告げてしまったけれども。

「わかりました。何とかしてみましょう」

翌日、軻母子は、ひとりで浅草寺《せんそうじ》裏の置屋へ行った。

置屋の主人の許可を得て、すみ子に会った。それからというもの、たまに彼女をつれ出しては銀座で何か買ってやったり、氷を飲ませたり、こづかいをあげたりしているのである。こづかいは少額である。生活の足しにはなるまいが、少なくとも、或る種の張りにはなるのではないか。

電車はなお、地下を行く。

ごとごとと車輪が線路をふむ音を立てる。とともにキーキーという蝙蝠《こうもり》の鳴き声のような甲高い音が車内いっぱいに響くのは、

（あら）

軻母子は、これまで聞いたことがない気がした。ひょっとしたら、集電方式がいわゆる第三軌条だからかもしれない。

地上の電車のように架線を上空にぶらさげるのではなく、線路の横に、ちょうど三本目のレールに見えるような金属の棒を敷く。直流六〇〇ボルトの高圧電流のながれるその棒へ、ちょこんと車両から突き出た集電靴《か》と呼ばれる部品をこすりつけて電力を取り入れるのだ。

架空線方式とくらべると、トンネルの断面積が、

――小さくてすむんだ。

と夫に聞いたことがある。そのこすりつけの音が、つまりはこれなのかもしれない。

「だいじょうぶよ」

と、軻母子は言った。

「だいじょうぶ。ご主人、きっと帰って来る。横浜から」

われながら、気休めもいいところだった。すみ子はじっと窓の上の荷物棚を見ながら、

「ええ」

電車は稲荷町の駅でとまり、田原町の駅でとまった。客の乗り降りはあまりなかったが、つぎの浅草では全員降りた。ここが終点なのである。

軻母子たちも、激流に押しながされるようにしてプラットホームに出た。

プラットホームは、ここでも人、人、人である。はっきりと暑い。あしたは大みそかだし、あさっては昭和三年（一九二八）の元日だから、きっとさらに混雑するだろう。この駅の上の地上には、いうまでもなく、浅草寺という東京有数の大寺《おおでら》があるのだから。

軻母子はようやく電車から離れ、ひろびろとした客溜へ出た。壁ぎわの、眼鏡屋の広告の前あたりで、

「ああ、たいへん」

すみ子へ言い、わざと大きくため息をついた。すみ子は白い歯を見せて、

「たのしかった！」

「ほんとね」

「こんな素敵なものができるなんて、日本もほんとに文明国だわ」

「もういっぺん乗らない？」

軻母子は言った。乗りましょう、乗りましょうと当然即答されるものと思ったら、すみ子はきゅうに笑顔を消して、

「え？」

「だって、ほら、どっちみち上野へもどるほうがいいでしょう。それから銀座へでも出ましょうよ。クリスマスは終わったけど、まだ大売り出しは……」

「いいえ」

すみ子は目を伏せ、しかしきっぱりとした口調で、

「お仕事が」

「お仕事？」

「ええ」

「きょうはお休みだったでしょう？」

軻母子は、問うた。責める気はない。純粋に疑問だったのである。すみ子はななめにうつむいて、

「ゆうべ、ちょっと……かなり咳《せ》きこんでた子が。今夜は出られないんじゃないかな」

だから自分がかわりに出る。そう言いたいらしかった。その訥々たる口調から、軻母子は、

（嘘じゃない）

自分といるのが大儀なのではなく、ほんとに置屋《みせ》が気になるのだ。軻母子はようやく思いあたった。すみ子にとって浅草というのは、畢竟《ひっきょう》、物見遊山の地ではない。鬱気《うっき》たちこめる勤務先にほかならないのだ。

呼ばれて出向く先の座敷も、おそらくは、たいてい高級ではないのだろう。何しろ気のきいたシェードもかけず、行灯《あんどん》のように仕立てもせず、ただ電球をぶらさげるだけ。すみ子は、

「じゃあ」

身をひるがえし、出口の階段のほうへ向かった。足どりは意外に軽いようだった。もっとも、
軻母子が、

「あ、ちょいと」

声をかけるや、ぴたりと立ちどまる。

まるで待っていたかのように。そうして首だけをこちらへ向け、軻母子の目を見る。

それから目を伏せる。軻母子はうなずき、和服の帯へ手を入れた。

縮緬の懐紙入れを出し、その懐紙入れから、四つ折りにした白い懐紙を抜き出した。懐紙には、あらかじめ五円札が一枚はさみこんである。

「開通記念」

さしだした。

いつもより額が少し多い、という意味である。すみ子は目を伏せたまま、

「ありがとう」

お辞儀をして、手をのばし、それを握りしめるや否やふたたび首を前へ向けた。首と手だけの動きである。何かしら、葛藤があるのか。

すみ子の姿が人ごみにまぎれ、消えてしまうと、軻母子はふかく息を吐き、ここにいない夫へ、

「言わないで」

小さな声で苦情を言った。

「女どうしなら話が合うとか、そんなこと気楽に言わないで。ほんとに気をつかうんだから。お金っていうのは、もらうより、もらってもらうほうが難しいのよ」

軻母子はそれから改札を出て、ひとり浅草寺へ詣でた。地上もやっぱり混雑していた。

†

なお地下鉄道の車両には、もうひとつ、日本最初の特殊装置がつけられている。

ATS。

正式には Automatic Train Stop すなわち自動列車停止装置。もしも運転中の運転士に何か重大な不注意や身体的故障が発生し、または不慮の事態が発生し、それにより赤信号が無視された場

合には自動でブレーキがかかるしくみ。

　純粋に物理的なつくりである。具体的にはまず信号機のほうに仕掛けをする。信号機が青、赤、青、赤と変わるつど、地面の上の、線路の脇にとりつけた「打子《うちこ》」と呼ばれる金属製の板へ電気信号をおくりこむようにする。打子はだいたい人の指ほどの大きさである。赤信号のときは立つようにし、青信号のときは寝るようにするのだ。

　その上をごとごとと走行する車両のほうにも仕掛けをする。ちょうどそこに突き当たるところにトリップコックと呼ばれる突起をつけるのだ。青信号なら打子は寝ている。ぶつかることなく通過するだろう。

　ところが赤信号の場合には、打子は立っている。両者はぶつかることになる。そうなったらトリップコックは文字どおり「弁《コック》」なので、衝撃でたおれることになり、タンクに溜められた圧縮空気が吐き出される。

　車両の台車部分では、しゅーっと強い音が立つだろう。その空気の力がブレーキパッドを動かすだろう。車輪はぎゅっと締めつけられ、緊急停止となるわけだ。

　地下鉄道というのは地上とことなり、運転士には前が見えづらい。

もちろん会社は特に視力のいい、特に熱意ある者をそこへ配置するのだが、しかし究極のところでは人間よりも機械のほうを信用するというのは、このころにはもう、鉄道だけでなく、全産業において基本思想になっている。近代とは非人間的な時代なのだ。さいわいにもその実績はまだないけれど、もしもこのＡＴＳが作動すれば、ともかくも、電車が電車に追突するという最悪の事態はまぬかれるのである。

†

年があけても、地下鉄道は、連日満員がつづいた。東京市民のあいだでは、誰かへ、

——乗ったか。

と聞くことも、それに対して、

——乗った。

——いや、まだ。

とこたえることも挨拶になった。おはよう、こんにちはと同義である。「地下鉄道」の語はたちまち日常語になった。ひんぱんに人の口にのぼる語がしばしばそうなるように、この語もまた略された。

地下鉄。

となって定着した。ところが松もとれ、小正月もすぎると、混雑のぐあいは微妙に変化しはじめたのである。

平日と、日曜祝祭日で、度がちがう。

日曜祝祭日のほうが混み合ったのである。平日のほうは朝夕はともかく日中には空席さえ生じたほどで、これが何を意味するか。

観覧電車。

という言いかたを、新聞や雑誌はしはじめた。

非実用的という意味である。いくぶん意地悪な語ではあるが、事実としなければならなかった。市民たちは通勤や、通学や、買いものといったような日常的な目的でそれに乗るのではない。話

のたね、気まぐれ、ものめずらしさ……まさしく観覧のために乗ったのである。

なるほど日曜祝祭日のほうが混み合うわけだ。そうして日本の暦というのは、欧米もおなじだが、一年のあいだに日曜祝祭日はたかだか六十日ほどしかなく、あとはみんな平日である。運賃収入に偏向が生じる。その偏向が今後さらに大きくなったら、会社の経営は、

「だいじょうぶですか。専務」

と聞いたのは、道賀竹五郎だった。

現場総監督の竹五郎である。ただし彼は、このときは現場にはいなかった。泥にまみれた作業着のまま、東京地下鉄道社屋内、専務の部屋のなかにいる。

専務つまり徳次と、執務机ごしに話している。

竹五郎は立ったままなのだが、徳次はぎいと音を立てて椅子にもたれ、

「うん」

右手でネクタイをもてあそびはじめた。指にくるくると巻きつけたり、その指をはずして落としたり。竹五郎は、

(子供か)

絨毯の上でことさら地下足袋の足で地団駄ふんで、

「専務、ちゃんと聞いてますか」

「聞いてるよ」

「街のうわさはひどいもんだ。市電や省線とくらべたら運賃は高いし、わざわざ階段で下りなきゃいけないし、そもそも四つしか駅がないし。やっぱり地上にはかなわないって。実際、俺たちと競合《せりあ》う関係にある市電1系統は、やっぱり開業後もあの殺人的な混雑が解消しねえで……」

「道賀君」

徳次はネクタイの手をとめ、竹五郎を見あげて、

「まさか忘れていないと思うが、私は経営者だ。そういうことは君より理解している」

「ですが……」

「心配いらない。だいじょうぶだ。まあ君のような、ふだんは冷静な男をこうまで不安にさせたのは申し訳なかったが、君のほうも、目先の情報に一喜一憂するな。高枕で寝ろ」

「高枕ですか」

「だいいち実際、この事態は、あらかじめ覚悟していたところなのだ。銀行団も手を引かないよ。観覧電車、大いに結構。まだしばらくは虎は牙を隠さなければならん。日が経てば市民もおいおい理解するさ。こっちには少々高い運賃を支払ってでも平日の仕事につかう理由があるってことを」

「仕事につかう理由？　そりゃ何です」

「安全さ」

徳次は、胸をそらして説明した。何しろ地下鉄道の線路内には、人はふつう立ち入ることができない。市電がときどき子供を轢いたりとか、省線がときどき踏切で自動車とぶつかったりとか、そういう事故がまずないのだ。

そうして安全というのは、単なる良心の問題ではない。寝ざめが悪いとか、遺族があわれだとかいう要素ももちろん大切だけれども、この場合、さらに大きいのは、鉄道会社の急所というべき、

「時刻表だよ」

と、徳次は言った。時刻表どおりの正確な運行。

「近代は」

徳次はつづけた。近代というのは時計の時代である。懐中時計、柱時計、正午の午砲《どん》の時代で

ある。

世界のすみずみが、時、分、秒で覆われている。日の出とともに起き、日暮れとともに仕事をやめるというような徳川時代的な生活はもはや農村にすら存在せず、また復活はあり得ないのだ。人々は九時に会社へ出勤し、十時半に誰かと会い、三時四十五分までに何かを納品し……それが当たり前になっている。自然よりも機械のつくった法則にしたがっている。それを考えたら鉄道が安全であるというのは、必要というより、むしろ、文明の円滑な進展に必須の条件といえる。安全とは、純粋に効率の問題でもあるのだ。

徳次の話がようやく終わると、竹五郎は、

「日が経てば、市民も理解する？」

「ああ」

「おいおい」

竹五郎は首をふり、机の上に両手をついて、

「その『日が経てば』っていうやつが、専務、東京っ子には何よりむつかしいんですよ。わかってるでしょう。飽きっぽさにかけては日本一、いや世界一。ひとたび見向きもしなくなったら定時性もへったくれもなくなっちまう。地下鉄道の存在もわすれる。そうなったら……」

「わが社は、つぶれるね」

「ええ」

「それはみとめよう。私もそれは恐ろしい。だからこそ一日もはやく延伸を実現させなければならないんだ。上野をこえて新橋へ、品川へ。われわれはただ南進あるのみ。浅草から品川へ乗りかえなしで行けるのは……」

「１系統が」

「だいじょうぶさ」

「専務」

「何だね」

「私を呼んだのは、それを言うためなのですか。工事を急《せ》かそうと」

「あ、それは」

徳次は、にわかにそわそわしはじめた。

机の上の万年筆をとり、キャップをあけたり閉めたりした。竹五郎へは目を合わせない。無意味きわまる行為だった。

徳次の背後は、大きな窓。

竹五郎は、そちらへ目を向けた。ここはたしか三階だったか。東京の夜景がみごとだった。ビルディングや電車や自動車のあかりが砂のように飛散しつつ、あるいはまたたき、あるいはゆっくりと手前へ奥へ滑走している。すなわち徳次はこの美観を、

（毎晩、ひとり占めに）

竹五郎は、舌打ちしたい気分だった。ここへ来たのははじめてなのである。

本来ならば、来る用はない。

もともと大倉土木の所属であり、この会社の社員ではないからだった。にもかかわらず、

――すぐに来てくれ。

と、現場からの帰りぎわ、伝言を受け取ったのが一時間ほど前。ごていねいにも、

――大事な話だ。ひとりで来なさい。

と念を押した上でである。竹五郎はほとんど反射的に、

（わるい話だ）

ひょっとしたら客足は、思いのほか遠のいているのかもしれない。会社の資金がつきたのかもしれない。だとしたら、

(工事の、中止)

竹五郎は、そこまで想像したものだった。

徳次はなお、万年筆をもてあそんでいる。顔はうつむいたままだった。部屋はほかに誰もおらず、物音も立たず、竹五郎はいよいよ不安になった。

「あの……専務」

「ん?」

「まさか、工事の中止じゃないでしょうねえ」

口調をかるくした。冗談めかしたつもりだったが、われながらあまり、

(笑えんかな)

が、その瞬間。

万年筆の手が、急ブレーキをかけたみたいに停止したのである。徳次は顔をあげ、目をいっぱいに見ひらいて、

「どうしてわかった?」

「え」

「私が君を呼んだのは、まさにそれを言うためだった。あの話がもれたのか?」

あの話とは、どの話なのか。見当もつかぬ。竹五郎は高速でかぶりをふり、

「たまたまです」

「ほんとうかね?」

と聞き返した徳次の顔は、笑えんどころの騒ぎではない。激怒したような、震撼したような、

鬼の形相そのものだった。竹五郎はほとんど身の危険を感じた。

「ほんとうです。私は何も知りません。冗談がたまたま当たっちまった」

「ならいいが」

「……って専務、ほんとですか？」

「何が」

「中止」

「ああ」

徳次は万年筆を置き、はっきりと竹五郎へうなずいてみせて、

「事実だ」

「無茶言いなさんな」

と、こんどは竹五郎が弁じる番である。どんと机をたたいて、

「そんなこと、できるわけがないでしょう。たったいま、あんた延伸の話をしたばかりじゃないか。実際工事は進んでる。第二工区の着工はこの夏だったじゃありませんか。地下の坑道《あな》はもう上野の先、上野広小路（駅）へ向かってるんだ」

「埋めもどす」

「はあ？」

「埋めもどすと言ったんだ」

口に出すや否や、徳次は肩を落とした。ほとんど泣きそうな声になり、

「たのむ、道賀君。何度も言わせないでくれ。私も本意《ほんい》じゃない。誰が好きこのんで」

地下鉄道の延伸工事は、さしあたり、新橋までの認可を得ている。

新橋への道のりは、以下の七区に分割した。すなわち、

第一工区　浅草‐上野
は開業ずみとして、これから、
第二工区　上野‐万世橋（上野広小路、末広町、万世橋）
第三工区　万世橋‐神田（神田）
第四工区　神田‐三越前（三越前）
第五工区　三越前‐京橋（日本橋、京橋）
第六工区　京橋‐銀座（銀座）
第七工区　銀座‐新橋（新橋）

というふうに、順次、掘りぬいて行くのである。カッコ内は新設予定駅の名称。あっぱれ新橋到達の日が来れば、地下鉄道は、一等星だけの星座になるだろう。東京のいちばん輝かしい点だけをむすぶ神話さながらの線描画。

売り上げの規模が数倍におよぶことも間違いなく、現在のところ、竹五郎は、そのうちの第二工区に力をつくしている。人足もほとんどすべてが投入されたのは、ここでもやはり、

——延伸を、急げ。

という会社の意思が反映された格好だった。

竹五郎は、

「あの話って、どんな話です」

聞いてみたが、徳次は、

「まだ言えん」

「言えんが埋めろと？」

語尾がつい上を向いた。憤怒が顔を出したのだ。徳次はしばらく考えてから、

「耳を貸せ」

まわりを見た。竹五郎は、

「誰もいません」

「貸せ」

つよく言われて、竹五郎は横を向いた。

左の耳を下へ向ける。徳次は中腰になり、口を寄せ、ひそひそと打ち明けた。言葉数は少なかった。

竹五郎は耳を離して、

「……何と、まあ」

目をしばたたくのも忘れた。

二の句が継げぬ。会社の経営は関係なかった。なるほど、いずれ人も知るべき話ながら、いまはかならず、

(秘中の、秘に)

徳次はふたたび椅子にすわり、背もたれに身をあずけて、

「わかったね」

「はい」

「埋めもどすね」

「はい」

竹五郎は、つばを呑んだ。それきり喉がからからになった。

†

覆工担当の木本胴八は、粟まんじゅうを食いながら汽車の車窓をながめている。

汽車だから、もちろん地上である。冬の田のひろがりも、枯れ木の林のまとまりも、なかば目が見えないからおなじである。おもしろくもない。そのかわり足の下からタン、タンという規則的な音とともに棒で突き上げるような振動が来るのは、

（東海道線、やっぱり皇国《おくに》の幹線さな）

そう思わざるを得なかった。振動自体におもみがある。安心感がちがう。ほかの路線とくらべると、よほど保線が――この場合は砂利の突き固めが――しっかりしているのにちがいなかった。

横浜駅で降り、改札を出ると、通路のわきには人の背の高さほどの布が張られている。布のむこうで土砂をあつかう音がする。

「何の工事だ、サク」

白濁した目をひんむいた。と、胴八の手を引いている若者が、これは朔太郎《さくたろう》という名なのだが、

「東横線ですよ」

「とうよこせん？」

「私営の東京横浜電鉄が、渋谷から出て、この横浜まで来るんです。ことしじゅうに開業するっていうから、駅の設置も、きっと大至急なんでしょう」

「ふーん」

「開業したら、俺、まっさきに乗りに来ますよ」

「ふーん」

「あんまり興味なさそうですね」

「俺の興味は地下だけだ。はやく行こう。横浜港《みなと》はどっちだ」

「こっちですよ、親方」

「連れて行け」

地下鉄道工事は、むろんのこと、いまも進行中である。

上野から上野広小路へ、延伸掘削のまっさいちゅう。例の中止の沙汰はまだ人足たちには明かされていないので、本来ならば、胴八はさらに先のところで覆工の指揮をとらなければならないし、事実とっていた。

がしかし、覆工の作業はやがて上野広小路をこえ、末広町をこえ、万世橋をこえるだろう。そこで神田川とぶつかることになる。

今《こん》工事ではじめての川との遭遇。こちらとしては河床の下をくぐりぬけるほかないが、そうなると、坑道はだいぶん前から下り勾配をつけなければならない。あんまり浅いと川の底を抜く恐れがあるためだが、かといって深すぎると工期も工費もかかってしまう。

どのへんの深さが適切なのか、それを知るための地盤調査をあらためて東京市がやるというので、調査のあいだは、

――覆工を、とめる。

東京地下鉄道は、その措置をとることにした。一種の敬意である。東京市も例の落盤事故で慎重になっているのだろう。胴八のチームは、一時的ながら、にわかに仕事がなくなったのである。

胴八は、

「仕方ねえな」

舌打ちして、配下の人足をひとまず掘削のほうへ差し出すことにした。土砂の搬出などを手伝

わせたのである。ただし胴八本人はそこへ参加することをせず、

「四、五日、休みをくれねえか」

竹五郎にねがい出た。

「ちょっと、その、横浜へあそびに行きてえんだ」

親が死んだわけでもあるまいし、われながら非常識きわまりない申し出だが、竹五郎は、

「気をつけてな」

あっさりと許可した。横浜へという時点でもう本当は「あそびに」などではなく、

——勝治に、会いに行く気だな。

と察したのだろう。勝治が横浜の船渠《ドック》でかんかん虫をしているというのは、この旧職場でも、もはや知らぬ者のない事実だった。

横浜は、慣れぬ土地である。

誰かに手を引かせる必要がある。胴八は配下から甲《きのえ》朔太郎という二十二歳の若者をえらんで同行を命じた。

「旅費《ぜに》は、ぜんぶ出してやる」

と言ったにもかかわらず、朔太郎がはじめ、

「えっ？　俺がですか？」

あきらかに消極的だったのは、これはたぶん、四六時中、上司《おやかた》と肩を寄せ合うことの窮屈さを厭《いと》うたわけではないだろう。それより何より、横浜で胴八と勝治が顔を合わせれば、ただちに、

——喧嘩になる。

そのことが、気がおもいのにちがいなかった。二年前、根岸のめし屋「しまゐ」で胴八が勝治をぶん殴った話はつとに語りぐさになっている。

ともあれ胴八は、こうして東海道線の汽車に乗った。横浜で降り、駅を出た。駅前には市電の停車場があり、そこから路面電車があちこちへ出発しているようだ。東京とおなじ風景である。もとより懐中はあたたかくないので胴八は朔太郎に命じ、港のほうへ手を引かせた。空は、うすぐもりだった。

道を行き、わりあい大きな橋をわたる。

橋の下が川であることは、つまり道路や線路でないことは、川に特有の生ぐささでわかる。大岡川というらしい。わたったところで朔太郎が、

「神田川」

つぶやいたのは、やはり仕事のこれからが気になるのだろう。胴八は、

「東京の話か」

「はい」

「だいじょうぶさ。俺たちは覆工の担当だ。川の工事に覆工はねえよ」

と言おうとしたが、ふと意地悪ごころが胸にきざして、

「命がけだな」

「え」

「お前もひょっとしたら掘削へまわされるかもしれねえぜ。神田川の下でもぐらになるんだ」

「……」

「ロンドンじゃあ、テムズの川底が抜けたっていうからなあ。坑道は水があふれ、土砂でうまり、人足たちは息がつまって苦しんで……」

「お、おやかた」

「今生の旅だな、これは」

若い人足をからかいつつ、胴八の脳裡の銀幕には、

(勝治)

あの小生意気な顔がうつし出されている。

テムズの川底うんぬんは、人づてにだが、勝治に聞いた話なのだ。たしか一度目の事故のあとだったか。坑道の左の壁がとつぜんくずれ、地上の覆工板や電灯柱や市電の線路ごと土砂がごっそり落ちこんだ上、はずみで引きちぎられた埋設管からガスがもれ、火まで噴出した落盤事故。

その責任は、さいわいにも地下鉄道側のみに帰せられることがなかった。東京市が設置した下水道設備（溜桝）にも一因があるとされたためである。掘削の責任者である奈良山勝治もいちおう無罪というか、いかなる処分も受けなかったから、その後も責任者でありつづけたが、にもかかわらず勝治自身はまったく人が変わったように無能になり、人足たちの尊敬をうしなった。うしなった自覚があるものだからわざわざテムズの話で脅したりして、逆にいっそう疎まれた。

そういうときに、

(二度目の、事故が)

一度目から、わずか二か月後のことだった。

†

胴八は、いまもまざまざと思い出す。開通後の駅名でいうと田原町駅をすぎたあたりで作業した日。

時刻はちょうど午後一時ころだから、全員、昼めしを終えて仕事にもどっていた。何しろ地上

の覆工なのだから本来は市電の走らぬ深夜におこなうべきところ、たまたま前日まで激しい雨がふったため、未使用の建材の状態をたしかめる必要があったのである。

と、人足がひとり、血相を変えて走ってきて、

「親方。おやかた」

「何だ」

「ひ、ひびが。亀裂《ひび》が道の上に」

「どこだ」

「栄久町《えいきゅうちょう》です」

栄久町とは、浅草栄久町。工事の進行方向に対して徒歩で五分ほど引き返したところ。胴八はただちに駆けだした。

おぼろな視界にもかかわらず角材につまずくこともなく、自動車にぶつかることもないのは奇跡だった。人足が或る箇所にあつまっている。その人だかりを、

「どけ。どけ」

かきわけて進み入り、見おろした。なるほど刀で斬りつけたような一文字《いちもんじ》の傷がある。

道の進みの方向へ、長さは一メートル半くらいか。見た目には案外かわいらしいが、亀裂から砂がさらさらと音を立てて地中に吸いこまれて行くのが蟻地獄の巣さながらだった。道の下には坑道がある。そこで掘削をしている連中は、おなじ砂を、天からの落としものと見ることになる。

一瞬、胴八は、

（覆工板か）

おのが不始末かと思い、背すじが凍ったが、

（ちがう）

くりかえすが、きのうまで豪雨だったのである。耳が痛むほどのどしゃぶりだったから地盤がゆるんだのではないか。それにしても道路のひびというやつは、人間の肌の傷とはちがう。勝手に癒《い》えることはない。ほうっておけば、いや、こうして見ているあいだにも、長さが増し、幅がひろがり、ひびというより黒い穴になりつつある。

「とにかく地中《なか》のやつらに逃げろって伝えろ。すぐにだ。行け。こっちはとにかくI形鋼を足して、角材を足して、何とか土留め壁をもたせる」

大声を出したのと、背後で、

パアン

という大きな音の鳴ったのが同時だった。胴八は反射的にふりむいて、音の正体はわかったものの、

(何台だ)

それがわからない。かたわらの人足に見させると、

「五台です」

「客は？」

「みんな満席。立ち客も」

「ぐっ」

市電の車両が、数珠つなぎ。

五台も停止しているというのだ。向きからしてみな浅草方面ゆきのはずで、車体側面には「1」と系統番号の書かれた菱形の白い板がかかげられている。

渋滞そのものは、めずらしくない。

これも東京名物といえようか。どうせ先のほうで自動車か何かが立往生して線路をふさいでい

るのだと胴八はふんだけれども、その名物が、よりにもよって、

（なんで、いま）

五台とも、いっこう進む様子がないではないか。そのうちの一台の運転手がこっちの騒動に気づき、またしてもパアンと警笛を鳴らしたので、恐怖が伝染したのだろう、べつの車両も鳴らしはじめた。たしかに彼らの線路は亀裂から二、三メートルしか離れておらず、その下は、もちろん空《くう》そのものというべき坑道である。警笛は、なかば悲鳴そのものだった。

もしも穴がひろがったら、あの車両《くるま》たちは、

（どうなる）

胴八は、

「運転手にさっさと行けと言え！　角材はどうした。はやく持ってこい！」

部下へどなりちらすうち、市電の列はようやく車輪のきしみを立て、そろりそろりと動きだした。

前方の立往生が解消され、信号が青になったのだろう。

一台、また一台と危地を脱し、しかし五台目、最後の一台はぴくりともしなかった。どうしたことか、信号が赤に変わったらしい。なかにはやっぱり乗客がたくさん立っていた。

もっとも、このときはもう、胴八はそっちをほとんど気にしていなかった。角材が到着したからである。それを道のひびへ、いや穴へさしこんで土留め壁のつっかえ棒にする、その作業の指揮に夢中だった。

土留め壁は、道の左右に埋まっている。それらが内側へたおれこむのを防ごうとしたのだ。たおれこんだら大落盤になることは、二か月前の事故を思い出さずとも、誰もが容易に想像できることだった。

が。

一本ぶじに渡した瞬間、その角材が「へ」の字なりに折れて宙へ跳んだ。

とともに、地ひびきがした。

市電の警笛の合奏を一瞬でぬりつぶすほどの轟音とともに、足のうらで、大地がみるみる子供の肌のようにやわらかくなる。

体のバランスがくずれ、立っているのもむつかしい。それでも胴八は、

「作業やめ！　逃げろ！」

まもなく、穴がいっきに口をひろげた。

ふちから滝のように土砂が落ちた。大落盤が来たのである。地ひびきは爆発音に似たものとなって終わり、しんとなった。

結局、人足たちは間に合った。

胴八の命令が早かったことで、全員、落ちる前にのがれられた。

胴八もまた無事だった。いちばん最後に持ち場をはなれ、安全なところまで走って振り返ると、砂ぼこりが視界を覆っていた。

世界がまったく白濁している。世の中の目あきの連中、

(俺の視界《めのまえ》が、わかったか)

砂ぼこりが風で去ると、その穴は、道いっぱいにあらわれたばかりか沿道の商店ものみこんで火山の火口のようだった。今回は左だけではなく、右の土留め壁も耐えられなかったのだ。

もしも巻きこまれていたら、落下距離は数メートル、いや、十数メートルにもなったはずであり、人間の体などそれだけでつぶれてしまう上、さらなる土砂で無料で埋葬までされていただろう。

「……あぶねえ」

「助かった」

人足たちは、くちぐちに言った。

抱き合って泣いているやつもいる。胴八は、親方の責任を果たしたのだ。

五台目は。

ただひとつ停車中だったその市電の車両はどうなったか。

ぐらりと尻が落ちると思いきや、猛烈なスピードで走り出し、事なきを得た。独断で信号を無視したのである。ちなみに言う。これを運転していた東京市電本所出張所詰《づめ》運転手・伊藤庄七《いとうしょうしち》（三十一歳）の亀戸町の自宅へは、翌日、新聞記者がつめかけた。

勇気を出して全速力のスイッチを入れ、乗客五十数名の命を救った英雄の談話を取りに行ったのである。伊藤はただの市民である。こういうことに慣れておらず、記者たちの質問にも、

――まったくの天佑です。

とありきたりの答しか提供することができなかったが、記事が世に出ると、このみじかい言辞の故にかえって伊藤は尊敬され、のちに東京市からの表彰も受けた。市井の英雄の誕生だった。

ともあれ、事故は発生した。さいわい今回は、ガス管や下水管のごとき地下埋設物には何らの被害もあたえることがなく、火や水が出ることはなかったが、交通は遮断され、道ぞいの商店は営業不能になり、会社へは苦情が殺到した。

早川徳次はじめ重役連は、株主や、銀行団や、その他いろいろのところへ頭をさげに出なければならなかったが、いちばん割を食ったのは、地下の奈良山勝治だったかもしれない。

勝治はこれ以降、ますます人足たちの支持をなくしたのである。

「やめちまえ」

「しょせん若造だ」

「どっかへ行け」

聞こえよがしに言うやつが激増した。もちろん勝治に罪はない。今回の事故の原因は、やっぱり最終的には、

――豪雨。

ということに落ちついたのである。

実際には罪どころか、勝治はむしろ好判断をしたといえる。いくら胴八の警告を受けてとはいえ、まがりなりにも落盤の前に全員の避難に成功したのだ。親方の責任を果たしたという点で、勝治は、まったくのところ、胴八と同等の評価を受けてしかるべきだった。

が。

人心というのは、ときに不可思議としか言いようがない。

おそらく人足たちのほうは、まだ一度目の記憶が鮮明だったのだろう。その後とつぜん掘削の仕事を急がされた不服もたまっていたのだろう。いわば猜疑心まみれの状態のところへ、時を置かず、二度目の事故が来たとあっては、

――縁起でもない。

その一事が、あらゆる客観的評価を駆逐したのである。そうしてこの縁起という人智のおよばぬ要素こそ、人足たちの、じつは最大の行動原理にほかならなかった。彼らはこれまでもしばしば神仏をあがめるようにして縁起をかついだ。一例が、

――女が来たら、山の神が怒る。

つまり深刻な事故が起こると信じたことは前述したが、大きく見れば彼らだけではない。たとえば猟師、船乗り、力士などといったような死のとなりに日常の仕事がある人々はみなそれぞれ

の法則をかたくなに守り、かたくなに次世代へ伝えて、それをやぶることを病的に恐怖しているのである。

早川徳次はどうやらこれを迷信と見ていたらしい。特に配慮した形跡はないが、積極的に、

——すてろ。

とも命じなかったあたりは士気をおもんじたのだろう。地下鉄道工事というのは決して近代的要素のみで成立したものではないのである。ともかくその「縁起でもない」という実感によって、彼らは勝治を排除した。

——あんな若造を上に置いてちゃあ、じき三度目が来る。

そう信じて、あの聞こえよがしの悪口を吐いた。たまたま的確に避難指示を出したなどという成功は、あるいは例の「ちくわに焼き海苔」の工法を案出したなどという合理的な業績は、このさい何の解毒剤にもならなかったのである。

事故の翌月、勝治は消えた。

あの根岸のめし屋でのいざこざから、わずか九か月後のことだった。

竹五郎がやめろと言ったわけでもない。会社が何かを勧告したわけでもない。退職そのものは本人の申し出によるものだったが、それにしてもただ、

——消えた。

としか言いようがなかった。最後の挨拶もなかったし、別れの酒盛りもやらなかった。五人の監督のなかでいちばん若い、いちばん頭がいい、いちばん子だくさんの男はこうして給料の口をうしなったのである。

後任には、誰を置くか。

「木本さん、やってくれ」

竹五郎にそう言われて、胴八はびっくりして、

「俺が？」

子供のように、おのが鼻を指さした。竹五郎は、

「ああ」

「覆工はどうする」

「推してくれ。あんたが『これは』って思うやつを」

胴八は正直、心が動いた。

何しろ掘削である。いっときはあれほど望んだ工程ではないか。……しずかに口をひらいて、

「冥利《わり》が悪いや。やめとくよ」

結局、勝治の後釜には、勝治の片腕のひとりである西中常吉《にしなかつねきち》という男があてられた。竹五郎じきじきの指図だったが、何しろ五十がらみの年寄りで、特に非凡な人物でもない。

――陽だまりの、猫みてえな。

と陰口をたたかれるような人間だった。胴八は後日、

「なんだい、ありゃあ」

と聞いたところ、竹五郎のこたえは、

「掘削はもう、みんな手順がわかってる。見知らぬ仕事はそんなにない。ってことは監督はぐいぐい人をひっぱるより、きらわれないやつを立てるのが吉なのさ」

成功するより、むしろ失敗しないことを優先したということだろう。胴八はその気持ちもわかる気もするし、それなら最初から、

（なんで、俺に）

という気もしないでもなかったが、とにかくこうなると、心のどこかで、

（し残した）

そんな感じを、勝治に対して抱いている。

活動写真《かつどう》を途中まで見て小屋を出たときと同様の、じとっとした未練めいたもの。それを埋めるためにこそ、胴八はわざわざこうして横浜まで来たのだ。

会ってどうしよう、とまでは考えていない。こちらから謝るのも変な話だし、いまさら餞別をわたすのはなおおかしい。たださしあたり、

（報告は）

そのことは、気になっていた。

自分たちはトンネルを浅草まで掘りぬいた。会社にとうとう開業させた。その報告だけはしたかったのだ。むろん勝治もすでにして風のうわさで知っているにはちがいないが、何というか、それが胴八なりの礼儀だった。勝治には、それを受ける権利がある。

朔太郎はなお、

「だいじょうぶかな」

胴八の手を引きつつ、ぶつぶつ言っている。

「神田川、だいじょうぶかな」

よほどテムズの話がこたえたのだろう、足どりまで生煮えの粥のようになってしまった。胴八は、

（わるかったかな）

港は、そう遠くない。

海のにおいがしはじめた。前もって誰かから、

——まず山下公園へ行くといい。港がひととおり見わたせる。

と聞いていたので、そのとおりにすると、

「あ」

胴八は、絶句した。おぼろな視界でもわかる。

「おい、サク……どれだ。どの船渠《ドック》にあいつはいる？」

「わかりません」

朔太郎の声も、腑《ふ》がぬけている。

思いもよらないことだった。胴八はもともと新発田の農家の四男で、砲兵あがりで、演習中に視力をうしなって海をろくろく見たことがない。みなというのはしょせん船つき場にすぎず、たとえ横浜港といえども、

——船渠《ドック》なんて、ひとつありゃあじゅうぶんだろう。

そう思いこんでいた。船などというものは、いちど水へ浮かべたら修理や改修の必要はないもの、その修理や改修も砂浜があればできるものと心のどこかで決めつけていたのだ。

あにはからんや、この世には、船渠《ドック》がたくさんの港があるとは。

わけても視界左方には、巨大なものがふたつもある。

ふたつとも山のような貨物船がそびえていて、まわりが陸地なのでそれとわかる。こまかい部分はわからないから朔太郎に説明させたところ、どちらも上甲板から無数のひもが垂れていて、ひもの先に板があり、その板にそれぞれ人が腰かけているという。

腰かけつつ、船体にペンキを塗っているのか。それとも、べつの何かをしているのか。そこまでは朔太郎もはっきり見えないと言っているが、ちょっと強い風が吹くと板がいっせいにゆれるあたり、かんかん虫というよりは、

「蓑虫《みのむし》ですね」

朔太郎の比喩は、無慈悲だった。落ちれば下はコンクリートの絨毯だろう、即死はまちがいないだろう。胴八は、

「勝治は、どこだ」

聞いてみたが、

「わかりません」

「さがせ」

「はい」

と、はじめは律儀に返事していた朔太郎も、何度目かの、

「さがせ。もっとよく見ろ」

に対しては、

「無茶ですよ。ここからじゃみんな豆粒同然、顔もろくに見えねえんだから。そもそも親方、ほんとに勝治さん横浜《ここ》にいるんですか？　ほんとは横須賀とかなんじゃ？」

口調が、やや雑になっている。表面上は、

――情報が、不確かだ。

という抗議の体《てい》をよそおっているが、そうして朔太郎自身もそのようにしか意識していないだろうが、

（ちがう）

胴八はこれまでの人生で、こういう変化を何度ものあたりにしている。

いや、耳にしている。とどのつまり朔太郎は、半盲人の世話にうんざりしているだけなのだ。

朔太郎自身には当たり前の上にも当たり前にすぎぬ「見る」という行為をわざわざ肩がわりしなければならない理不尽さ、面倒くささ。ただしそれを面倒くさいと思うと悪人になってしまうか

ら「ほんとは横須賀」とか何とか別の理由を立てる。

自分で自分をきれいにする。胴八は、

（こいつ）

上下《うえした》の歯をぎゅうっと咬《か》み合わせ、くやしさに身をよじりたくなるのをこらえたが、そのことで、はたと、

（そうか。勝治）

思いあたるところがあった。

あの男が、自分をいじめるようになった理由。

いじめるというのは胴八のすなおな実感だった。まだ群馬県・新潟県境の清水トンネルの現場にいたころ、勝治は、はじめのうちこそ他の人足とおなじように胴八を尊敬していたが、或る時期から、横を通ると、かならず足をかけるようになった。

胴八はそのたび転倒した。みんなの前で恥をかかされた。あれは要するに胴八個人への嫌悪からではなかったのだろう。個人をこえて、いわゆる障害を持つ者そのものに対して抑えがたいものを胸に抱いていた結果なのに、

（ちげえねえ）

何しろ勝治には兄がいた。年はたしか四つ上、名前は一夫《かずお》だったか。大きくなっても四、五歳児なみの発語しかできず、筆をとってはひらがなも書けず、そろばんを使うこともできず、その故にかえって母の溺愛の対象となった。

勝治は逆に、その利発の故にうとんじられた。最後には罠にかけられたようなかたちで養子にまで出されたというから勝治には非合理というより非理だったろう。中学まで出たエリートがこの坑夫という土と水と無教養にまみれた文字どおりの地の底へ落ちたのは、これがきっかけだっ

た。

——落ちた。

というのは胴八自身、いささか自尊心が傷ついたが、考えてみれば胴八もまたあの砲身破裂の事故がなければいまごろは視力をうしなうこともなく、陸軍内で昇進し、あるいは軍曹くらいになっていたかもしれぬ。

やっぱり「落ちた」組ともいえる。勝治はそれをまったく気にしていないように見えて、結局、気にしていたのだ。

鬱屈という名の病み犬一匹、心に寒々《さむざむ》と飼っていたのだ。そうして勝治は清水へ来た。山岳トンネル掘削の過酷な現場でまたたくまに人足たちの尊敬のまなざしをあつめ、いわば政治家のように自派をなしたと思ったら、何とまあ、ここにもまた年上の障害者がいる。

自分と同様に徒党を組んでいる。その年上の障害者こそすなわち胴八、

(俺だ)

かたや知能に、かたや視力にと欠けるところは異なるけれども、どのみち勝治にはおなじこと。自分はかつて兄に追い出された。こんどは胴八に、

——追われる。

そういう恐怖もあったかもしれない。そういう鬱屈ないし恐怖を打ち払うためにこそ勝治は足をかけ、胴八をころばし、威厳をけずり去ろうとした。

体が勝手に動いてしまった。だとしたら勝治というやつ、何という、

(あわれな)

胴八は、気づけば頰がぬるりとあたたかい。

何か肌の病気かと思ったが、指でふれてみて、

（涙だ）

息をのむほどおどろいた。人間というのは、目が見えなくても涙がながせるものなのだ。

あわててうつむき、袖でぬぐって、

「おい、サク」

「はいはい、ちゃんとさがしてますって。わかるでしょう。あんまり小さくて……」

「帰ろう」

「え？」

「東京へさ。もういいよ。来た甲斐があった」

胴八は、顔をあげた。

（このまま、置こう）

そんな気がしきりとした。このまま姿をあらわさず、あいつはあいつ、俺は俺、それで生きていくとしよう。それがたぶん最高の敬意だ。それにだいいち、かんかん虫の暮らしが不幸とは決まった話でもあるまい。

あわれなのは、朔太郎である。態度のわるさを自覚したのだろう、きゅうに丁寧な口調になり、

「あ、でも、親方」

「何だ」

「どっかで遠めがねでも」

「そんな金はない」

「でも……」

「いいんだ、サク。ありがとうよ。さあ」

右手をもちあげ、突き出すようにした。引いてくれという意味である。朔太郎はしばらくため

らったのち、その手をつかみ、足をふみだした。

もと来た道を歩き出した。胴八はおとなしく付いて行く。さながら孫に手を引かれる老人のように。背後にカンカンと高らかな音がひびきだしたのは、船渠《ドック》の連中、貝殻とりでも始めたのだろうか。

何やら祭り囃子の拍子を取っているような、そんなリズムにも聞こえる。胴八はふりかえることをせず、駅前旅館にとびこんだ。朔太郎は酒を飲んだが、胴八はやっぱり飲まなかった。

第五章　神田　川の下のトンネル

浅草―上野間の開通から二年後は、昭和四年（一九二九）十二月である。コンクリート施工担当の松浦半助は、連日、神田川の下の土中へもぐりこみ、延伸工事に従事しながら、

（つまらん）

最近すこぶる機嫌がよくない。

「つまらん」

口に出すときもある。あるいはもっと剣呑《けんのん》な、

「くたばれ。竹五郎」

口に出せば、まわりの人足がびっくりして半助をまじまじと見たりもする。理由は明白。どうも自分たちの工程は、

（ひやめしを、食わされてる）

少なくとも重役どもに重視されていない、そうとしか思われなかったのだ。生まれてこのかた三十八年、土木労働者となって二十五年。

コンクリート専門の職人になってからでも五年以上が経つけれど、こんな屈辱にまみれた仕打

ちは、これまで受けたことがなかった。
（会社は、馬鹿がそろってる）
早い話が、土中にいる。
くりかえすが神田川の下の坑内である。ほかならぬこの、
――坑内。
ということ自体がもう何よりの冷遇のあかしなのだが、その冷遇たるゆえんを説明するには、そもそも半助の仕事がどんなものかから始めなければならないだろう。
コンクリート施工は、例の「静かな湖畔」の輪唱の、四番目の歌い手である。
土留めおよび杭打ちの、坪谷栄
覆工担当の、木本胴八
掘削担当の、奈良山勝治ないし西中常吉
につづくもの。具体的には掘削の終わった、いわば掘りたての横穴《よこあな》へふみこんで、まずコンクリートの絨毯を敷く。
以後の作業の、文字どおり基礎となる作業である。工事自体はむつかしくない。そもそもコンクリートというのは、
セメント（石灰を主原料とした一種の接着剤）
水
骨材（この場合は砂）
を練り合わせた液状のものなので、これをぶちまけ、人の手でならし、しばらく置いて、かちかちに固まったところでジュート・バーラップというジュート（黄麻《こうま》）繊維の敷物をその上にのべる。

ジュート・バーラップはあらかじめ油性のアスファルトにひたしてあるので、つまり防水シートの役割を果たす。その上にまたコンクリートを敷き、平らにして、固まればできあがり。もしも紳士が革靴をはいて訪問して来たならば、そこではまるで石畳の上を歩いているようにコツコツ音が立つはずだ。

この被覆の作業を、つづけてほかの三面にもやる。

ほかの三面とはもちろん左右の土留め壁、それに天井だ。これで坑道はいわば単なる土穴《つちあな》から堅固な四角い石筒《いしづつ》になるわけで、そうなれば地上の覆工板もうらない。すべて取り去り、ふたたび土をあびせかける。

その上へ自動車の道路なり、市電の線路なりを敷きなおせば、工事のあとは残らない。

地上の人々はもはやそこに地下鉄道があることすらも意識することがないだろう。もちろん実際には、それ以前にすでにして奈良山勝治のいわゆる「ちくわに焼き海苔」の焼き海苔の鉄柱がずらりと進行方向にならんでいるので、その鉄柱をI形鋼に変え、固定する作業もしなければならないが、それにしても、

「かんたんじゃねえか」

と、半助はしばしば言われたものだった。

言うのは、おなじ工事仲間である。ことに掘削にたずさわる人足どもが、

「コンクリートって言ったって、要するに俺たちが掘った壁にぺたぺた薄皮を貼りつけるだけだろ。地盤の硬軟《かたやわ》もねえ、陥没の心配もねえ、まったくお気楽なもんさ」

半助はそのつど、

「そんな単純なもんじゃねえ」

言い返した。これは実際にそうだった。坑底、左右の壁、天井、それぞれ施工法がちがう、防

水シートの材料がちがう、そもそもコンクリートの混合率がちがう。

特にこの混合率というのは工事の成否を決するもので、たとえば坑底に敷くそれは、セメントと水と骨材の比（重量比）が一対三対六であり、土留め壁にぬりつけるものは一対五対十である。

それぞれ最適の割合があるのだ。一見すると坑底よりも左右の壁のほうが強度が必要なようだけれども、坑底には、I形鋼の支持材がない。

すなわちコンクリートそのものが支持材である。そこへ電車という超重量物がたえず往復するとなれば、むしろここにこそ強度をあつめねばならないのである。

万が一、混合率を誤りでもしたら、坑底の基礎はたちまちひびが入ったり、水がしみ出したりしてトンネル全体を弱らせる。へたをしたら崩壊させる。はたで見るほど単純ではないのだとまでは、しかし半助は言わなかった。言ったところで、敵は、

「そうか。それじゃあしょうがねえ」

と引き下がることはない。彼らはやっぱり、

「俺たちは何しろ、掘りだから。命がけだから」

と胸をそらすにちがいないのだ。

こんなかたくなな軽蔑の底には、

——掘削こそ、地下工事の真髄だ。

という自尊心がひそんでいることはもちろんである。もぐらはもぐら的性格の濃度の高低によって序列がきまるのだ。が、じつはそれ以上に、

(うらやましいんだ)

というのが、半助のかねてからの観察だった。コンクリート施工というのは、実際のところ、作業の半分は地上でおこなうものだったのである。

具体的には、右の練り合わせ。

雑煮をかきまぜるのとはわけがちがう。あんまり重すぎる。人間の手では無理なので、電気式の混合機をつかう。

混合機は、さほど大きくない。要するにモーターで練り棒をまわし、バケツのなかのセメントと水と骨材をがしゃがしゃと練る。

じゅうぶん練ったものは人の手でもちあげられ、シューターと呼ばれる鉄製の樋《とい》のようなもので地下へどろどろと送りこまれる。シューターを貫通させるには、いうまでもなく、前もって覆工板の一部にちょっと穴をあけておくわけだ。

セメント、水、骨材の混合率は、くりかえすがそのつど変わる。万が一にも誤りはゆるされぬ。だからこそ練り合わせの作業はことさら優遇し、たっぷりの陽光のもとで、

——やらせよう。

というのが会社の方針だったのであり、半助や部下の人足たちの自慢のたねでもあったのである。半助は十人ほどの腹心のうち、格別に気のきいたやつだけを地上に配置した。

文字どおりの登用だった。半助自身、一日の半分くらいは地上にいた。それがつまり一日中もぐらよろしく陽の光のとどかぬ地中でつるはしをふるっている連中からすると、

(うらやましいんだ)

もっとも、このやりかたは、近ごろ激変してしまった。

上野 - 浅草間が開業し、工事が延伸の段階に入ると、この練り合わせもまた、

「坑内で、やれ」

半助は或る日、総監督の道賀竹五郎にそう命じられた。

信じられない命令だった。半助は激怒して、

「何で」

肩をつきとばしたが、竹五郎は微動だにせず、

「仕方ねえんだ、松浦さん。今後はその『地上』ってやつが無《ね》え」

説明した。何しろ地下鉄道工事は、これから神田川の下をくぐる。

工法がいわゆる切開覆工式、カット・アンド・カバーであることは変わらない。ただし細部に変化がある。川へそのまま杭を打ち、上から掘ることは川水がじゃまでできないので、少し上流のところへ鉄の樋を設置し、川水を逃がし、工事部分をいわば天日干しにしてしまうのだ。

鉄の樋は小舟が通れるほどの幅があるし、神田川はもともと水量の少ない人工河川なので（開削は江戸時代初期）、こういう強引なやりかたも可能なのである、というのが事前の調査の結果だった。

干したところへ、左右の土留め壁を立てる。

壁のあいだを掘りおろし、I形鋼と角材の根太を組む。これまでならばその上に覆工板をかぶせるところだが、ここでは市電も自動車も通らないので、その必要はない。坑道はまるでお菓子の缶のふたをあけたように、空へ、雲へ、ひらかれているのだ。

竹五郎のあの、

――地上ってやつが無え。

というせりふはすなわちこういう意味なのであり、地上がない以上、そこでの作業もあり得ないのは当たり前のことだった。覆工板がないならば坑内へもさんさんと陽光がふりこんで、いわば坑内そのものが地上の環境になりそうだが、そこはそれ、

――天井がわり。

と言わんばかりにI形鋼と角材の稠密《ちゅうみつ》な根太がそれをいちじるしく遮断していて、坑内はやっ

ぱり坑内なのだった。

あるいは、土中はやっぱり土中だった。半助はなお、

「そこを、何とかならねえか。覆工板を敷いてくれ」

くいさがったが、竹五郎は倦《う》んだような顔になり、

「お前さんたちの練り合わせのためだけに？　ばかぁ言え」

半助がしばしば、

「つまらん」

と口に出すようになり、

（ひやめしを、食わされてる）

内心のつぶやきの繁《しげ》くなったのはこのときからである。半助はつまり陽光をなくし、部下登用の権利をなくした。

失望はよりいっそう後者において大きかったかもしれないが、ただし仕事はちゃんとした。練り合わせの場所は、

「そんなら、なるべく施工地点から遠くにしてくれ」

と竹五郎に申し出たのは、気おくれでもないし、あてこすりでもない。そのほうが作業に好都合なのだ。

何しろこの仕事は、場所をくう。セメント、砂、砂利などの袋をたくさん置かねばならない上、この場合は練りの具合を見さだめるため白昼なみの明るさが必要で、したがって電灯もかなり要《い》る。

人の少ない場所がいいのだ。むろん練ったものは奥へはこび、施工地点へとどけねばならない。施工地点とはこの場合、人足や左官たちが床や壁や天井を覆うところである。もちろんシュータ

ーは使えないので、かわりに、

「トロリーを、使いたい」

それもまた、半助の竹五郎への申し出だった。

トロリーに関しては、以前、掘削のところで詳述した。土砂搬出用の無蓋貨車である。奥から手前へ土砂を出す。ということは、ふたたび奥へ向かうときは空っぽなので、これにコンクリートの入ったバケツを入れる。

わざわざ人の手で運ぶという重労働から部下を解放してやることができる。これも竹五郎は快諾した。半助は、

(見たか。大倉土木)

一矢むくいた気になった。逆にいえば、この松浦半助という男は、こんなことで復讐を果たした気になるほど職務に熱心ではあった。そうでなければ監督《おやかた》にはなれない。

のこりの望みは、ただひとつ。

(神田川が、終われば)

このことだった。

川さえくぐり抜けてしまえば工事はふたたび街の下に入り、覆工板が必要になる。コンクリートの練り合わせも、

(その上で)

半助は連日、配下の者たちを、

「もう少し。もう少しだ」

鼓舞した。ところで半助には奇妙な口ぐせがあった。ことコンクリートに関しては、坑底はもちろん、垂直方向の壁へも「敷く」と言った。

なぜか「塗る」とは言わなかった。彼らの「敷いた」コンクリートはすっかり固まってしまっても、ひびも入らず、人の肌のように瘡蓋《かさぶた》がぽろぽろ剝がれたりもせず、文字どおり水ももらさぬ仕上がりだった。

掘削は、なかなか先へ進まない。

†

そうこうしているうちに前の部分、すなわち第二工区の上野－万世橋間が、ひととおり電気設備まで完了してしまった。

終わった以上、お客を呼ぶことができる。

同区路線が開業し、上野広小路、末広町、万世橋の三駅が開業したのは昭和五年（一九三〇）一月一日。

元日をめでたく門出の日とした。これにより駅はぜんぶで七つとなり、東京地下鉄道はふたたび新聞をにぎわした。

ことに人のうわさになったのは、上野広小路の駅だった。この駅からは階段ひとつで、東京でも有数の百貨店である松坂屋上野店のなかへ、

――じかに、入《はい》れる。

これが、評判になったのである。松坂屋上野店は最近、ルネサンスふうの壮麗なビルディングが完成し、街の風景を一変させたということでも耳目《じもく》をおどろかせたけれども、そのビルディングの外観を見ることすらせず客は客になれるわけだった。

日本初の構造である。おそらく世界初でもあろう。なかにはものめずらしさから地下鉄道へは

用がないにもかかわらず何度も階段をのぼりおりした者もいたほどだが、ただし前述したとおり、地下直結の百貨店というアイディアそのものは松坂屋のものではない。日本橋三越本店のものだった。

ないし三井銀行筆頭常務・池田成彬によるものだった。池田は工事見学に参加した直後、おなじ財閥に属する三越へ奔《はし》り、アイディアを披露し、つよく推奨したのである。

ところがそののち、話を聞いた松坂屋百貨店の専務・小林八百吉《こばやしやおきち》が、

――それなら、うちも。

という申し入れを徳次にした。

徳次には、うれしい話ではあった。何しろ三越と同様、松坂屋も駅設置の費用は全額、

――うちで、もつ。

と言っているし、それに三越のほうは第四工区に属する。着工はまだまだ先である。雨にぬれずに百貨店へ行けるという、省線にも市電にも市バスにもタクシーにもない地下鉄道だけの利点をいますぐ打ち出すことができるという点では、渡りに船、理想的な広告の展開にほかならないのだ。

と同時に、この話は、いくぶん迷惑でもあった。まずはタイミングが悪かった。もともと徳次はそこに駅をつくる気はなかったし――何しろ上野駅とは五百メートルしか離れていないのだ――、実際つくることなく工事は順調に進んでいたから、だいぶん手なおしが必要になる。

何より三越の手前があった。これを受け入れるということは、要するに、池田成彬へ「独創をゆずれ」と言うにひとしいのである。

世界初の独創をである。おもしろいはずがないだろう。徳次が池田でもおもしろくない。そうして池田の機嫌をそこねればゆくゆく三井銀行からの出資にも影響が出かねないことを考えると、

これは信義の問題であり、なおかつ長期的な利害の問題でもある。

どちらを取るか。

松坂屋か。それとも三越か。結局、徳次は、松坂屋の要求を受け入れ、地下鉄道の駅をこしらえた。そのかわり駅名は、

——「松坂屋前」としたい。

という要求だけは謝絶して、地上の地名から「上野広小路」とした。ゆくゆく第四工区の開業のさいには三越の駅を「三越前」とし、池田への敬意を表するつもりなのである。池田はひとまず納得した。

徳次は双方の顔を立て、みずからの利を得た。と同時に、駅名などという事務的指標にすぎないものがじつはどんな個性的な広告よりも広告になる、ふしぎな現象のあることを知った。この二駅の名は、そのまま現在も使用されている。

†

右の開業は、くりかえすが昭和五年（一九三〇）一月一日だった。

おなじ年の暮れ、早川徳次は本社の自室で、或る一報に接した。

会社そのものの存亡にかかわる一報で、さすがに、

「まさか」

絶句した。

一報をもたらしたのは、斎藤一知《さいとうかずとも》という同年代の部下である。徳次は、

「ほんとうか。斎藤君」

「はい」

「ほんとうに、ほんとうなのか」

何べんも聞いた。ようやく気がやや鎮《しず》まったところで、

「……三度目の正直、というわけか」

椅子にすわり、頭をかかえた。斎藤がもたらしたのは、要するに、

——ライバルが、あらわれた。

という話だった。その会社の名は「東京高速鉄道株式会社」であり、こっち（東京地下鉄道株式会社）と似ている。

まるで贋造物《まがいもの》のようである。実際にはこの法人はずっと前から存在したし、それを徳次も認識していたのだが。

認識せざるを得ないではないか。何しろその設立者・門野重九郎《かどのちょうきゅうろう》は、旧知も旧知、大倉土木の会長なのだから。

ということは、これを門野のほうから見れば、徳次のために日夜、坑道掘りをたくましくしつつ徳次にないしょで敵対部隊をこしらえたわけだ。徳次は、

（裏切られた）

腹が立ったが、現実的には、このときはさほど問題視しなかった。さだめし門野はこっちの様子を見て、

——地下鉄道は、もうかる。

などと夢を見たのにちがいないし、なるほど大倉土木ならばその気になれば二本目、三本目の坑道を通すことも技術的には可能だろうが、しかし地下鉄道というのは、技術があれば作れるものでもない。

着工以前にまず何よりも東京市から免許をもらわねばならぬ。そのためには市長や議員はもちろんのこと、鉄道省や銀行や電鉄会社（地上の）を相手にいろいろな利害の調整が必要であり、ひとことで言うなら根まわしをしなければならぬ。

その根まわしは、徳次自身の経験によれば、その後の工事よりもはるかに困難かつ面倒くさく、神経をすりへらされる仕事だった。換言すれば、地下鉄道工事の真の障害は地盤ではない。地上の人間にほかならないのだ。

徳次はこのとき、傍観した。まあまあ、

（お手なみ、拝見）

という心づもりだった。

事態は、予想どおりに進展した。

東京高速鉄道はそれから東京市へ二度も免許譲渡ないし代行建設を申請して、そのつど、

——却下。

の申し渡しを受けたのである。

（それ見ろ）

しかし門野は、あきらめが悪かったらしい。

二度の失敗にも匙を投げず、よほど諸方へ手をまわしたのだろう。このたびとうとう三度目の申請により、

——免許を、譲渡された。

徳次はいま、つまりその知らせを聞いたのである。

このさい「譲渡」というのは千鈞《せんきん》のおもみがあった。なぜなら建設会社がしばしば役所から言い渡されるのは「代行建設」というやつだが、これだと完成後の施設は——この場合は鉄道設備

および運営権のいっさいは――東京市所有のままになる。

文字どおり代行にすぎないのだ。それが「譲渡」となると、これはもう、あらゆるものが東京高速鉄道に帰する。

まごうかたなき鉄道会社である。門野はこれで、いうなれば徳次と同等の地位に立ったのだ。まさしくライバルにほかならぬ。徳次はなお頭をかかえている。

（誤った）

そのことを、徳次はみとめざるを得なかった。

何を誤ったか。門野重九郎という人物をである。この十四も年上の実業家とはこれまでいろいろな席で会ったけれども、ひっきょう根気がない男、お坊ちゃん育ちにありがちな堪《こら》え性《しょう》のない男と見さだめていたのだ。

門野重九郎は、全身がイギリスそのものだった。

生まれこそ三重県鳥羽というが、おそらく良家の生まれなのだろう。東京に出て慶応義塾を卒業し、それからあらためて東京帝国大学工科大学に入学し、卒業したのが二十五歳のとき。あまりに長すぎる学生時代。財力も、頭脳も、健康も、あらゆるものにめぐまれて彼は社会へ漕ぎ出した。

大倉組（大倉土木の前身）へ入ったあともロンドンに派遣され、支店長に就任し、十年以上も滞在した。ようやく東京へ呼びもどされたのは副頭取への抜擢のためである。それがついには会長にまでのぼりつめて今日《こんにち》にいたるというのだから、人生の宝石に傷ひとつない。こんな経歴の華やかさは外見にもあらわれていて、小作りの顔、高い鼻、うしろへなでつけた銀色の髪、ことごとくイギリスの風を吹かせていた。

ことばづかいも、同様だった。

たとえば当時、日本はセルロイド（プラスチックの一種）の生産が世界一になりつつあり、実業界でも話題になったが、門野はいちいち、

「ああ、あの celluloid 製品は……」

などと、外来語をそこだけ正確に発音した。

本人にはそれが自然だったのだろうが、徳次のような、おなじ海外経験のもちぬしでも百八十度どこからどうみても日本人の顔、日本人の体型、日本人の発音を出ることがない野暮天からしてみれば、

（きざな）

一種の嫉妬でもあったのだろう。とにかくこうした経緯から、徳次は、門野重九郎という人間を、

――根気がない。

と見たのである。いまにして思うと、

（誤った）

徳次はようやく身を起こし、腕を組んで、

「斎藤君」

「はっ」

「門野さんを呼べ。ここへ顔を出せと伝えろ」

声を荒らげた。あのきざなやつを問詰《もんきつ》し、弁明させ、その弁明しだいでは、

「いまの工事も、よそに請け負わせますよ」

と通告してやる。そう本気で思ったのだ。しかし斎藤が、

「はっ」

きびすを返し、忠義そのものの足どりで部屋を出て行こうとするその背中へ、

「待て」

「はっ」

「免許の内容を、まだ聞いていなかった」

われながら、まったく冷静に遠い。斎藤はまた机の前に来て、めがねを指でもちあげて、よく通る声で報告した。

それによれば、このたび東京市から東京高速鉄道へ譲渡された路線は、

一、東京府豊多摩郡渋谷町より東京駅前に至る路線
一、東京府豊多摩郡淀橋町より東京市京橋区築地に至る路線

の二本であり、譲渡の条件は、おもなものだけ掲げれば、

一、会社（東京高速鉄道）は今後、七年以内に全路線の建設を完了すべし。
一、会社は今後、一年以内に資本金三千万円以上の会社を設立すべし。

のふたつである。

「以上です」

と斎藤が言い、口をつぐむと、

「ふむ」

徳次は腕組みをとき、椅子の背にもたれた。

ギイという聞きなれた軋《きし》みひとつが、心にゆとりを取り戻させる。徳次は思案をめぐらした。譲渡された路線はすなわち、ふつうの乗客の言いかたでは、

一、渋谷駅‐東京駅間
一、新宿駅‐築地間

ということになるが、このうち後者はお飾りだろう。何かしら書類の体裁をととのえるため、いわば空馬《からうま》を引いただけの話。

なぜならそれは、たぶん新宿駅から半蔵門、日比谷を経由して築地にいたる市電11系統とおなじ道のりを想定しているのだろうが、その11系統はいまのところ、さほど混雑はしていないのだ。日比谷周辺をのぞけば住宅地が多く、大施設や大会社が少ないからで、もちろん門野もこのことは熟知しているはずだから、結局のところ、主たる標的は前者の渋谷駅‐東京駅間。

すなわち市電の、

（6系統）

渋谷駅を東へ発して、霞町（現麻布）、溜池、虎ノ門をとおりぬけ、新橋へたどり着く。6系統はそこからさらに東進して築地方面（三原橋）へと向かうのだが、門野の地下鉄道はぐいと大きく北へまがり、東京駅をめざす気なのだろう。ちなみに言う、市電の停留場の名前に「駅」のついているのは省線の駅という意味で、たとえば市電「渋谷駅」停留場は、省線「渋谷」駅前にある。そのほうが乗客にわかりやすいということもあるが、或る種、東京市による国（鉄道省）への配慮でもあるのだろう。

ともあれ徳次は、こっちの路線に関しては、

（なるほど）

と思わざるを得なかった。

6系統とは、いいところに目をつけた。近ごろとみに利用客の多くなっている、将来性ある路線である。さだめし虎ノ門まわりが新たな官庁街として、あるいは従来の巨大官庁街である霞が関の衛星都市として発達していることと関係がふかいのにちがいなく、地下にもう一本線路が敷かれたにしても、うまくすれば、

（採算は、とれる）

それにこの場合、安心できるのは、徳次の地下鉄道との競争がないことだった。

この英雄は、ならび立つことができる。徳次は脳裡に地図を描いた。北が上の地図である。まんなかに宮城があるとすると、その右に縦線を引けば徳次の路線になり（ただしいまは上の部分しか完成していない）、宮城の下へ横線を引いたら門野の路線になる。

ふたり合わせて、東京という巨大な画布に「ト」を左右反転した字を描くこととなる。

二本の線の接点は、東京縦断鉄道と、東京横断鉄道の接点ともいえるが、これがすなわち、

（新橋、か）

新橋は。

いうまでもなく、徳川時代からの盛り場である。

維新直後の明治五年（一八七二）、日本で最初に開通した鉄道のいっぽうの起点駅となったことは（もういっぽうは横浜）、この街が東京の、

——玄関である。

という明快きわまる宣言になった。

その後、市電の路線がしだいに網の目のように敷かれていくと、その路線もやはり新橋をひと

つの集散地としたことは、これは省線との乗りかえを考えれば当然のなりゆきだったろう。その上さらに街そのものは旧幕の遺風を継いで芸妓屋が多く、夜なお昼さながらの花街でありつづけている。ゆくゆく地下鉄道どうしの乗りかえ駅となるにも、まず、

（好都合）

もっとも、門野がそれを実現するには、例の、免許譲渡の二条件をみたさなければならない。再掲すれば、

一、会社は今後、七年以内に全路線の建設を完了すべし。

一、会社は今後、一年以内に資本金三千万円以上の会社を設立すべし。

このうち前者の「七年以内の建設完了」は、いちおうのところ、

（可能）

と徳次は見た。徳次自身の上野－浅草間わずか二・一キロでさえ認可から開業まで丸八年かかったのだもの、一見すると不可能なように見えるけれども、しかしながら古今東西、鉄道にかぎらず、道路、橋梁、堤防、公園、ビルディング、運動場、劇場……およそあらゆる土木や建築における大工事は、

――あともどりが、できぬ。

という性格がつよい。ひとたび着工してしまえば、のろのろとでも工事が進んでいるかぎり東京市は中止命令を出しづらいのだ。

工期がせまれば、おのずから、

――延長。

ということになる。もちろん不名誉なことであるし、場合によっては高額な違約金を払わなければならないから徳次自身はそんなまねはしたことがないし、今後もする気もないけれども、少なくともその一手が考えられる以上、「七年以内」は、現段階ではふかい意味がない。問題は、

（後者だ）

資本金三千万円以上の会社の設立。

徳次は、

「むむ」

とうなり、さらに思案をめぐらした。この条件が出るということは、おそらく東京高速鉄道というやつ、ごく小さな会社にすぎないのだろう。業務は免許の申請だけ。その免許を材料《たね》にして、門野はこれから、本格的に、資金をあつめる気なのだ。東京市もそれを知っているからこそ、

——一年以内に、三千万。

と期日および金額をさだめたのであり、この条件がみたされなかったら、東京市はあっさり、

（免許を、召し上げる）

これは確実なことだった。役人たちにとってみれば、着工後の中止命令はむつかしいが、着工前なら書類一枚でできるのだ。もっとも、逆に、もしも一年以内にほんとうに三千万が用意できるのなら、会社のありかたは問題ではない。

新しいのをこしらえてもいいし、現存の東京高速鉄道がそのまま増資してもいい。どちらにしても門野は今後、この金あつめに、

（苦労する）

そのことも、まずまちがいないだろう。徳次の東京地下鉄道は、発足時の資本金が四千万円だった。それを達成するまでの日々は、要するに岩場で砂金をさがす日々だった。たいへんな苦労

をしたのである。

　徳次は、

「斎藤君」

　ようやく口をひらいて、息を吐き、

「いまのは取り消す。門野さんへの伝言はいらん」

　にやりとしてみせた。斎藤は、

「はあ」

「こっちから言わずとも、いずれ向こうから『来させてくれ』と言い出すよ。かならず」

　われながら、さわやかな断言っぷりである。斎藤は少しほっとしたのか、

「向こうから？」

「ああ」

「なぜです」

　口調がやわらいだ。

「それはな」

　徳次はえへんと咳払いして、胸をそらして、

「門野さんは、これから資金を調達しなければならん。銀行へ、資産家へ、伯爵様や子爵様へ、知り合いの実業家へ……三千万は大金だ。なかなか一年間ではむつかしかろう。そこでここへ来るわけさ」

「三百万なり五百万なり、出資を乞うべく？」

「そのとおり」

　と、徳次は部下の肩をぽんと叩いてやってから、

「そうして私に、あのしゃれた白髪あたまをさげるんだ。ついでに会社経営に関する助言もほしいとなれば、事によったら、私を重役にむかえるとまで申し出るかもしれん。そのときこそ苦言を呈してやろうよ、堂々とね。私へことわりもなしに地下鉄道に手を出した、その非礼に対して。いま騒ぐには値しない」

「東京市長には？」

と、とつぜん問うた斎藤は、いくぶん露悪的な表情である。徳次はちょっと虚を衝かれたが、質問の意を理解して、

「一餐《いっさん》を。なるべく早く」

酒食を供せよ、の意である。これ以上こちらに不利な免許をぽんぽん振り出されてはかなわない。接待で顔をつないでおかなければ。斎藤は点頭して、

「承知しました」

「君とも、いずれ一杯やろう」

「ありがとうございます」

「もういいよ」

「はっ」

顔をほころばせつつ、斎藤は体の向きを変え、部屋を出た。徳次はにこにこ顔のまま、手までふって部下をおくり出したのである。

†

斎藤が出て行ってしまい、ひとりになると、徳次はゆっくりと立ちあがる。

こつ
こつ
と、わざと靴音を立てて部屋のまんなかに立ち、

「あ」

声を出した。

声は、みょうに天井に反響した。誰もいない机に向かって、まるで芝居の役者のように、

「思い出した」

ほんとうは、思い出したのではない。

いっとき忘れたふりをしただけ。経理を担当していない斎藤に、

——金が、ない。

このことを気取《けど》られぬため、虚勢を張ったにすぎなかった。

その虚勢の余景としての、不格好な一人芝居。われながら大根役者だ。徳次には、ないし東京地下鉄道には、もはや資金の余裕がないのである。

三百万なり五百万なり、どころの話ではなかった。現実には五十万も、

(出せるか)

徳次は、立ったまま床を見た。

くるみ色のじゅうたんに桑の葉のかたちの灰色のしみひとつ。何しろ浅草 - 万世橋間たった七駅では、やっぱり観覧電車の域を出ないのだ。乗客はふえない。運賃収入はむしろ減っている。たのみのつなの上野広小路駅直結の松坂屋も、そもそもの路線がみじかければ効果は少なく、その上さらに、最近になって、市バスが運賃を値下げした。

彼らは彼らで、地下鉄道から、

——お客を、とりもどす。

と熱意まんまんなのであり、現に彼らの客はふえた。東京地下鉄道の収支はいっこう改善することなく、株価もついに下がりはじめたのである。

いい材料が、

「ない」

徳次は、ながながとため息をついた。

むろん徳次は、座して死を待つ人間ではない。すでに手を打っている。鉄道以外の副業で利益を出すべく、その手のことの得意な大阪の阪神急行電鉄（いわゆる阪急）へ社員三人を派遣し、いろいろ学ばせ、浅草駅の上に商業用のビルディングを建設させた。

その名を、雷門ビルという。ビルのなかでは直営食堂を開店させ、なかなか繁盛しているのに気をよくして、徳次はいま、さらなる計画を立てている。すなわち省線上野駅の駅舎の二階に「地下鉄ストア」なる店をひらき、食料品、お菓子、日用雑貨、玩具などを売るつもりなのだ。うまく行けば店舗数をふやしてアメリカ流のチェーン・ストアにしてもいいが、しかしこれらの副業はどれほど儲かったところで、ひっきょう局地戦の勝利にすぎず、根本的な解決はやはり、

「……延伸工事」

徳次はつぶやいた。

顔がどうしても上を向かなかった。前途があんまり遠すぎるではないか。神田川の河底工事はもう一年半もやっているにもかかわらずいまだ完了していないし、よしんば完了して神田川を抜け出たとしても今後さらに日本橋川、京橋川、汐留川をおなじようにくぐらねばならない。

最終目標の品川はおろか、途中の新橋へすら到達するのは、

（何年後か）

工事というのは、一日やれば、一日ぶんの金が出る。

そのつど金庫は身軽になる。そこへふたたび金のおもみを加えるための方策は、新株発行、社債発行、新規借入れ……やれることはみなやった。このまま行けば、ひょっとしたら、

（破産）

もちろん徳次は、そんなことはおくびにも出さぬ。

社内はもちろん、社外の知人へも察せられぬよう、態度明朗でありつづけている。実業界での信用とは、人間性への信用ではない。まず何よりも金まわりの信用にほかならないのだ。もしも門野重九郎が、今後、その焦げくささを嗅ぎ取ってしまったら。

換言すれば、徳次の逆境を看破したら。

門野はもちろん出資をもとめにこの部屋へなど来るはずもなく、あるいはすでに嗅ぎ取っているからこそ今回の免許申請に関しても、

「俺を、棚上げに」

徳次は、その場へしゃがみこんだ。軻母子の顔が脳裡に浮かんだ。いざとなったら夫婦《めおと》ふたり、夜闇にまぎれて東京をのがれ出ることになる。

そうなったら、どこへ行こうか。

生まれ故郷の御代咲《みよさき》村か。それともこっそり横浜で船に乗り、満州あたりで大陸浪人にでもなるか。船賃は三等でいい。どこから捻出しよう。

（ばかな）

目をつぶり、こめかみを殴ったとき、入口のドアがこんこんと音を立てたので、

「どうぞ」

すばやく立ちあがり、ドアを見た。

ドアは、微動だにしない。

廊下から人の声も入ってこない。背後からシュウシュウという低いうなりが部屋いっぱいに響くのは、屋外の風が窓にぶつかっているのだろう。

徳次はふりかえり、

「……空耳か」

足をふみだした。机の横をまわり、着席して、

「勝機は、ある」

わりあい大きな声で言い、胸をそらした。虚勢ではないつもりだった。とにかく借入れをかさねて資金をつなぎ、新橋まで着けば情況は変わる。

わが地下鉄道はこんどこそ歩いては決して行かれない距離を手に入れることができる。

その途次に、盛り場を三つも四つも手に入れられる。気がつけば徳次の口は、念仏のように、

「神田、日本橋、京橋、銀座。……神田、日本橋、京橋、銀座」

どちらが先か。

新橋か、破産か。

†

万世橋のつぎは、神田である。

この両駅間すなわち第三工区は、そのほとんどが神田川くぐり抜けの区間だったが、それを二年余の末にようやく脱し、神田駅が開業したのは、昭和六年（一九三一）十一月三十日。

これにより距離のちかい万世橋駅は不要となったため、予定どおり廃駅とし、地下鉄道の駅は、

浅草　田原町　稲荷町　上野　上野広小路　末広町　神田
の七駅となった。

†

くぐり抜けが終われば工事はふたたび街の下に入り、覆工板が必要になる。

セメント、水、骨材を練り合わせてコンクリートをつくる作業もその上でできる。すなわち陽光あふれる、

（地上で）

そののぞみだけで二年以上ものあいだ地下労働の日々に耐え、かつ部下を叱咤しつづけたコンクリート施工担当の松浦半助は、神田駅開業の翌日、竹五郎に、

「今晩『しまゐ』へ来てくれ」

と言われた。

半助は、

（しめた）

盆踊りでも踊りたい気になった。「しまゐ」なら何度も行っている。根岸のめし屋だ。竹五郎がそこへ一席を設け、覆工の木本胴八と掘削の奈良山勝治とを仲なおりさせようとしたが胴八がとつぜん殴りかかったため果たせなかったのはもう五年以上も前の話だが、竹五郎はその後、どういうわけかこの店が気に入り、大事な話があるときは決まって相手をここへ呼び出しているらしい。

半助自身、何度かそうされたのだ。そうして、よりによってこの時期にまた呼び出しを受けた

となれば、これはもう用件は、

（あれしか、ない）

半助は縄のれんをはねのけ、なかへ入り、畳へぴょんと上がりこんだ。

奥の卓袱台へ座を占め、そわそわしながら待っていると、竹五郎が来て、

「おう」

向かい側へあぐらをかいた。

ながれるような感じで首を台所のほうへ向け、大きな声で、食いものの注文をした。おでん。焼き海苔。漬物。あと適当に煮物をくれ。半助は思い出した。竹五郎は、ここではかならずおでんを頼むのだ。

そうしてかならずちくわを入れさせる。焼き海苔と合わせて或る種の験担ぎをしているのか、いまはもういない勝治への捧げもののつもりなのか。

単に好物なだけなのか。皿がひとおり卓上をうめる。漬物はべったら、煮物は飯蛸《いいだこ》と里芋だった。竹五郎が、

「さあ」

お銚子をとり、突き出してきた。半助は杯を両手で持ち、われながら仰々しく受けてから、

「で、道賀さん。今晩は何の話で？」

聞きながら、顔のにやにやがとまらない。竹五郎はほほえんで、

「そりゃあ、もちろん」

「あれですか」

「あれだ」

「やっぱりな。はじめっから俺はわかってましたよ」

「そうか」

「さあさあ、はやく言ってくださいよ。俺はこの日を待ってたんだ。寿命がちぢまっちまう前に、さあ」

と言ったときには手酌で四杯目をあおっている。酒が水のように旨かった。竹五郎はコトリと杯を置き、目を伏せて、

「じゃあ言おう」

「はい」

「今後も、下でやってくれ」

「ありがとうございます。つつしんで承ります」

ふかぶかとお辞儀をし、竹五郎のことばを胸のうちで復唱して、

「え？」

頭をあげたのと、竹五郎が目をもどして、

「あんたの気持ちはよくわかるが、松浦さん、練り合わせはもう地上でやることはない。ずっと坑道内《なか》だ」

早口で告げたのが同時だった。半助はじわじわと、雑巾に水がしみこむ具合に理解して、

「おいおい、だって、覆工板が……」

「関係ない」

「約束やぶり！」

腰を浮かせ、杯を投げつけた。杯はトンと竹五郎の胸にあたり、シャツに酒のしみをつくり、卓上へ落ちた。竹五郎は無表情のまま手でひろいあげ、半助の前へ置きなおして、

「そんな約束、最初からしてなかったがな。あんたが勝手にきめこんで、勝手に胸をわくわくさ

せて、部下へ吹いてただけだろう」

言われてみればそのとおりである。半助は腰を落とした。なおも唇をふるわせて、

「なぜだ？　なぜ俺たちは浮かばれねえ」

「あんたたち、もともとあんまり領域《なわばり》を占めすぎてたんだ。路面いっぱいにセメントだの、砂利だの、砂だのの袋を……」

「しかたないだろ」

「ああ、しかたない。ただあのころは何しろ第一工区、工事全体のやりはじめだから坑道がほとんどなかった。作業の場所は地上しかなかった。いまはちがう。地下にいくらでも場所がある」

「地上にもある」

「これからは、大道《だいどう》ばかりとはかぎらねえんだ。日本橋川、京橋川、汐留川もくぐらなきゃならねえし、それにあのころも、ときどき近くの住人から苦情が来てただろ、洗濯物がまっくろになったって。風が吹いたらセメントの粉が、わーっと飛び散って」

「けど、けど」

半助は、涙ぐみそうになった。

のどと胸のあいだで胡桃《くるみ》がひこひこ上下しているような感じ。われながらうらみがましい口ぶりで、

「それじゃあ道賀さん、俺たちは、俺たちは永遠にもぐらじゃないか」

竹五郎は顔をゆがめて、

「地下鉄道の工事だぞ」

そう言われるとどうしようもない。半助はようやく口をひらいて、

「それは、会社（大倉土木）の方針か？」

「ああ。だが俺が進言した」

「そうか」

「松浦さん」

と、竹五郎はきゅうに口調をやわらげて、お銚子をぐいと突き出してきて、

「言いたいこともあるだろうが、これはまあ、信頼のあかしと受け取ってくれ。あんたの仕事はちゃんとしてる。人づかいも堂に入ってる。練り合わせはどこでやっても問題ない」

「ほんとかね」

「ほんとうさ。あの上野の」

と、そこで竹五郎はほんの一瞬、にがい顔になり、

「上野の、埋めもどしのときも」

半助はうなずき、

「ああ、あれか」

あれは、ひどい話だった。

上野－浅草間が開業し、延伸工事にかかりだしたころだから、もう三年前にもなるか。会社のほうから、というのは、これは早川徳次の東京地下鉄道から、

――工事を中止しろ。掘ったところは埋めもどせ。

という命令が来たのである。

あまりにも急な、そうしてあまりにも不本意な話でありすぎて、半助など、

「あり得ねえ」

つぶやいたきり、しばらく口もきけなかったほどだけれども、竹五郎ひとりは、実際のところ、だいぶん前に知らされていたらしい。

それも本社内の徳次の部屋へわざわざ呼び出されて。徳次はそのとき、ほかに誰もいないにもかかわらず「耳を貸せ」と言ったそうだが、半助は、いまならその理由もわかる気がする。徳次もやっぱり気がはりつめていたのだ……何しろ事が、ほかでもない、天皇陛下がらみとあっては。

きっかけは、大正天皇の崩御だった。

大正十五年（一九二六）十二月二十五日。それを継承したのは今上天皇、のちに昭和天皇と諡《おくりな》されることになる若き君主。即位の礼は二年後の昭和三年（一九二八）十一月十日におこなわれることになったが、その場所は、古例にのっとり、京都の紫宸殿《ししんでん》と決定した。

古例とはいえ、これには東京市が黙っていない。京都でやる前に、ぜひとも、

――わが街、すなわち帝都でも。

といわば横槍を入れたため、こちらのほうは七日前、十一月三日の開催ときまった。

催事の名前は「御大典大奉祝会」。

ひらたく言えば即位祝いである。会場は、上野公園と決定した。

東京市は、よほど早くから計画を綿密に立てていたらしい。当日はもちろん天皇および皇后のご臨幸をあおぐとして、問題は、その道すじの一部がちょうど坑道の上にあたることだった。これはまことに危険である故、

――埋めもどせ。

東京市はそう徳次に命じ、徳次はやむを得ずこれを受け入れ、竹五郎に耳打ちしたわけだ。

竹五郎は五人の監督に伝達し、そうしてそのひとりである半助は「あり得ねえ」と絶句した。せっかく掘ったトンネルにふたたび土砂をたたきこめとはどういうことか。現場の人間にしてみれば、これほど馬鹿ばかしい話もなかったのである。

そう、まことに馬鹿ばかしかった。いったい何がこわいのだろう。落盤か。いくら何でも陛下

の車馬で地が抜けるなど物理的に不可能にきまっているし、沿道の人のおもみを気にしているのなら——たしかに結果的には数万の群衆がつめかけたというが——それも杞憂である。そのくらいのことは前もって想定するのが地下鉄道の設計であり工事にほかならないのだ。

あるいは、人間の悪意がこわいのか。社会主義とか共産主義とか、そういう危険思想のもちぬしが坑道へこっそり入りこんで爆弾をしかけ、陛下がちょうど上を通りかかったところで爆発させるとか。

そんなもの、その日だけ工事を中止すればいい話だろう。地上から坑道へもぐりこむための入口など、そう何か所もないのだから、そこだけ警官をずらりと立たせればいいし、それで不敬ということにもならぬ。どこからどう考えても、埋めもどしの必要はないのである。

まったく役人連中の神経過敏というほかない。そんなことで仕事をした気になっているのだ。おそらく即位の礼をなかば京都から簒奪《さんだつ》した以上、ことさら体面を気にしなければならないのだろう。体面、体面、体面、それだけの理由。結局、トンネルは埋められた。

御大典大奉祝会が終わった翌日から、ふたたび掘り出されはじめた。この児戯に類する土砂の移動だけで、竹五郎たちは、ないし半助たちは、四か月もの日々をついやしたのである。

ところで竹五郎がいま、

——信頼のあかし。

と半助に言ったのは、このときの話に関係している。

埋めもどしというこの設計時にも施工準備時にもぜんぜん想定していなかった作業をおこなうにあたり、関係者がひとしく危惧したのは、

——コンクリートは、だいじょうぶか。

このことだった。トンネル内は、すでにして半助たちが四面の壁をコンクリートで固めてしま

っていたのである。

ことに床に敷いたそれは、元来、そこまでの荷重を想定していない。もしかしたら薄すぎるのではないか、途方もない土のおもみに耐えかねてひびが入り、割れ、水がしみ出すのではないか。そういう事態が生じれば、工期はさらに遅延する。工費はさらに多額になる。けれども行事が終わったあと、土をすっかり取り除《の》けてみると、床はもちろん他の三面のコンクリートもまるで塗ったばかりのようにぴかぴかしていた。

ひびも、割れも、水しみもなかった。施工の完璧さが証明されたのである。半助は、

「すげえ」

とか、

「よくやった」

などと誰からも賞賛されたけれども、内心はうれしさ半分、間《ま》のわるさ半分というところだった。なぜならそこは第二工区内、上野‐広小路間であり、練り合わせの作業は地下でやった。

——やれば、できる。

ということを、みずから誇示してしまったのだ。

こんなのも、身から出た錆というのだろうか。がちゃりと箸をとり、飯蛸をむぐむぐ嚙んでいると、
竹五郎は、

「ともあれ、さあ」

と言い、お銚子をさらに近づけてきた。さっきから引っ込めることをしなかったのである。

「さあ。松浦さん」

半助は、負けた。

箸を置き、杯をつまみ、

「ありがとう」

とまで口走り、つがれた酒をぐいと飲んだ。半助と竹五郎は、同時にふーっとため息をついた。

そうして同時に、

「道賀さん……」

「松浦さん……」

「あ」

「あ。どうぞ」

と半助がゆずり、竹五郎が、

「これで工事は大成功だ。な、そうだろ。さあ食おう松浦さん。今夜はおごる。鯛だろうが平目だろうが、何でも頼んでくれ」

もとよりそんな高級魚の支度など、この店にあるはずもないのだが、半助は気が楽になり、

「ありがとう」

おでんの種《たね》をもう三つ四つと、それに蛤《はまぐり》の卵とじを注文し、さらに酒を二本追加して世間ばなしをしていたところへ、入口の戸がひらいて、

「やあやあ、遅れました」

どすどすと音を立てんばかりに来て、半助と竹五郎のあいだに尻を落とした肥満ぎみの男。

畳が、みしりと悲鳴をあげる。

輪唱の五人目の歌い手、電気設備担当の与原吉太郎だった。三十七だったか、八だったか忘れたけれども、要するに自分の、

（ふたつ、年下《した》だったかな）

とぼんやり思うとき、半助もまた、ほかのたいていの人足とおなじく自分の年を正確に記憶していないのである。竹五郎が、

「働きすぎだぜ、与原さん。どこへ行ってた」

「上野へ」

「変電所か」

「ええ」

と、吉太郎は、首のあまり肉をぺたぺたと手でなでながら、

「万が一のとき電源を自動で切り替える装置をね、いちおう見とこうと思ってね。ふだんなかなか見られないもんでね」

「ちゃんと動くか」

「だいじょうぶです。実際に作動させたわけじゃないが」

「手動のほうは？」

「だいじょうぶ。二系統どちらへも切り替えられる。地下鉄道は安泰ですよ、両方いっぺんに停電しないかぎり」

吉太郎はそう言うと、大きくうなずいた。ここでの二系統とは、ひとつは猪苗代水力発電所（福島県）から来るもの、もうひとつは谷村《やむら》発電所（山梨県）から来るものである。

どちらも東京電灯会社の運用による。「東京」地下鉄道を名乗りながら、その電源は、すべて東京外にもとめているわけだ。

半助が、

「へーえ」

と興味ぶかく聞いたのは、半助自身、ふだんコンクリートの練り合わせで電気をじゃぶじゃぶ

利用していながら万一の停電など考えたこともなかったからである。

それだけに、疑問は素朴である。

「ということは、なあ、吉太郎」

「何です」

「両方いっぺんに停電したら？」

「そりゃあ、もちろん」

と、吉太郎は箸を置き、口をもぐもぐさせながら、

「電車はモーターがストップする。ブレーキもきかない。それでも惰性で走るから車止めに激突するか、前の電車に激突するかのどっちかです。信号はうごきません。ＡＴＳも役に立たない。駅も坑道もまっくらになる」

「ま、まっくら」

「そりゃあ何しろ、地下ですからね。自分の指も見えなくなる。女子供は泣きわめき、男もたいてい取り乱すでしょう。あわてて地上へ逃げようとして方向をまちがえて、線路へぽろぽろ落ちるやつも多いでしょう。ただひとつの幸いは集電用のサードレールにふれても感電死しないことですが、あんまり長いこと復旧しないと、換気装置がはたらかないんで、こんどは酸欠のおそれが出ますね」

「さんけつ？」

「息ができない」

吉太郎はそう言うと、右手でおのが首をしめてみせた。

ご丁寧にも白目まで剝いてみせる。こういうところが、この与原吉太郎という男の持ち味だった。どんな深刻な未来予想も、どんな厳格な仕事の打ち合わせも、この男がやると冗談みたいに

なってしまう。

或る種の知性のかたちではあるが、しかし吉太郎の場合、しゃべりながらものを食う、それも常人の倍は食う。そうしなければ、

――体格が、維持できないんでね。

とでも言わんばかりである。実際このときも吉太郎はふたたび箸をとり、おでんやら、蛤の卵とじやらの鉢や皿をひとりできれいにした上さらに店の女房へ、

「おうい、めしを大盛りで三膳くれい。お菜はいらん。ごま塩ぶっかけて」

などと大声で言うものだからお世辞にも知性的には見えない。まわりの客も、

「食いすぎだあ」

げらげら笑う。竹五郎は眉をひそめて、

「可能性は？」

「何のです」

「停電の。二系統とも」

「そりゃあもちろん、ゼロじゃない。この前のような地震がまた来て、福島と山梨をいっしょに襲って、発電そのものが絶たれちまったら」

この前の地震とは、いうまでもなく八年前の関東大震災である。なるほどあの規模の災害がまたしても、ちょっと震源がずれた上で起こったりすれば共倒れもあり得る。半助はかたずを呑んで、

「そいつは、まずい」

「でしょう？」

と、吉太郎は半助のほうを向いて、

「それでも安全をたもつ方法が、ただひとつ」

「そ、それは何だ」

「各駅にひとつずつ蓄電池を設備すればいいんです」

吉太郎は、これもまた冗談のような口ぶりで言った。

「へそくりみたいなもんですよ。いつも一定の量の電気をそこへ貯めこんでおいて、いざというとき吐き出させる。これがほんとは無敵なんだ。何とかなりませんかねえ道賀さん」

「ばかぁ言え」

竹五郎は舌打ちして、

「ふだん何《なに》にも使わねえのに。そんな金がどこにある」

すなわち、

――会社（東京地下鉄道）には、金がない。

というのは、この時点ではもう竹五郎が平気で口に出せるくらい公然たる事実だったのである。もっとも、この時代、蓄電池というやつが格別に高価だったのも事実なので、一基あたり、ものにもよるが、電車二、三両ぶんもしただろう。

そのくせ容量はごく小さく、寿命もみじかい。だから吉太郎も、

「そうか。やっぱり無理か」

あっさりと退《ひ》いてしまう。これればかりはどうにもならないのだ。竹五郎はなかば自分に言い聞かせるかのように、

「あんな地震は、まあ、そうそう起こりはしないだろう。二系統の電源でじゅうぶんさ」

「ええ、ええ」

「与原さん」

「何です」

「これからも、よくよく点検してくれよ」

「合点だ」

「いまは、おもに何してる」

と聞いたのは、正味のところ、竹五郎にも吉太郎の仕事がよくわかっていないのだろう。いったい電気設備の職人たちは、専門家肌というか、

――俺たちは、腕っぷしより頭を使うんだ。

という独特の気風があり、なかば独立国の様相を呈していて、竹五郎もそうそう口出しできぬところがある。吉太郎はにこにこと、

「いまは、土地さがし」

「土地さがし？」

「上野だけじゃ、足りないんで」

「ああ、変電所か。延伸にともなう……」

「そうなんです」

「神田に設置しただろう」

「それでも足りない。さいわい神田の場合は駅の上、地面の下にけっこう大きな空間がありましたから、そこへ開閉器やら、自動遮断器やら、水銀整流器やらをおさめましたが、その先の、たとえば新橋となるとどうでしょう。やっぱり地上に置けってことになるんじゃありませんか。いまのうち場所の目星をつけとかなきゃ」

「あるのか、そんな場所」

「うーん」

吉太郎は、陽気に呻吟してみせて、

「あんまり遠いと電力の損失が大きいんでね。なるべく近いほうがいいんですが、そうなると家が建てこんでる。そもそも線路がどこを通るかも決定してないありさまじゃあ」

「決定してるさ。今後変更の可能性があるだけ」

「おなじですよ、道賀さん。ってまあ、そんなわけで、俺はここんとこ地上のさすらい人《びと》です。お陽さまにじわじわ焼かれながら、まあ迷子みたいなもんだ。部下はみんな坑内《した》で配線の仕事してるってのに」

「何！」

半助は、腰を浮かした。

さっきまでの話が話である。いくら何でも冗談にならぬ。吉太郎がすずしい顔でふところから手ぬぐいを出し、首の汗をぬぐいはじめた、その手ぬぐいを払い飛ばして、

「何をそんな、贅沢な」

「へ？」

「こっちの身にもなってみろ。もぐらにはもぐらの意地がある」

われながら、どの口が言うという情況ではある。酒が入りすぎたのかもしれない。吉太郎は目をぱちぱちさせて、

「どうしたんです？」

「て、てめえ」

「でも、あれ？　半助さんも地上《うえ》の仕事だったじゃありませんか。コンクリートの練り合わせ」

皮肉や挑発などではない。ほんとに忘れているのである。半助は、

「ばか」

顔をしかめ、思わず笑ってしまった。こっちの負けである。空気を読まぬ人間がきらわれるのは、本人に読む気がある場合にかぎるのである。

払い飛ばされた手ぬぐいを竹五郎がひろい、吉太郎の首にかけてやりながら、

「お前さんには、かなわねえよ」

と言ったのも、たぶんそういう意味だったろう。店の女房が来て、

「あいよ」

ごま塩めしの大どんぶりを置いた。なるほど茶碗で三膳ぶんはある。吉太郎がそれを片手でもち、箸でカチャカチャかきこみだしたのを見ながら、

「……新橋か」

と、竹五郎がつぶやいた。半助が笑みを消し、

「どうしました」

と尋ねると、

「うーん」

頭をかかえる。半助は、

「どうしたんです、道賀さん。あんたらしくもねえ」

「うん」

と、竹五郎はようやく目をあげて、

「ほんとうに、俺たちのものになるのかな」

「何がです」

「新橋」

「へ？」

「家の近所に、代用教員をしてる人がいてな」

竹五郎は、語りはじめた。その人に新聞を読んでもらったところ、最近、世間には、もうひとつ地下鉄道の会社ができたらしい。

東京高速鉄道とかいう名前らしい。まだ免許をもらっただけだが、その免許のうちのひとつは渋谷駅－東京駅間に関するものという。

すなわち市電6系統とかさなる路線。こっちの地下鉄道とは、まさしく新橋でぶつかることになる。

「おたがいうまく話し合って、乗りかえ駅になりゃあいいが。へたしたら……」

「へたしたら？」

「両社で、新橋の奪《と》り合いになる」

「はあ」

半助は、ぴんと来なかった。三国志や北条早雲の時代じゃあるまいし、土地を奪るとはどういうことだろう。

聞いてみると、

「なったら、どうなります」

「わからん」

「そんな」

「まあ、着工は先だろうが」

言ったきり、竹五郎は沈黙した。

おのずと半助もうつむいてしまう。話はそれきりになった。ただひとり吉太郎だけが、話を聞いていたのか否か、まだどんぶりを顔につけてカチャカチャ箸をうごかしている。

首には、また汗がにじみだしている。

†

竹五郎、半助、吉太郎の三人が根岸の「しまゐ」で飲んでいた十二月一日は、たまたまだが、上野に地上九階、地下二階建てのターミナルストア「地下鉄ストア」が開店した日でもあった。店には客がたくさん来た。あらかじめ新聞、雑誌、街頭の看板、地下鉄道駅構内のポスターなどで宣伝をやったことが功を奏した格好だが、しかし何しろ、

——開店記念。

と銘打って安売りしたものだから会社の利益にはならなかった。今後いくらか利が出るにしても、しばらくは副業の域を出ないだろう。もっとも、このころ、早川徳次の脳裡には副業のことはほとんどなかった。

本業の、資金繰りだけがあった。

くりかえすがこの日は十二月一日である。月末はいわゆる大みそかである。明治維新からもう六十年以上もすぎたというのに東京にはいまだこの一年最後の日を収支決算日とする徳川期の習慣がのこっていて、東京地下鉄道も、ことに月の後半に入ってからは、手形の決済が急増した。

徳川期ふうに言うなら掛け払いである。まあ当時の江戸っ子ならば二件や三件うっかり払いわすれたところで除夜の鐘の音がすべてを水にながしてくれたのだろうが、そこは近代の厳格さ。決済しなければ手形は不渡りとなり、銀行取引が中止される。

中止されれば、会社がつぶれる。

徳次はもちろん、毎年、

（それだけは、回避）

そのつもりで奔走するのだが、しかしこの年は、ことのほか現金が足りなかった。会社の終業日である十二月二十八日になってもまだ支払いが終わらなかった上、一部の社員にはボーナスも支給していない。

二十九日も、三十日も、会計課長の高木《たかぎ》という男とともに東京中の資産家や実業家、銀行の重役の自宅をまわり、融資を依頼した。

ときには畳に手をついたが、相手にしてみれば、この年の瀬のどんづまりになお困窮するような会社へ金を貸すなど、賽銭《さいせん》をやるようなものである。

返って来ないにきまっている。倒産の瞬間は、刻一刻とせまっていた。

徳次は、いまさらながら、

（やはり、あの御大典が）

そう思わざるを得ない。

あの、常識では考えられない埋めもどしが。むろん直接のきっかけではないし、ほかにも会計的にはさまざまな要因があるのだが、あれ以来というのは実感としてある。天皇陛下をうらむつもりはないが、東京市の役人には、穏やかでない感情を抱かざるを得なかった。

三十一日は、いよいよ最終日だった。まだ日付が変わって間もない夜ふけ、第十銀行（現在の山梨中央銀行）東京支店長の自宅を訪問する。

この地方銀行とは、これまで何のつきあいもなかった。むろん取引銀行としても日本興業銀、第一国立銀、三菱銀、三井銀、安田銀のごとき群星とくらべて格が落ちる。少なくとも東京地下鉄道のような大会社がそことの取引をほこるような相手ではないけれども、いまの徳次は、そんなことは言っていられなかった。

それら群星はもはや貸すだけの金は貸し、買うだけの社債は買ってくれた。さらなる融資などあり得ないのである。それに山梨というのは徳次の出身地であり、御代咲村には実家がある。

実家は、裕福な農家である。

土地がある。徳次はこのたび東京支店長へ、その土地を、

――担保に入れる。

という申し出をしたのだった。それしか借金の方策はなかった。

支店長は、

「本店の承諾を得ねば」

と、そればかり繰り返した。

午後になり、行員に手配させた。徳次はとうとう当座しのぎの現金を手にしたのである。現金でなければ間に合わなかった。徳次はそれを鞄につめこみ、各所へまわり、支払いをすませた。あとほんの数時間というところで、徳次は、あやうく倒産をまぬかれたのである。

あとはただ、社員にボーナスを支払う手筈をととのえるだけ。後事を高木に託し、徳次はふらふらと東京駅へ行った。

軻母子とおちあい、熱海ゆきの列車へのりこんだ。もう日が暮れている。翌朝は元旦である。

熱海旅行自体はずいぶん前から決めていたことであり、この二、三日は、

(行けぬ)

そう覚悟していたけれども、列車がごとりと動いた瞬間、徳次はむしろ、

「永遠に、熱海にいよう」

軻母子へ言った。

それほど東京がいやだった。軻母子は何も言わなかった。三が日があけたところで夫婦は東京

へもどり、生活を、仕事を再開した。高木は辞職した。猛烈な神経衰弱、というのが医師の診断だったという。

†

ほどなくして、事態はいくらか好転した。運賃収入がふえたのである。

神田駅開業の効果だった。人々はどうやら神田から上野や浅草へ出るとなると、神田川をわたるぶん、実際以上に遠く感じるらしく、しかも直通する市電がない。おのずと地下鉄道がえらばれたのだ。

神田駅が省線との乗りかえ駅であることも、このさい乗客には便利だった。まだまだ増収はわずかであり、起死回生とまでは参らぬけれども、このまま延伸をつづければ、神田のつぎは、

（三越前）

徳次には、その期待がある。

六基のエレベーターと一本のエスカレーターをそなえて「スエズ以東最大」と謳われ、開店時にはあの世界総本家というべきロンドンのハロッズからも祝辞が寄せられたという日本橋三越本店との直結駅。

そのつぎは日本橋、京橋、銀座である。東京はなはだ広しといえどもここほど垢抜けした一帯はない。しかもそこにはまたしても百貨店がたくさんあって、みなみな「三越前」駅の三越および「上野広小路」駅の松坂屋の話を聞いて、

――うちも、同様に。

との申し出をしてきている。駅直結とまではいかないけれども、「日本橋」駅は高島屋と白木《しろき》

屋《や》が、「銀座」駅は松屋と銀座三越が、それぞれ工費の一部をうけもつ。そのぶん駅構内の看板の優先的な掲出などで報いるという契約だった。

個々の駅というよりも、路線そのものが華やかになる。便利なことは無論である。いよいよ地下鉄道が「観覧電車」であることを脱し、真の意味での都会の実用列車となる日が来るのである。

こういう未来に期待してだろう。あるいはもうひとつ、

――年の瀬に、あやうく早川徳次の会社がつぶれるところだった。

という事実に衝撃を受けたせいもあるかもしれない。日本興業銀行総裁・結城豊太郎（のち林《はやし》銑十郎《せんじゅうろう》内閣の大蔵大臣、日銀総裁）が、にわかに、

「つぶしては、ならん」

と言い出して、出身銀行である安田はもちろん三井、三菱、住友の四信託銀行を説得し、あわせて一千五十万円の融資を実現させた。

結城自身、海外視察の経験が豊富なため、地下鉄道の重要性が身にしみていたのである。それまで百円単位の金にすら汲々としていた徳次には、地獄で仏という以上に、どことなしお伽話のような感じだった。この巨額の融資によって徳次はずいぶん資金繰りが楽になり、新橋到達の見通しがついた。

徳次は、感動屋である。

「結城さんに、ひろわれた命」

だの、

「恩返しせねば」

だのと言い言いした。これはまだ融資決定以前の、四信託の説得中のことだけれども、徳次はさっそく結城へ、

「つぎの神田－三越前間の開通のさいは、ぜひ初乗りをしてもらいたい」

この初乗りは、実現した。徳次としてはあの上野－浅草間開業時の宮様ふたりと同様の待遇のつもりだった。

第六章　新橋　コンクリートの壁

その後の延伸は、順調にすすんだ。
あたかも定規に目盛りをきざむように、以下の区間が開業した。
昭和七年（一九三二）四月二十九日　神田‐三越前（三越前）
同　　　　　　　　十二月二十四日　三越前‐京橋（日本橋、京橋）
昭和九年（一九三四）　　三月三日　京橋‐銀座（銀座）
同　　　　　　　　六月二十一日　銀座‐新橋（新橋）
カッコ内は新設駅。すなわち第四、第五、第六、第七工区が完成し、あの徳次の当面の目標である新橋到達がついに実現したのである。その道すじと駅の位置は、約九十年後、二十一世紀のこんにちまで変わるところがない。
全長、八・〇キロ。
延伸前の上野‐浅草間が二・一キロだったので、延伸区間（上野‐新橋間）は五・九キロということになる。
この距離をそれぞれ二年半、六年半で掘りぬいたということは、平均すれば、その速さは延伸区間のほうが少し上ということになる。

神田川、日本橋川、京橋川、および汐留川をくぐる手間のことを考えると驚くべき結果だが、つまりそれだけ、技術の進歩がいちじるしかった。ことに掘削工事におけるそれは、外国機械の輸入をもとにして、日本人がみずから現場で発想を展開させた近代史上の一奇観にほかならないのである。

一例が、土砂搬出の方法だった。

延伸前にはスキップホイスト（土揚げ機）というベルリンから来た機械が役に立ったことは前述した。地上へ二本の鉄棒を通し、ゴンドラ状の箱をとりつけ、坑内とのあいだを行ったり来たり。しかしながらこの機械は、使いこむうち、ふたつの大きな欠点のあることがわかった。ひとつは機械が二機しかないため、往復のあいだ上下の人足がやることがなく、手もち無沙汰になってしまい、そのくせそこから離れられないことだった。

時間も人員もむだである。これをきっちり、

——解決しよう。

と誰かがはっきり言い出したわけではないけれども、総監督の道賀竹五郎、当時まだ掘削工程を担当していた奈良山勝治、さらには人足のなかの数人の気のきいた連中がしばしば夜も「しまゐ」などの店へあつまり、酒を飲みつつ激論して、とうとう現場で独自の機械を開発してしまった。

機械の名は、教養派の勝治が、

——エンドレスバケット。

と英語でつけたけれども、まあ半国産といったところ。改良の要点は、一個の大きな箱《スキップ》ではなく、たくさんの小さな箱《バケット》をつらねたことだった。

箱のかたちも工夫した。底をまるで鉛筆の先のような三角形としたのである。これにより無数

の小箱は坑底にふれると横にたおれ、大きな溜桝の土をつぎつぎと掬い上げることができる。掬ったところで正立しなおし、地上めざして上《のぼ》るわけだ。

人足たちは、もはや箱を見る必要はない。この大きな溜桝へどんどん土をほうりこんでおけば土は勝手にしゃくり取られ、昇天してしまう。これで坑内の作業はずいぶんはかが行ったけれども、しかしそれでも、もうひとつの欠点はのこっていた。

機械そのものが移動しづらい、という欠点である。掘削地点が先へ進めば進むほど距離がひろがり、人足たちが疲弊する。この問題が解決したのは、やはり現場の発案と自作により、

――ベルトコンベーヤー。

が投入されたのがきっかけだった。

幅広のじょうぶな布で輪をつくり、両端に滑車のようなもの（ベルト車）をはさみこむ。そうしてゆっくりと回転させる。布の一端《いったん》へ土を置けば、おのずからもう一端へと運んで行くのだ。何しろ構造が単純である。故障が少ない。その気になればいくらでも作れる。一台だけで足りなくなると二台、三台と縦にならべて距離の問題を解決した。掘削作業から出た土は、いうなれば、出た瞬間から人間の手を経ることなく大小のモーターの力だけで水平にうごき、垂直にうごき、地上へ排除されたのである。

右は、ほんの一例である。

無数の議論と改良が日本の地下鉄を延伸させた。もちろん東京中の市民は、こんな事情を知らないから、ただただ、

――やっと新橋か。

とか、

――遅かったなあ。

などと噂をたくましくするばかり。彼らにとっては、地面の下というのは日ごろ目のとどかない、とどかせる必要もない外国である。おなじ日本とも思われていないのかもしれなかった。

†

開業から三日間、徳次は、お祭りさわぎをした。

新橋開通祝賀・地下鉄祭

と銘打って、一大キャンペーンをおこなったのである。ふだんは最大十五銭のところ、この期間だけは全線五銭均一とし、市民の気をひいた。

ばかりか「お楽しみ袋」と称する小袋を用意し、ひとりひとりに持ち帰らせた。袋のなかみはお菓子、おもちゃ、車両模型等で、つまりはおおむね子供むけ。東京は子供が多いということもあるが、しかしやはり大きいのは、ここでも費用の問題だった。

何しろ数が要る。徳次はこのたびの乗客動員目標を、

――百万人。

と設定した。当時の東京市の人口が約二百万人であることを考えると、ふたりにひとり、そうとう強気の設定だけれども、そんなわけでこの「おまけ」もあらかじめ百万袋用意することとなり、大人むけだと金がかかりすぎるのである。

もっとも、この「おまけ」は予想外の結果をもたらした。大の大人が――男女とも――降車時にこれをもらうと声をはずませる。

満面の笑顔になるのである。ひょうたんから駒というべきだった。開通記念うんぬんに関係なく、そもそも人間というのは乗りものの前では子供になるのだということが、徳次自身、肌でわかった瞬間だった。

これ以降、あらゆる鉄道会社やバス会社が児童むけの商品または催事を重視するようになるのも、徳次のこの成功がきっかけといえる。各駅には、長蛇の列ができた。

まことに長い列だった。あの六年半前の上野－浅草間開業のときの偉観がふたたび世にあらわれたのである。電車は二分半間隔という高密度の運行だったにもかかわらず朝に満員、昼に満員、深夜にいたるまで満員だった。キャンペーン終了時に「お楽しみ袋」のあまりを数えたら約二万個だったというから、乗客数は九十八万。強気の目標はおおよそのところ達成され、徳次はふたたび、日本交通界で、

――もっとも有能な経営者。

と評判された。

†

お祭りの仕上げは、パレードだった。

最終日の夜には会社の役員、社員やその家族はもちろんのこと、関連会社の社員や地下鉄ストアの納入業者にいたるまで約二千人をあつめ、上野公園を出発して、提灯行列をおこなった。

これはもちろん、地上を行く。めざすは宮城前広場である。上野の山を下り、銀座通り（現在の中央通り）を南下するということは、要するに延伸路線の上をぞろぞろ歩くにほかならぬ。街の人々はこの行列を見て、

「なんだ」

とあるいは振り向き、あるいは、

「ああ、地下鉄か。おめでとう！」

子供のように手をふった。提灯にはやはり赤い字で「祝・新橋開通」と記してあるから、すぐに主旨がわかったのだろう。

二千人の行列の、まんなかへんに竹五郎がいる。すれちがう人々へ手をふり返したり、ときには不慣れな愛想笑いも見せたり。が、ちょっと往来がとだえると、

「何だ、こりゃ」

しぶい顔になり、となりの胴八へささやいた。胴八は、例の若い朔太郎に手を引かれている。白濁した目でにやにやしながら、

「どうした。大将」

「こんなのは、電車と駅だけ見せとけばいいんだ。大名行列じゃあるまいし、何がおもしろくて俺たちの駄面《だづら》まで人目にさらさなきゃならん。会社の連中はどういうつもりだ」

「俺たちへのねぎらいだろ、そりゃあ」

「本気で言ってんのか？」

「宣伝だな」

「だろ」

と竹五郎はたてつづけに舌打ちして、

「要するに会社は、俺たちを、体よくチンドン屋に……」

「まあまあ」

胴八は、めずらしく上きげんである。すり足の足のはこびも流れるようだ。竹五郎はその場面をまのあたりにはしなかったけれども、出発時、祝い酒がふるまわれたときは一杯だけ飲んだらしい。

ふだんあれほど自分の身体感覚を重視している、というより、あれほど重視しなければ死ぬと決めこんでいる胴八には信じがたいほどの不品行だが、おそらくは胴八も、この佳《よ》き日まで、さまざまなものに耐えてきたのだろう。それが解き放たれた。

いま歩いているのは車道ではなく歩道だから、厳密には、かならずしも胴八自身がかつて覆工板を敷いたその真上ではないのだが。竹五郎はなお、

「だがな」

と胴八の腕をたたきかけたが、すれちがいざま見知らぬ人に、

「開通おめでとう!」

と言われて、あわてて、

「あ、ども」

頭をひょいと下げてしまった。そうして、そんなご機嫌とりみたいなふるまいを糊塗するような大声で、

「木本さん、あんたほんとに悔しくないのか」

「この行列が?」

「地下鉄の事業そのものがさ。ゆくゆく歴史にのこるんだぜ」

「何が、わるい」

「のこるのは偉い人たちの名前だけだ。早川徳次や野村龍太郎はのこっても、俺たちの名はのこらない」

さらに語を継いだ。あんた（胴八）が目あきにまさる活躍《はたらき》をしたことも、勝治が「ちくわに焼き海苔」の工法をあみだしたことも、そうして現場の人足たちが知恵をしぼり試作をかさねてエンドレスバケットやら、ベルトコンベーヤーやらの搬出機械を開発したことも、みんなみんな、時間の土に埋められてしまう。

大将の名を不朽にする、累々たる兵卒の死体。

「俺たちだ。俺たちが道を通したんだ」

竹五郎は地を蹴り、天へ吼《ほ》えた。声はうるんでいた。竹五郎もまた、この日、何ごとかを解き放たざるを得なかったのだ。胴八はぽつりと、

「そんなもんさ」

ふたりのうしろには、ほかの四人の監督がいる。

土留めおよび杭打ちの坪谷栄、掘削の西中常吉、コンクリート施工の松浦半助、電気の与原吉太郎。前のふたりのきなくさいやりとりが耳に入っているのかどうか、

「街のあかりは、いいもんだな」

と半助が深呼吸すれば、吉太郎が、

「いいもんでしょう」

と、まるで自分が発電したかのように胸をそらす。ずいぶん無邪気な会話だった。吉太郎はこの日までに上野、神田ともうひとつ日本橋の変電所も完成させて、二か月前から稼働させている。ここまで大きな故障もないから、肩の荷がおりたのだろう。結局、日本橋にはいい土地が見つからず、神田とおなじく駅の上、地表の下につめこまれた。

この行列の、先頭は。

もちろん早川徳次である。提灯をひょこひょこ上下へゆらしながら、通行人たちへ、

「新橋開通、ばんざーい！」

とか、

「地下鉄をよろしく！」

などと、こちらから呼びかけている。

いわば情報の押し売りである。出発時からずっとこの調子なので、徳次の声は、インキぎれのペンで引いた線のように嗄《しわが》れてしまった。顔が赤い。

というより、いっそ赤黒い。街のあかりの具合だろうか。となりには軻母子がいる。和服の袖で口もとを隠して苦笑しつつ、

「あらあら。上野公園でずいぶん召し上がったのかしら？」

「ほんの二、三杯さ」

「ほんとに？」

「ほんとさ。あ、そこのかた、地下鉄をよろしく！」

行列は、どんどん先へ行く。京橋から銀座へと進み入る。人通りの多さは銀座一であり、東京一であり、したがってたぶん日本一だろう尾張町交差点へさしかかったところで、となりの軻母子が、

「ねえ」

「ん？」

「ねえ、あなた」

徳次の背広の袖を引いた。妻が夫を呼ぶ呼びかたは、いつのまにか「旦那様」ではなくなっている。

夫婦のあいだでも、時代はひとつ進んでいる。徳次は、

「何だい」

妻のほうへ顔を向けたが、そのとき視界のすみ、前方の道のはしっこに旧知の顔を見て、

「おお」

体をゆらして駆け寄った。右手の提灯をかざして、

「おお、おお、五島君、この日が来たよ。とうとう来た。ありがとう。提灯はまだある。ありがとう、ありがとう、君も行列に加わりたまえ」

左手をさしだした。

――握手しよう。

の意であるが、五島は口をへの字にして、

「早川さん」

様子が、

(変だ)

とは、徳次はまだじゅうぶん理解していない。五島はその手をにぎり返さぬばかりか、横を向いて、

「酒くさい」

「え?」

「だいぶ召し上がったようですな」

声が、ひくい。

行列は前進をやめることをしない。あとから人がせまって来る。徳次はともかく、

「じゃあ、また」

体の向きを変え、ふたたび歩きだしたのへ、

「待ちなさい」

五島が背広の裾をつかんだ。徳次はふりかえり、

「何だね、いったい」

「これを」

五島は身をかがめ、地に置いた鞄へ手を入れて、一冊のアルバムを出した。

アルバムの大きさはA4、横長。

右紐綴じ。表紙にはアール・ヌーヴォーふうの絵とともに、工業的な字体で「地」と「下」の字が記されている。

「それは」

と徳次が眉をひそめると、

「そうです、早川さん。あの六年半前の、上野－浅草間の開通披露式のときの引出物だ。あなたが私たちへ配った」

「それが、どうした」

「これを」

五島は両手でそれを持つと、表紙をひらき、扉をひらき、あらわれたページを徳次につきつけた。

東京の夜は、きょうもあかるい。そこに木版の地図があることも、赤、緑、青、黒の四色刷であることも徳次の目にははっきりわかった。東京の地図である。青は海であり、緑は宮城や公園であり、赤は市街であり、その赤を南北につらぬくように黒い線がふとぶとと引かれている。

つまりは地下鉄道の路線図だった。黒い線は三種類にわかれている。浅草－上野間は実線であり、上野－神田間はこまかい点線であり、神田－品川間は、ずいぶんまばらな点線だった。

それぞれ開通線路、工事中線路、免許線路（未着工）を意味していることは、海中の凡例にも記されている。それこそ六年半前、徳次自身がさんざん目をさらし、文章でいえば推敲に推敲をかさねて完成させた地図。

「だから君、それがどうしたというんだね」

「点線は、品川が終点です。新橋はまだまだ通過点、そうじゃなかったのですか？」

「……む」

徳次は、口をつぐんだ。五島は、

「あのときの式典の名は『開通式』じゃなかった。『開通披露式』だった。正式なものは先にやるのだ、まずはお披露目《ひろめ》するだけだという意味をこめて、早川さん、あなた自身がきめたんじゃありませんか。それが、どうだ」

目をななめに落とした。視線の先には、徳次の手のたずさえる提灯ひとつ。

赤い字で「祝・新橋開通」と記されている。徳次は、

「そんな揚げ足とりをするために、ここで待っていたのかね。ご苦労なことだ。東京横浜電鉄代表取締役ともあろう者が、秘書もつれず」

口調はつよいが、その右手は、五島の目を避けるかのように提灯をそっと体の脇へまわしている。五島は、

「揚げ足とりと受け取られるなら、それでかまわない。あなたのためです」

「よけいなお世話だ。もともと私は、これを機に、きちんと社員や現場の監督たちの労をねぎらってやりたいと思ってたんだ」

「労をねぎらう？　この行列が？　この馬鹿さわぎが？　ただの街頭宣伝じゃありませんか。社員や家族には時間外労働にすぎん」

「何がわかる」

徳次は、にわかに声を荒らげた。提灯を突き出し、まわりのビルディングに谺《こだま》する声で、

「外部の人間に何がわかる。私は、私は……」

横でやはり足をとめていた軻母子が、

「あなた」

すばやく夫の手首をつかむ。さらには徳次の背後で、

「どうしました。専務」

足をとめ、首をのばしてきたのは竹五郎だった。

行列そのものは、停止していなかったのである。或る種のとかげが首をなくしても胴だけ動きつづけるように、この祝祭のとかげもまた、徳次夫婦の離脱後もなお前進をつづけていた。そのまんなかへんに竹五郎はいたのだ。

徳次は、

「はっ」

と声に出し、目をぱちぱちさせてから、

「わかったよ」

軻母子へおだやかに言い、それから背後の竹五郎を見て、

「ああ、道賀君か。ちょっとはしゃぎすぎただけさ。何でもないんだ。行ってくれ」

竹五郎は、

「はあ」

とあいまいに返事したが、つぎの瞬間、

「あ」

目を見ひらいたのは、これは五島のほうを見たからであろう。起工式のとき少し話したことをおぼえていたのだ。

徳次がにっこりと、

「さあさあ、道賀君。行きたまえ」

肩を押したので、竹五郎はふたたび足を前へ出した。

こちらを見い見い、去ってしまった。徳次はなおもにっこりして、手までふってみせたのである。

つまりは、うわべをつくろった。

妻の諫止《かんし》を聞き入れた、そうして現場総監督を不安にさせることをしなかった分別ある男の演技をした。

そのために、五島へ反論もしなかった。実際はしなかったのではない、

（できん）

徳次は、胸の底の灼けるのを感じた。まったく五島の言うとおりだった。ほんとうは品川まで行きたかったし、行くべきだと心決めしていた。この東京のため、日本のため、新橋は断じて終点であってはならないのだ。が、もう、

（だめだ）

新橋は終点。その先はない。

これが最後の馬鹿さわぎ。事実、工事はすでに中断していた。中断というのは世間むけの名目で、ほんとうは完了にほかならなかった。現場で生まれたエンドレスバケットも、ベルトコンベーヤーも、いまは分解された上、上野へ運ばれ、資材置場のかたすみで麻きれをかぶせられているのである。

さながら死者の顔に白布をかけるかのような、そんな光景なのだろう。資金がつきた。銀行団からは、

――もう、出せぬ。

と言われていたし、例の、四つの信託銀行を結集して大規模融資をしてくれた日本興業銀行総裁・結城豊太郎でさえ、

「早川君。これで一段落《いちだんらく》ついたね」

と、やはり同様に通告した。彼らも無限の財力があるわけではない。これ以上の優遇はそれぞれ創業家や株主との深刻な不和をまねきかねないのである。

徳次は、いうなれば借りつくした。その額は、これからじっくりと減らさなければならぬ。そうしてじっくりと事業収入を蓄積しなければならぬ。その先にもしも――万が一――ふたたび借り入れの機があるならば、そのときこそ、ふたたび杭打ち機の鉄骨の塔が新橋の地にあらわれる。

エンドレスバケットの麻布が、ばさりと取り払われる。工事再開の日が来るのだ。もっとも徳次は、このとき正直に、

「金が、ないのだ」

と五島へ言うことはできない。

背後は社員の行列である。まわりには通行人がいる。彼らの耳へこの深刻な経営情況についての情報をあえて吹きこむわけにはいかない。徳次はどこまでも、つよい徳次であるほかない。

ということは、要するに、にこにこするしか手がなかった。酒の酔いは、とうのむかしにさめている。

五島はなおも、刃物のような目をきらめかしつつ、

「いい顔ですな」

「まあね」

「……完成」

「え？」

「完成した。つまりはそういうことでしょう」

徳次は。

この瞬間、杭が折れる音を聞いた。

地下トンネルのそれではない。地下トンネルよりもはるかに繊細な、つぶれやすい、人間の「こころ」という闇の世界。その世界をささえる鉄骨の杭がいきなり踏み折られたのである。徳次は、にわかに年老いた。

背をまるめ、細く長いため息をついて、

「そうだね。完成した」

おそらく五島は、工事のことを言ったのだろう。おなじ業界にいるからには、こちらの経営情況について、少なくとも噂くらいは耳にしているはずだからである。しかしながら徳次には、この一語は、むしろべつの意味に受け取られた。

工事というより、この自分、この早川徳次という人間の生涯が、

（完成）

すなわち、これ以上の発展はない。心も体も限界だった。これまであまりにも、

（苦労しすぎた）

それでなくても若いころ岡山の第六高等学校を病気で退学したことでもわかるように、もともと体が頑健ではないのだ。そこへここ何年かの金策の日々。ことに二年半前の、あの大みそかの

紙一重というべき倒産回避のさい東京中をいっしょに走りまわった会計課長の高木はその後「猛烈な神経衰弱」のために退職している。自分もおなじにならなかったのは奇跡としか言いようがなく、そのくせ体つきは痩せ細るどころか肥満してしまっている。

これはもちろん、連夜の接待酒のせいである。血圧もそうとう高いにちがいなく、最近は、あたかも心臓が耳まで歩いてきたかのように動悸が激しいことがある。

年齢は、もう五十四である。ひょっとしたらいまここで、この路上でとつぜん、

(昏倒するかも)

徳次はきゅうに不安になり、

「軻母子」

声をかけた。

軻母子は、こちらを見ることをしない。

五島へばかり目を向けている。そのまなざしは敵対的ではないものの、

――私も、相手だ。

というような、はっきりとした意志をやどしている。徳次はほとんど泣きそうになった。その横顔へ、

「もういいんだよ。戦わずとも」

そう言ってやりたかった。

考えてみれば、この女もまた不憫だった。これまで約二十年ものあいだ自分という夫をもりたててきて、ときには芸者の世話までさせられて、それで夫がなしとげたことと言ったらたかだか八・〇キロ、歩いて二時間ぽっちの穴を掘っただけ。

それこそ畑のもぐらでも一生にもうちょっと長い距離を掘るのではないか。もちろん徳次は

まだ死んでいない。あしたからも生きて出社しつづけるし、専務取締役の給料をもらいつづける。

家族扶養の義務というやつも、命あるかぎり果たしつづける。しかしながらその中身は、もはや進取の人ではない。徳次はそのことを自覚した。あしたから、いやもうこの瞬間から、正反対の存在である。

守旧の人。

人生の目的が「現状維持」であるような、すすきの穂のような精神のぬし。電車でいうなら、

——惰性走行だ。

と、五島なら見るのではないか。それにしてもこの五島慶太という男、ひとつ年下にすぎないのに、どうしてこんなに目がかがやいているのか。

この世界にはまだ、

——突破すべき壁がある。

と信じて疑わぬ人に特有の白目の白さをどうして保ちつづけていられるのか。

健康の差か。ちがう。心がかくべつ強いのか。ちがう。

(地上のやつは、苦労せん)

徳次と五島は、ときに業界内で、

——地下の早川、地上の五島。

などと言われることは前述した。典型的な対句である。いかにも両雄ならび立つというような景気のいい表現だけれど、しかし少なくともその建設費は、とても併称できるようなものではなかった。

試算のしかたにもよるが、一キロあたりのそれは地下鉄道が五百万円なのに対し、地上のそれ

は三十万から五十万円。

十倍以上のひらきがあるのだ。にもかかわらず運賃は十倍とれないわけだから、長い目で見れば、地上はどんどん線路をのばすことができる。

線路がのびるということは、沿線人口がふえ、売上がふえるということである。会社の経営にゆとりが出る。その重役は体も心も摩耗することはなく、進取の気性もおのずから、

（かがやくさ。そりゃあ）

徳次は、会話をつづける気になれなかった。

「それじゃあ」

と言うと、五島もそっけなく、

「それじゃあ」

「さよなら」

「さよなら」

徳次は軻母子へ、

「さあ、行こう」

われながら、びっくりするほど優しい声。ほとんど猫なで声だった。軻母子はこちらを見て、目をしばたたいて、

「ええ」

路上にはもう提灯はなく、行列はなかった。みんな行ってしまったのだ。提灯などあってもなくても変わらぬような煌々《こうこう》たる街あかりのなか、顔も知らぬ他人だけが右へ行き、左へ行きして立ちどまることをしない。

つまりは、いつもの銀座の光景である。徳次は行列を追うべく、体の向きを変えた。

足をふみだした。

軻母子も徳次の横へまわり、一歩ふみだす。身につけているのが和服だから、足はこびが遅い。徳次はこつこつと革靴の音を立てて妻を置き去りにしたけれども、

「まあ、いいか」

ゆっくり歩き、妻の来るのを待った。

あとは、ふたりだけの行列。夫婦は終始、無言だった。

†

キャンペーン終了後も、地下鉄道は好調だった。

乗客数がふえ、運賃収入がふえた。倒産の危機はいちおう去り、徳次は精神が安定した。

その日々は、もっぱら社内の監督にあてられた。まさしく進取ではなく守旧の仕事だけれども、東京地下鉄道株式会社には、社員が四千人もいる。

労務管理ひとつでも、じゅうぶん男子一生の仕事であり得るのだ。ましてや会社が保有する最大の固定資産は、あの長大なトンネルである。

トンネルというのは掘削にも設備工事にも金がかかるが、保守点検にも金がかかる。ときに手なおしも必要になる。日本初の地下鉄道は「現状維持」のやりかたも日本初であり、徳次は暇にはならなかった。

二か月半後。

徳次は本社へ出勤し、自室に入り、ふだんのように茶を飲みつつ朝いちばんの業務にとりかかった。

自分あての郵便物をたしかめる、という業務である。

この日は三通、机の上に置いてあった。一通は夕食会への招待状であり、一通は雑誌社からの取材依頼の手紙である。

どちらも、よくあるたぐいのもので、

（ことわる）

自動的に決定し、三通目の封筒を見た。差出人は、

東京高速鉄道株式会社
社長　門野重九郎

例のライバル会社であり、その経営者である。徳次へじかに手紙とは、

（何用か）

封筒を切り、なかから白い便箋一枚を出した。上質の洋紙である。一読、

「む」

呟きこんだ。海で溺れる人のように、

「だ、誰か。誰か来てくれ」

手をたたいた。あわてて入ってきた新しい会計課長へ、

「これを」

手紙を机にひろげ、くるりと上下をひっくり返した。会計課長は目を落とすや否や、

「あ」

そこには活版で、およそ以下のようなことが記してあったのである。

われわれ東京高速鉄道株式会社は、このたび増資により資本金を三千万円とし、以下のとおり新たに役員をさだめたことをご報告申し上げます。爾後よろしくお願いします。

しかも役員名簿は社長一名、専務取締役三名のつぎに、

常務取締役　五島慶太

「あいつめ」

徳次は、机をたたき、つばを飛ばして、

「だからあのとき、俺にけんかを売ったんだ。この役員就任が内定していたものだから、わざわざ尾張町の交差点で待ちかまえて、こっちへ宣戦布告するつもりで。……いや」

徳次は口をつぐみ、しばし考えてから、

「やっぱりちがう。あの尾張町の時点では、この話はなかった。あったら秘密にしなければならんから、五島君は、あえて俺にぶつかっては来なかったろう」

となると五島は、純粋にというか、損得ぬきに徳次を挑発したことになるが、とにかくその一週間後か、一か月後か、それはわからないけれども門野重九郎とこっそり会談したのだ。

会談はもちろん、門野のほうが持ちかけたのだろう。門野はイギリス紳士そのものである。ふつうの日本人がセルロイドと言うところを celluloid と正確に発音するような、あの物知りじみた話しかたでもって、

――五島君、ぜひ味方になってくれ。

と要請したのにちがいないのだ。

要請の目的は、はっきりしている。金だろう。五島慶太の、ないし東京横浜電鉄の豊富な資金力。なぜなら門野は、例の、地下鉄道敷設の免許をもらうとき、東京市から「一年以内に資本金三千万円以上の会社を設立すべし」という条件をつけられた。

できなかったら免許は召し上げ。ふたたび振り出されることはない。そこで門野はぜひとも五島慶太というこの日本私鉄界の新指導者というべき十五も年下の人間の力が必要だったのであり、その五島に、このたびとうとう、

——承知した。

と言わせたのだ。手紙には、専務ではない単なる取締役として、
利光鶴松《としみつつるまつ》
井上篤太郎《いのうえとくたろう》
の名前もあった。前者は小田原急行鉄道の、後者は京王電気軌道の、それぞれ社長の名前である。

おそらく門野の人脈ではないだろう。五島はみずから出資したばかりか、同業他社へも呼びかけて、いわば門野応援団を結成したのである。

こういう水面下のうごきを、徳次はまったく、

(知らなかった)

もちろん徳次も東京地下鉄道という一私鉄の事実上の社長にちがいない以上、声をかけられ、この応援団への参加を乞われる資格はあったわけだが、五島はさだめし、

——早川さんは、参加しない。

と見たのだろう。あるいはもっと冷酷に、

——早川さんには、出資は無理だ。

と観じていたか。事実、徳次は、例の大みそかの一件もあったりして、他人の応援どころの話ではなかった。ましてや相手が門野となれば、ライバルというより敵である。わざわざ塩を送るようなまねができようはずもない。

どちらにせよ五島は、徳次を、蚊帳の外へ置いた。それにしてもふしぎなのは、

「一年以内だ」

徳次は、つぶやいた。手紙をとんとんと指のふしで叩きながら、

「門野さんは、一年以内にこれをやらねばならなかったはずだ。私がはじめて免許獲得のことを聞いたのは、わすれもしない、昭和五年（一九三〇）の暮れだったのだが、いまは……」

「昭和九年九月です、専務」

「ああ、そうだ。三年半以上も経過している。どうして召し上げにならなかったのだろう」

徳次はのちに知ることになるが、この僥倖というべき——門野にとっては——期限延長は、第一には、東京市のほうに事情があった。

そもそも徳次が聞いたのは、厳密には、免許が「認可された」という話ではない。免許認可が「内定した」という話だった。正式な認可のためには市会の承認が必要であるが、たまたま諸事にとりまぎれ、議題になるのが一年半ものびてしまい、結局のところ、正式な認可の下りたのは昭和七年（一九三二）十月になったのである。

ということは「一年以内」の条件も、ここから起算されることになる。すなわち期限は翌年九月末日まで。どっちみち、こんな短期間で三千万円の資本金を用意するのは、

——不可能だ。

と、門野は最初から察していたのだろう。

その不可能を可能にするには、少なくとももう一年はほしい。もう一年あれば渋る人を説得し、金を出させ、さらにべつの見こみある人を紹介してもらうことができる。そこで門野はおどろくべき裏工作に出た。東京市をとびこし、国（鉄道省）へじかに駆けこんで、種々懇願の末、

――同九年九月まででよろしい。

という言質をとったのである。

もくろみどおり、さらなる一年間の猶予を得たわけだ。ほとんど魔法のようなしわざだが、このころの日本はまだまだ第二次大戦後の新憲法下のような地方自治の社会ではなかった。中央政府に対する自治体の独立性が――東京市といえども――いちじるしく低かったため、こうした奇手を打つことも可能だった。国家の政治家の人脈を駆使すれば、自治体の一年などは何とでも操作できたのである。

門野はこの猶予をぞんぶんに使った。金融関係、鉄道関係はもとよりのこと、まったく畑ちがいである生命保険会社の経営者にまで頭をさげに行き、出資をつのった。

鉄道関係では、はやくから五島慶太を本丸と目《もく》した。何度も帝国ホテルへ誘い出し、

「たのむ」

懇望した。五島はそのつど、

「私には、無理です」

とか、

「本業だけで、手いっぱい」

とか、

「地面の下は、早川さんの領地ですし」

などと拒絶したけれども、何度目かのとき、

「やりましょう」

はっきり告げた。君子豹変したのである。

五島慶太は、精神の熱量が高い。

思考と行動のあいだの距離が極端にみじかい、そういう型の人間である。やると決めたら仮借なくやりだした。みずから東京高速鉄道へ出資したのはもちろんのこと、小田急の利光鶴松、京王の井上篤太郎ら、他社の経営者へも声をかけ、門野を紹介し、酒食をともにさせた。

社交の妙味とは、ひっきょう人と人のつなぎに尽きるのである。五島はまるで自分自身が東京高速鉄道の社長であるかのように――事実そういう気だったのだろう――熱中し、時間をついやした。あくまでも水面下でのうごきであるが、業界内の一部の人間にはたちまち知られるところとなり、

――五島さん、門野部隊の一兵卒になっちまったなあ。

などとうわさした。もともと五島が人の下風に立つことをよしとするような人間でないことは、誰もが知悉していたのである。門野はほとんど五島のおかげで、その金と情熱のおかげで、目標の三千万を達成した。その気になれば、いつでも工事にかかることができる。

そうして会社の役員人事をさだめ、挨拶の手紙を各方面へ出した。そのうちの一通を受け取って、

「あいつめ」

机をたたいたのが、つまりは徳次だったわけだ。くりかえすが昭和九年九月である。国のさだめた期限ぎりぎり。目の前の部下へ、

「これで事情がはっきりした。門野と五島はぐるだ。敵国同盟だ。これは宣戦布告である！」

手紙をやぶり、頭上でぱっと紙吹雪にした。

徳次は、おのが心理に敏感である。この派手な行動がほんの少し、嘘というか、芝居のけしきを帯びていることに気づいている。

芝居は、真実を隠している。その真実とは、

（こわい）

五島慶太が、地下に来る。こっちの国土を、

（侵される）

徳次は部下を出て行かせ、うつむいた。絨毯の上の洋紙の雪は、案外、小さな範囲におさまっていた。

†

しかしながら同月同日の昼にはもう、門野と五島の敵国同盟は、帝国ホテルで大げんかしていたのである。

ふたりの声は、室外《そと》には洩れない。

アメリカの巨匠フランク・ロイド・ライト設計による本館内の、一般客の目にふれることのない特別の応接室のなかにいるからだった。帝国ホテルはこの当時、大倉財閥に属していて、おなじ財閥に属する大倉土木の会長である門野重九郎は、なかば社長同様にふるまうことができたのである。

けんかのきっかけは、五島が、

「新橋へ、行きましょう」

と切り出したことだった。ソファにふかぶかと身をあずけ、葉巻をふかしつつ、さも当然という口ぶりで、

「早川さんと接続する。それがいちばん乗客に便利です」

門野は、

「本気か」

「ええ」

「……！」

と、五島にはわからない英語の俗語を——俗語なのだろう——発してから、

「五島君、まさかいまさら言うまでもないと思うが、免許を得たのは渋谷駅 - 東京駅間だ。渋谷駅を東へ発して、霞町（現麻布）、溜池、虎ノ門と来たら、それから北へぐいと曲がる。省線（山手線）に沿うよう有楽町、東京駅と走るのだ。新橋などは、かすりもせぬ」

「それは少々おもしろくないようですな、門野さん。何しろこっちは、東京で二番目の地下鉄道です。一本目と相互に乗り継ぎできるのがむしろ当然のありかた。ほんとうは乗り継ぎどころか……」

「どころか？」

「乗り入れとしたい」

「乗り入れ？」

「つまり両者を、一本のトンネルでむすんでしまう。電車は直通運転となる。渋谷 - 浅草間」

「渋谷 - 浅草間！」

と、門野は、悪魔の呪詛を聞いたような顔になり、

「そんな、木に竹を接《つ》ぐような」

「いやいや、そうでもありません。何と言っても東京というのは、宮城の東が肥えている。銀座、京橋、日本橋、上野、浅草」

指を折ってみせた。門野は、

「東京駅も、宮城の東だ」

「しょせん三菱が原でしょう。駅のほか何もなし」

「私利だな」

「え？」

「君の本心は、むしろ西にあるのだろう」

この紳士にはめずらしく前歯を剝き、語を継いだ。五島は東京横浜電鉄の代表取締役である。そのターミナルは――門野は terminal と発音した――宮城の西の渋谷である。渋谷はこのごろ住民の数がふえたとはいえ、駅をちょっと離れれば田んぼも雑木林もまだ多く、東京というよりは、むしろ近郊の下町という感じだった。

そこから地下鉄ひとつで新橋へ行ける、銀座その他の盛り場へ行けるとなれば、渋谷の価値がぐっと増す。

いよいよ人口はふえるだろう。時あたかも五島は渋谷駅前に東横百貨店を建てたばかり、開業まぢか。そこも繁盛させるためにこそ、

「五島君、君は私の要請を受けたのだ。渋谷を東京に組みこむために」

「ふむ」

「君自身の、輪のなかへ入るという野心のために」

「輪？」

「とぼけるな。山手線だ」

山手線とは、最近成立したばかりの環状線である。

北が上の地図をひろげ、東京駅を起点に取れば、反時計まわりに上野、日暮里、池袋、新宿、渋谷、目黒、品川、新橋と行き、ふたたび東京駅へたどりつく。まるで米粒のように縦に長い円だけれども、じつは東西方向にも長いわけだ。そうしてこの円は、五島のような民営鉄道の経営者には、一種の城壁にほかならなかった。

つまり、その内側へは入りこめない。鉄道省および東京市が、ここでは仲よく、

――省線がある。

――市電がある。

という理由で、民営鉄道を締め出しているからである。

収益の害になったらこまる。その都心の禁域を、地下鉄道なら侵すことができるというのが門野のつまり指摘だった。渋谷－浅草線なら米粒のまんなかを横断した上、反対側（東側）へ突き抜けてしまう。

五島はにやりとして、

「ちがいますな」

「何がちがう」

「私の野心、ではありません。新宿の京王や小田急もそう。上野の京成もそう。都心で運転をおこなうのは、東京の民鉄業者みんなの野心だ」

上を向き、葉巻のけむりを吐いた。十五も年上の紳士の前で、ほとんど悪友の態度である。門野は、

「こいつ」

「免許など、しょせん紙きれにすぎません。難工事になるとか、乗客の便利とか、理由をつけれ

ば変更の申請は可能です」

「不可能だ。私がそれを得るために、どれほど市の役人の世話になったか。どれほど国の官僚の手をわずらわせたか」

五島がまっすぐ門野を見て、

「これはこれは、義理堅いことですなあ」

と、さも感動したという顔をすると、門野がきゅうに横を向いて、

「あ、まあ」

口ごもったのは、

――いくじなし。

と聞こえたのだろう。このあたり、五島の話術のたくみさだった。イギリス帰りだろうが何だろうが、慶応うまれの老男子には、こういう非難がもっとも耐えがたいのである。五島が語を継がぬうちに、

「もしも……もしもだ」

と、門野は、みずから百歩ゆずりはじめた。

「もしも新橋をめざすとしても、直通運転の実現には、早川君の側の工事が不可欠だ。早川君は承知すまい」

「たしかに」

と、ここは五島もうなずかざるを得ぬ。門野は仕返しとばかり、前かがみになって、

「五島君、君の案はここが弱点《ウィーク・ポイント》だ。そこで乗客が乗り継ぎをやろうとすれば、いったん地上へ出て、ふたたび地下へ下りなければならん。そんな馬鹿なことになるくらいなら、やはり東京駅へ……」

「いや」

五島はめがねをあげ、ふつうの顔で、

「方法はある」

「何だね」

「早川さんの会社の、株を買う」

門野はぎょっとしたような顔になり、

「乗っ取り、かね」

「合法的な買収です」

「そうして君が経営陣の仲間入りをして、早川君を追い出すと？」

「よくある話です」

と五島は言い、あっさり首肯した。門野はソファに背をあずけて、

「むりだよ、五島君。あの株は東株《とうかぶ》（東京株式取引所、現在の東京証券取引所）には出ていないし、早川君自身は大して持っていないにしろ、銀行団や実業家、同業他社の経営者などが分け持っている。君はいま持っているのか？」

五島は首をふり、

「一株も」

「だろう。彼らが売るとは考えにくい。何しろ彼らは、倒産危機のときでさえ、手ばなすことをしなかったのだから。金城鉄壁のようなものだ」

「でしょうな」

「策があるかね」

「ひとりひとりを丁寧にまわり、買わせてもらうようお願いする」

「それだけか」

門野は鼻を鳴らした。策でも何でもない、と言いたいのだろう。要するに当たり前のことにすぎないのだが、その当たり前を口に出した五島の目が、一瞬、針のようになったのを見て、

「自信があるのか」

「さあ」

「どうしてかな」

「え?」

「どうして、こうも豹変したかな」

門野はソファに背をあずけたまま、やれやれという顔になり、

「君の早川君への心酔ぶりは、むかしから有名だったものだが。私から頼んでおいて何だけれども、正直、ここまで君が身を乗り出すとは思わなかった。ここまで早川君の敵に……」

「敵ではありません」

「じゃあ何だね」

「息子です」

「息子?」

門野は聞き返し、目をしばたたいた。五島はうっそりと笑って、

「早川さんという偉大な父に育てられた。私は彼の長男です」

「だとすれば、途方もない不孝者だ」

「山梨なんです」

「え?」

「早川さんの、出身地が」

「それがどうした」

「旧名は甲斐国。武田信玄の所領です」

五島が淡々とつづけるので、門野は首をひねり、

「何の話かね」

「父の武田信虎は、現在の甲府に居をさだめ、国を統一した偉大な大名でした。信玄はそれを追い出した」

門野はぎょっとしたような顔になり、

「君の故郷《くに》は、長野だろう」

「信濃もやはり信玄の国」

その刹那、窓から光線がさしこんだ。

太陽が顔を出したのだろう。五島のめがねがキラリと純白になり、目の表情がわからなくなった。


——俺が、信玄だ。

と言いたかったのかどうか。

門野は沈黙してしまった。どのみち五島のおかげで免許の条件がみたせたのだから、結局のところは言うとおりにするしかないのだが、しかしこのとき門野の感じた寒気は、それとはまたちがう種類のものだったろう。

もっと根源的というか、本能的というか、動物が雷鳴に感じるそれと同質のものだったろう。

ふたりは、ほどなく部屋を出た。

†

五島のうごきは、迅速だった。
鉄道院にいたころの人脈を駆使して、東京市に免許の変更をみとめさせた。路線の一方の終点は東京駅から新橋になり、門野に対しても、
――わが意を、通した。
ということになる。駅は、以下のように設けることとした（駅名は開業時のもの）。
新橋
虎ノ門
赤坂見附
青山一丁目
青山四丁目（現・外苑前）
青山六丁目（現・表参道）
渋谷
この駅配置は、九十年後の現在も変わらない。ただし現在はこれにもうひとつ、虎ノ門－赤坂見附間に「溜池山王」駅がくわわっているが。平成九年（一九九七）、帝都高速度交通営団（後述、現在の東京メトロ）南北線の四ツ谷－溜池山王間開通時に、乗りかえ駅として新設されたものである。
五島はただちに、
「着工しろ」

と部下に命じた。
徳次の東京地下鉄道が新橋駅を開業させ、派手な開通キャンペーンを打ち、「お楽しみ袋」を乗客たちに持ち帰らせ、そうして社員や家族等とともに提灯行列をおこなってから僅々《きんきん》一年あまりでもう杭打ちをはじめたのである。
杭打ちの現場は、新橋駅のすぐ近く。
徳次に、
――挑発。
と受け取られてもしかたのないような、むしろそう受け取られることを熱望しているような場所を五島は選択した。
実際、これは一種のデモンストレーションにすぎなかった。五島はその後、そこではなく、むしろ反対の渋谷側のほうへ資材と人材を集中させたからである。いま、かりに現在の駅名で、
第一工区　新橋－虎ノ門
第二工区　虎ノ門－赤坂見附
第三工区　赤坂見附－外苑前
第四工区　外苑前－渋谷
と番号をふると、着工はまず東端の第一工区でおこなってから西へ飛び、第四工区、第三工区、第二工区といわば原点をめざしたことになる（ただし西端の渋谷駅周辺のみは着工がやや遅れた。用地買収の関係だろう）。工法は徳次とおなじカット・アンド・カバー、いわゆる露天掘りと路面覆工を組み合わせた方式である。
着工日は、昭和十年（一九三五）十月十八日。
渋谷－新橋間全線開業日は、昭和十四年（一九三九）一月十五日。

すなわち五島の地下鉄工事は、三年三か月しかかからなかった。徳次のそれとくらべると、まぼろしかと思われるほどの速さだった。

何しろ徳次は、浅草－新橋間八・〇キロを全通させるのに九年ちかくを要している。単純に計算すると一年あたり〇・九キロ。いっぽう五島は、渋谷－新橋間が六・三キロということは、一年あたり一・九キロ。

じつに倍以上のスピードの差。ほとんど亀とうさぎだった。おなじ東京の大地の下へ、おなじ大きさの断面のトンネルを掘って、どうしてこうなってしまったのか。

第一に、経済力だった。

五島自身の資金力と、それを信頼した銀行団のそれとの合わせ技。五島は資材も人材もふんだんに使うことができたが、それ以上に大きいのは、工事そのものが、

――手が、かからない。

このことだった。五島は、徳次とくらべて、より少なくしか苦労しなくてすんだのである。

何しろ徳次の掘った浅草－新橋間とくらべると、こちらのほうは都会化の度がはるかに低い。早い話が、こちらには日本橋も銀座もないのである。

工事現場の地上《うえ》は家も少ないし、病院も少ないし、歩行者や自動車もよほど少ない。路面の覆工が容易である。その当然の結果というべきだろう、ガス管や下水といったような、徳次がそれで二度も落盤事故を起こした地下埋設物もあまりない。

そうして川の下もくぐらずにすんだ。徳次が神田川、日本橋川、京橋川、および汐留川をつぎつぎと横切らなければならなかったことを考えると、ふたりの工事は、さながら普通の徒競走と障害物競走ほどの差があった。五島の走るのが速いのは、これだけでも当然至極だったのである。

その上さらに、五島のほうは技術的な有利があった。

もちろん徳次のときもドイツ製の杭打ち機を使ったり、現場でエンドレスバケットを発明したりというような技術革新はいろいろあったが、五島は結局、それらをごっそりと引き継いで工事にかかることができた。

そうして徳次のさんざんおこなってきた試行錯誤の、その「錯誤」のほうは、最初から回避することができた。先行者のいいところだけを採ることができる、これは後発者の有利である。このさい施工にあたったのが、ほかならぬ大倉土木であったことは、技術の継承をいっそう円滑にした。いうまでもなく大倉土木は、過去において徳次の施工を担当していたからである。

総監督の道賀竹五郎をはじめとして、土留めおよび杭打ちの坪谷栄、コンクリート施工の松浦半助、電気の与原吉太郎といったような徳次の現場でたっぷり経験をつんだ監督や人足が、

――いざ、第二戦。

とばかり、あらためて五島の現場へ投入された。大倉土木にしてみれば、これはこれで合理的な人事だった。彼らはもう徳次のほうには大きな仕事がなく、もっぱら設備の維持管理につとめるのみの、いわば「宝の持ちぐされ」状態にあったからである。

こうして五島は、あっというまに、東京で二番目の地下鉄道を敷設することができた。

†

ところでこれは、くりかえすが「東京で」二番目の地下鉄道である。一番目はもちろん徳次の浅草‐新橋間であるが、全国を見れば、このころにはもう、おなじような工事はつぎつぎと実現していたのである。

一例が、まだ徳次が新橋の開通キャンペーンをおこなう前、はやくも昭和六年（一九三一）に

は関西民鉄の雄というべき京阪電気鉄道が西院《さいいん》－京都間一・四キロを地下化しているし（現在の阪急京都線の一部）、これはまあ地上の民鉄の仕事としても、その二年後には大阪市営地下鉄が梅田－心斎橋間の営業運転を開始した。

日本で二番目の地下鉄道、ということになる（現在の大阪メトロ御堂筋線の一部）。そうしてこれらの敷設もまた、先例は、徳次の現場でまなんだのだ。

技師も、現場監督も、経営者も、それらに金を出すべき銀行の重役たちも。彼らの視察を徳次はこころよく受け入れ、見せられるかぎりのものを見せた。

五島はあのとき、門野重九郎に対して、

――自分は、早川さんの息子だ。

などと称した。

それは嘘いつわりのない心持ちだったにしろ、徳次の息子は、そんなわけで五島だけではなく、とっくのむかしに全国にいた。地下鉄道というものは、ないしその工事は、もはや珍奇なものではなくなったのである。

地下鉄道ばかりではない。ひろく歴史を見わたせば、五島が工事を開始した昭和十年（一九三五）というのは、戦前の日本の絶頂期だった。

大正のころまで誰ひとり思いつかなかったような文明の利器がつぎつぎと都会にあらわれ、都会をいろどり、市民の退屈を解消し、また市民のほうもそれを当然と思うような時代が来たのである。

朝日新聞社は自社のビルディングに最新ニュースを伝える巨大な電光掲示板を設置したし、東京湾、羽田沖では東京飛行場（現・東京国際空港）が日々たくさんの飛行機を離着陸させた。昭和というのは近代ではない。もはや近代をこえて、はっきりと、

――現代。

に足をつっこんでいるのである。

五島慶太とは、つまりそういう時代の経営者だった。その五島が、開業直前、

「手紙は？」

めずらしく、あせりを隠せずにいる。

渋谷区大和田町一番地の東京横浜電鉄本社内、社長室で、ぎしぎしと音を立てて葉巻のはしを嚙みながら、

「早川さんからの手紙だ。ないのか。酒野《さかの》君、もういっぺん郵便屋へ聞いてこい」

「でも」

と、女性秘書は困惑した。なるほど郵便屋はどさりと会社あての郵便物を置いたが、長居の理由はない。とっくに出て行ってしまっている。五島はなお、

「こっちから手紙を出したんだ、もう十日も前に。私がみずからペンを取って」

「え、ええ」

「酒野君、君にはわかるまいが、これはほんとうに大事なやりとりなのだ。何しろ私たちの地下鉄の工事は、あとほんの少し、新橋‐虎ノ門間をのこすのみ。これができれば全通なのだ。いくら虎ノ門から渋谷側《こっち》はすでに開業しているとはいえ、やっぱり新橋に達しなければ、そうして新橋から先へ行かなければ、地下鉄の事業はどうにもならない。青山や赤坂じゃあ勝負にならん」

「……」

酒野秘書は沈黙したが、五島はなおもまくしたてる。

「われわれの工事は、その気になれば、かんたんに完成する。だがわざと休んでるんだ。なぜだ

かわかるか。早川さんが新橋の壁を抜かんからだ」

新橋の壁とは、要するにトンネルの終わりである。いまは正面全面にコンクリートが塗りこんであるはずで、五島としては、それを打ち抜いてもらわなければ直通運転は実現しない。

換言すれば、直通運転の成否は徳次ひとりの胸先による。五島はつづけた。

「私はこれまで、早川さんに手紙を出した。何度も何度も。とにかく一度会いましょうと。おたがい虚心に話しましょうと。だが返事をよこさんのだ。恥ずべき男だ。こんな人とは思わなかった」

「あの、社長」

「何だね」

「それなら手紙じゃなく、共通のお知り合いに頼んで、伝言してもらったらいかがでしょう」

ひとむかし前なら女が男に意見するなどあり得なかったが、これもまた、

（時代かな）

そんなことを思いつつ、五島は、

「それならば、とっくにやってるよ、酒野君。根津嘉一郎《ねづかいちろう》さんにな」

根津嘉一郎は、東武鉄道の社長である。これまで大小二十あまりの鉄道会社の経営にも参加して、世間からは、

――鉄道王。

と呼ばれている。

鉄道以外の会社も多い。いまはもう八十をこえているが、べつだん体調不如意のうわさも聞かぬどころか目下のところ南米への旅行すら計画中だそうで、一種、生きた伝説の人である。

そもそも徳次が大学を出て、鉄道院を辞し、栃木県の佐野鉄道（現・東武佐野線）へ乗りこん

で経営者人生を開始したのは、この根津の紹介によるのだから、徳次には恩師ともいえる人のはずだった。事実、徳次は東京地下鉄道株式会社の設立時にはこの恩師を取締役として迎えているし（のち社長）、じつを言うと五島のほうも取締役にまねいている。

仲介役には、最適の立場。

そうして根津嘉一郎はまた効率の人でもあった。もしくは無駄というものを極端にきらう人だった。やや滑稽な逸話がある。徳富蘇峰《とくとみそほう》の「国民新聞」に資本参加し、みずから経営にあたっていたとき、社内の水洗便所を見とがめて、

「無駄だ」

とやりだした。

――だから、経営難になるんだ。

と言わんばかりの厳しい口調で、

「誰も使っておらんのに、たびたび水が勝手にながれる。いや、わかる、排水管のつまりを予防しておるのだろう。しかしこう頻々《ひんぴん》とやるのでは水道代が無駄じゃないか。もっと時間を置くようにしろ」

工事させた。そうしたらやっぱり排水管がつまってしまい、その疎通のため、国民新聞社はかえって多額の工事費を支払わなければならなかったのである。

そういう人間だから、このたびの五島の話にも、

「そりゃあ早川君がわるい。あんな短い路線で客に乗りかえを強いるなんて、無駄のほかの何ものでもない。よろしい、五島君。私から早川君に言って聞かせる」

しかしその恩師の忠告にさえ、徳次は、

「こちらからは、何も申し上げることはありません」

会談を拒否した。にべもないとはこのことだった。五島はふっと息を吐くと、背をまるめ、吹けば飛ぶような口調になり、

「万策つきたかな。酒野君」

門野にはああ言ったけれども、株の買い占めなど、

（やりたくないなあ）

結局、五島は、工事を再開した。

渋谷－新橋間を全通させた。開業日は昭和十四年（一九三九）一月十五日。ぐずぐずするうち年末年始の、街がいちばんにぎわう時期をのがしてしまった。

（お人よしだな。俺は）

新橋駅のプラットホームは、コンクリートの壁一枚をへだてて、東と西にひとつずつ設置された。

早川徳次の新橋駅と、五島慶太の新橋駅。

徳次の電車も、五島の電車も、この壁の手前で停止して客を乗降させた上、反対のほうへ行くわけだ。ということはつまり客たちは、たとえば渋谷から浅草へ行こうとすれば、新橋でいったん地上へ出なければならない。
二、三分歩き、ふたたび階段を下りて電車に乗りなおさなければならない。彼らのうちの一部の者は、
「のりつぐ（早川徳次）なのに、乗り継げん」

などと不平を言ったけれども、大半はおとなしく駅員の指示にしたがった。不平を言おうにも、そもそも他に例がないのだから、

——地下鉄というのは、そんなものか。

納得したのではない。思案がおよばなかったのである。

†

新橋の壁が崩壊したのは、八か月後、九月十六日だった。

徳次が、折れたのである。

やはりと言うか、根津嘉一郎の説得が大きかった。いくら乗客の不満が少ないにしろ、ゆくゆく東京のどこかに三本目、四本目の路線ができれば彼らは乗りかえの必要がふえるだろう、それを面倒に思うだろう。

そうなれば、こんな意味のない乗りかえはかならず批判の的となるという鉄道人としての危惧の故にこそ、根津は、

――早川君に、負けてもらおう。

その決断をしたのだろう。がしかし、おそらく根津をそれ以上にうごかしたのは、徳次と五島の、

――威勢。

のようなものの差なのではなかったか。

何しろ根津は、年寄りながらも目はたしかだった。実年齢はひとつしか違わぬ徳次と五島だけれども（徳次のほうが上）、いっぽうは資金もなく先の見通しもなく、もういっぽうは鳥のような速さで地下鉄を通してなお滴《したた》るような資金を保持している。

五島のほうが、十《とお》も若く見える。どちらに鉄道界の未来があるか。徳次はようやく工事の命令を出した。工事の認可そのものは、とっくのむかしに得ていたのである。

崩壊のあとは、両社の線路が接続された。

五島の駅は廃止され、新橋での折り返し運転はなくなった。浅草からは渋谷ゆきが発車したし、渋谷からは浅草ゆきが出発した。事故もなく、故障もなく、すべてはきわめて円滑にすすんだ。

こうなることを見こして五島はあらかじめ軌間や車両の規格、ドアの位置など、すべてを徳次に合わせていたのだ。

†

新橋貫通の少し前、道賀竹五郎は会社（大倉土木）から、

――コンクリート壁撤去、および線路接続工事に立ち会うように。

と命じられている。

工事自体は、かんたんである。わざわざ自分が見てやるほどかと思いつつも、

（はは あ）

竹五郎は、そこに会社の温情を感じた。四年前、はじめて五島慶太が地下鉄工事に手をつけるや、竹五郎はほかの監督とともにそちらへ投入され、精勤している。

新橋の壁のこちらと向こう、それぞれに情《じょう》がある。竹五郎はこう返事した。

「ほかに四人、立ち会わせてくれ」

だから竹五郎はその日、
坪谷栄
木本胴八
西中常吉

松浦半助

の四人とともに、徳次側の駅のプラットホームのはしっこにならんで立ち、工事の一部始終にのぞんだのである。胴八がつれてきた介添え役は、かつて横浜への旅をともにした朔太郎とはべつの若者だが、改札外の客溜《きゃくだまり》で待機していた。

最終電車は、とっくに行ってしまっている。

工事はまだ始まっていない。

「ふたり、欠けたな」

とつぶやいたのは、竹五郎の左どなり、土留《どど》めおよび杭打ち担当の坪谷栄。

「そうだな、サカ」

竹五郎は目をつむり、しばらくしてから、

欠けたひとりは、もちろん奈良山勝治だった。横浜でかんかん虫になったあとは、

(どうなった)

目をひらき、坪谷のさらに左の胴八へ、

「木本さん」

「知らん」

返事はにべもない。じつは竹五郎も一度、人を介して、早川徳次へ問い合わせたことがある。徳次はわざわざ細君にたのんで、勝治の妻すみ子の世話をさせたと聞いたからだ。

徳次の返事もやはり「知らん」と同義だった。勝治はもとより、すみ子まで消息不明になったらしい。竹五郎はわれながら未練がましく、

「木本さん……」

「知らん」

もうひとり欠けたのは、電気設備担当の与原吉太郎だった。あれほど肌がつやつやしていたのに、あれほど首のまわりが肉まみれだったのに、昨年の冬あっさりと流行感冒にやられて息を引き取り、脂肪ごと灰になってしまった。

四十七、八歳だったか。あとには妻と、六人の子がのこされたという。最年長は二十二歳の男子であり、最年少は七歳の女の子で、あいだがきっちり三年おきだったことから、

「おいおい、吉さん。たねェ植えんのも電気じかけじゃなかろうな」

などと仲間たちに俗悪な冗談を言われてもにこにこしていた。あの愛嬌が、

（なつかしい）

竹五郎自身そろそろ四十《しじゅう》の声を聞くころである。そもそも上野での起工式から数えると、もう、

（十四年も）

男の一生のいちばんいいときを、つまり自分は、

（地中で、すごした）

工事が開始された。人足たちが手に手につるはしを持ち、横にならんで、コンクリートの壁を攻めだした。

空気がふるえる。破壊音がひびく。プラットホームの上には背広姿の役員もいたけれど、みな顔をしかめ、両耳をふさいだ。

もとより竹五郎は慣れっこである。劇場でベートーベンを聴く客のような顔をして腕を組むことしばし。腕組みをとき、うしろへ下がり、松浦半助の背中のところへ行って、耳もとで、

「ご苦労さん」

返事なし。

半助は、つるはしの列を見つめたまま。竹五郎はまた、

「ありがとう」

やはり返事はなかった。半助はコンクリート施工担当である。彼の目がいま見ているのは、要するに自分の仕事の否定というか、一種の埋葬にほかならなかった。人足たちは有能だった。壁の一部は、はやくも鎧の下の肌着のごとき黒いジュート・バーラップの繊維をあらわしている。

その肌着ごと奥のコンクリートをさらに破砕してしまえば、あとは天然の土の壁。あっけなく抵抗は終わりになる。

半助はいま、どんな感慨にとらわれているのか。結局はあれから仕事のほとんどを地下でするようになってしまった旧地上国の人。

返事はただ、

「ああ」

「ありがとう」

（ちがうな）

竹五郎はもういちど言って半助から離れ、もとの位置に立った。

工事はすすみ、土の壁に穴があいた。

穴のむこうは、五島慶太の新橋駅である。人工の光があふれこんで来たと同時に、プラットホームの役員連が、

「おお」

拍手した。

拍手の音は、たちどころに掻き消された。人足がなおも力をこめて鉄製の尖端《せんたん》をふるいつづけたからである。穴はしだいに大きくなり、足もとの瓦礫がふえ、やがて壁全体があらかた消え去ると、竹五郎の目にも、五島側の線路やプラットホームなどの様子がくまなく見える。

万が一のため待機していたのだろう、向こう側の線路にも人足はいた。プラットホームには東京高速鉄道の役員連もいた。五島その人はいなかったけれども、ひとりふたり、竹五郎にも見知った顔がある。彼らの笑顔はのきなみ何の翳りもないように見えた。

こちらの作業は、現場監督の指示により、

——小休止。

ということになった。

坑内が、しんとした。

かと思うと、空気がきゅうに弛緩した。人足たちはガラガラとつるはしを投げ出し、手ばやく瓦礫をかたづけた。

あぐらをかき、薬罐《やかん》の水をまわし飲みした。役員たちは、こちら側と向こう側でお辞儀をしあったり、

「どうもどうも」

などと挨拶を交わしたりした。

文字どおりの意思の疎通。竹五郎はなぜか正視できず、仲間の四人へ、

「一服しよう」

体の向きを変え、逃げるように改札を出た。

階段をのぼり、地上に出た。この日はくもりで、空に星はなく、深夜だから街灯のたぐいも闇と化している。ただ東京地下鉄道、および東京高速鉄道のふたつの新橋駅の入口だけが、約五十メートルをへだてて、二個のあかりを提供している。

歩行者は、いない。

市電も省線も自動車もない。おどろおどろしいほどの静寂のなか、竹五郎は胸ポケットから山

桜の箱をとりだし、箱から一本とって、マッチで火をつけた。

四人が、ぞろぞろ階段を上がって来た。

竹五郎をかこんだ。山桜を一本ずつ手わたしてやる。全員が口にくわえる。おたがい顔を近づけて、たばこの先からたばこの先へ、まるで西洋の男女が愛着のしるしにおこなうという接吻とかいう行為のごとく火が移された。

しばらく無言でけむりを吐いてから、竹五郎は、

「明治神宮」

全員、いっせいに竹五郎のほうを向く。

――何の話だ。

という顔をしている。竹五郎がふたたび口をひらいて、

「みんな市電で行った。そうだったな」

と言ったのは、例の、会社全体の習慣のことだった。東京以外の土地から来た者には、まず明治神宮をおがませる。

これから天子のおひざもと、一国の首都で仕事するのだという自覚をもたせる通過儀礼のようなもの。いまここにいる四人は全員、東京以外の出身なので、竹五郎はべつべつの機会にひとりずつ連れて行き、柏手を打たせ、そのあと一杯飲ませてやったものだった。

「あの境内は、みんな感動するんだ。木本さんなんぞ……」

と含み笑いしかけたところで、胴八がつまらなそうな顔で、

「わかったよ、あんたの言いたいこと。今後は地下鉄一本で行けるって言いたいんだろ？」

「そうだ」

竹五郎がうなずくと、ほかの面々も、

くちぐちに、

「たしかに」

何しろ浅草から渋谷まで直通するのだ。明治神宮は代々木にある。渋谷からは徒歩で行ける。

「ああ」

「なつかしいな」

「もういっぺん、お参りしようか」

「みんなで行こう」

などと言う。松浦半助が、

「そういえば」

と竹五郎のほうを見たので、竹五郎は、このコンクリート施工担当監督とようやく、

(口が、きける)

そのことに心がおどり、

「何さね。松浦さん」

「あんたは誰だ」

「誰だ……って?」

「俺たちはみんな、あんたに連れて行ってもらった。あんたは誰に」

「ああ……そういう意味か」

竹五郎は、

(しまった)

目がおよいだ。内心の動揺を知られてしまった。顔をそらして、

「早川さんに」

口に出してみれば、べつだん動揺することでもない。胴八がからかいの表情になり、

「感動したかね」

竹五郎は正直に、

「した」

全員、爆笑した。それくらい竹五郎の反応がおもしろかった、わけではないだろう。笑いはみように尾を引いた。みんなみんな、

——俺たちは、あの人を裏切った。

その引け目が、竹五郎の逸話——とも呼べぬ話——への好意を倍加させたのだ。むろんほんとうは誰ひとり裏切っていないのである。これまで五島のため身を粉にして働いたのは自由意志によるのではない。会社の命令の結果にすぎない。

ようやく笑いが引いたところで、

「行こうか」

竹五郎はたばこを落とし、かかとで火を消した。

ふたたび階段を下り、徳次の側のプラットホームにならんで立った。工事が再開された。コンクリートの壁は、まるで歯につまった食べかすを取るようにして四隅《よすみ》にいたるまで撤去され、線路がつながれた。

ふたつの新橋駅は、ひとつになった。その瞬間、
ぱん
ぱん
紙鉄砲のような音が坑内をふくらませた。

余響がつづいた。人足たちが作業の手をとめ、ふしぎそうに竹五郎たちを見あげる。

五人全員、柏手を打ったのである。誰が言い出したわけでもなく、おのずから音が一致した。

竹五郎は気をつけをして、こんどは、

「もういっぺん！」

号令をかけた。

またしても、

ぱん

ぱん

五人はそれから帽子をとり、胸に抱いて点頭した。どこにもない壁に向かって。何への敬意かもわからぬまま、しばらく微動だにしなかった。

†

直通運転の開始により、ダイヤグラムは一新された。

列車がすべて一両編成であることは従来のままで、ただし運転間隔が二分三十秒おきとなった。朝夕のラッシュ時のみ三両編成の二分おき。

使用車両は東京地下鉄道所属のそれと、東京高速鉄道所属のそれの両方とし、交互に走ることとなった。車体の色は、前者がイエロー。後者は上半分がクリーム色で下がグリーン。

ことにグリーンは印象ぶかく、

「カステラと、抹茶だ」

などと揶揄する客もいた。

色以外はおなじだったか。ちがう。鉄道ずきの客は、いや、あまり興味のない客も、

――五島のほうが上だ。

と、うわさした。

理由は車両の性能にあった。徳次のほうは営業走行を開始したのがもう十二年前であり、走行用モーターが一八〇キロワットの出力しかないのに対して、五島のそれは三〇〇キロワット。一・六倍ほども差があるのだ。乗ってみればモーター音のかろやかさ、車体のきしみ、線路の継ぎ目をふむときの縦ゆれの大きさ……いわゆる乗りごこちは大きく異なっていた。

鉄道技術というものは、残酷なくらい日進月歩なのである。もちろん実際にはダイヤグラムの制約があるから、カステラよりも抹茶のほうが早く着くという事態にはならないのだが、それでも元来あまり仲のよくない社員どうしの小ぜりあいのたねにはなった。

走行中は、乗務員の交代はしなかった。

運転士や車掌は新橋をこえるとそのまま相手の会社の路線へと進入し、終点まで行く。たかだか全線一四・三キロではそのほうが合理的なことはいうまでもないが、そうなると終点というのは敵の本丸であり、駅員は敵兵というわけで、たとえば五島側の運転士が徳次側の駅員を、

「遅いぞ、貴様らの古《ふる》電車。あぶなく追突するところだった」

などと揶揄すれば、徳次の社員も、

「うるさい。武蔵野の猿」

と言い返すという具合。武蔵野とはこの場合、

――田舎。

という意味の貶斥《へんせき》語である。五島の拠点が渋谷という郊外の新興地であることへの優越感の誇示だった。

経営的には、めざましい効果があらわれた。直通運転開始後は乗客数が五割もふえ、年間では、

両社あわせて二十六万人に達した。

地下鉄は、もはや観覧電車ではなくなった。そこにあるのが当たり前の、乗ったところで何の話題にもならぬ、ただ手軽で便利なだけの実用電車になった。要するに道具になったのである。

†

しかしそれでも、五島慶太は手をゆるめなかった。直通だけでは物足りぬ、

——会社そのものも、ひとつにすべし。

と、徳次へ申し入れたのである。

正論には、ちがいなかった。社員間の感情的な問題ももちろんあるし、運転指令の問題もある。指令系統が集中化されれば連絡事務が単純になり、ミスが減り、安全性が高まる上、有事のさいの対応も迅速になる。

会計上の利益も、おびただしいだろう。運賃の分配の煩雑な事務はなくなるし、きっぷ用の厚紙も、駅員の制服も、いっぺんに同じものを買い入れることができる。

いや、そんなものよりもはるかに重要かつ高価なセメント、電線、レールなどの資材が一括的に購入できるのはたいへん効率的、というより、べつべつにやるのが元来非常識なのだ。くりかえすが営業距離はわずか一四・三キロしかないのである。

実際、五島があれほど新橋の壁の撤去にこだわったのも、究極の目的は直通運転などにはない。会社そのものの合併にある。撤去の実現は、五島には、

(早川の城の、内濠《うちぼり》まで埋めた)

そんな手ごたえのあるものだった。

この申し入れに対し、徳次は、やっぱり返事をしなかった。五島はその心情を、

(疑心暗鬼)

と推測した。

(早川さん、よほど俺を猜疑してるんだ。正論にかこつけて会社を乗っ取り、支配者となり、自分を追い出す気なのだと)

苦笑いした。まったくそのとおりなのである。

もっとも、それなら、

——支配欲とは、悪である。

と断言できる経営者がどこの国にいるだろうか。いるとしたら無能者にすぎぬ。早い話が、徳次にしたところで、彼の事業のそもそもの起こりは地下という手つかずの沃野への素朴な支配欲だったにちがいないのだ。自分はただその支配欲を支配したいだけ。

結局、五島は、

「よし」

受話器をとり、門野重九郎へ電話を入れて、

「門野さん。私はもう早川さんへの礼はつくしました。東京地下鉄道の株を買う。むりやりにでも」

門野はただ、

「君のいいように」

とだけ応じて電話を切った。門野はもはや鉄道経営には興味がないらしかった。この分野では何としても、

——五島慶太の、上には出られぬ。

そのことを痛感したのにちがいなかった。門野のごとき格好よすぎる、気位の高すぎる人間には、一番になれぬということほど意欲を殺《そ》ぐものはないのである。

†

実際のところ。

五島慶太はこの時点で、株買いにおいても、早川の城を内濠くらいまでは埋めてしまっている。徳次と関係のふかい京浜電鉄の経営権をつかんでいるからである。

京浜電鉄は、正式名称は、京浜電気鉄道株式会社である。現在は京浜急行電鉄株式会社。品川–横浜間を蒲田経由でむすぶ路線が本線だけれども、この品川というやつが、じつは当初から徳次の地下鉄道構想においては最重要駅のひとつだった。

地下鉄道は浅草を発し、新橋へ行き、さらに南進して品川まで達しなければならぬ……と、徳次はいまだ何者でもなかったころからもう渋沢栄一に、あの資本主義が服を着て歩いているような老人に、うったえて出資を乞うたものだった。

その渋沢も、もう死んでしまったが。とにかくこうした事情から、この会社は、徳次とかねて親しかった。徳次から見れば、ゆくゆくは、

——品川で、横浜方面へ接続しよう。

という計画があったわけだし、京浜電鉄から見れば、品川から、

——山手線の内側へ、もぐりこめる。

その期待があったわけだ。その京浜電鉄を、

（もらう）

五島慶太がそう決意したのは、まだ五島の地下鉄が新橋に達していないころだった。

何《なに》にしろ手のはやい男である。株主構成を調査したところ、大株主は、

前山久吉《まえやまひさきち》（実業家）

望月軍四郎《もちづきぐんしろう》（京浜電鉄会長）

のふたりだった。それぞれ約七万株を所持しているから、両方を得れば過半数をこえ、支配者になれる。

さいわいにもというべきか、ふたりとも会社の生え抜きではないし、どころか鉄道経営の専門家でもないのに加えて高齢である。そろそろ人生の手じまいを考えるころ。そうして五島の観察では、たいていの人間は、死を意識したとたん株より現金をつかみたがる。

（取れる）

五島は門野に話をして、大倉土木に百万円を無担保で貸し出させ、まず前山久吉のほうを訪ねた。前山とは以前から面識があり、可もなく不可もない間柄である。

病持ちであることも知っている。五島が用件をきりだすと、

「よろしい」

前山は、ほとんど二つ返事だった。やはり百万円の手付がきいたというより、その背後にある無尽蔵の――としか見えない――資力がものを言ったのだろう。

問題は、もうひとりの望月軍四郎だった。こちらはかんたんには首を縦にふらないだろう。本質的には経営者というより株屋（投資家）であるような男だけれども、こと京浜電鉄に関しては、長年、会長の職にあるだけに徳次との仲は格別だ。

実際、望月の家を訪問して、

「品川での接続は、もう永遠に無理でしょう。すでにして私の渋谷－新橋間は完成してしまって

いる。新橋の壁もじき撤去される。望月さんが株を持つ理由はないのではありませんか」

と正攻法でぶつかってみても、望月は、

「早川君には、世話になった」

の一点ばり。よほど酒食の接待を受けたという意味なのだろう。この五島のうごきには徳次ももちろん感づいて、望月をおとずれ、

「望月さん、売るなら私に」

双方の懇願は、熾烈をきわめた。

望月軍四郎は、いわば腕を左右へひっぱられたような恰好だが、結局のところ、一年あまり迷ったのち、五島のほうへ売却した。買い値が高いからだった。

望月は、この十一か月後に病死する。

そのこと自体は偶然にすぎぬが、それにしても巡り合わせだった。おそらく若いころなら我慢して株を持ちつづけたのではないか。小学校を出ただけの学歴で相場の世界にとびこんで、なみいるインテリを向こうにまわして四十年以上も成功してきた株取引のたたきあげ、骨の髄までの投資家であるこの男ですら最後にえらんだのは現金だった。

五島は過半数の株を獲得し、京浜電鉄を獲得した。ときに昭和十四年（一九三九）三月。ほどなく専務取締役の座に就任した。

†

五島はなお、手をゆるめぬ。内濠のつぎは、

——本丸だ。

と言わんばかりに、東京地下鉄道の株を買いはじめた。

徳次への直接攻撃ともいえる。こつこつ株主を訪問して、徳次にそれと知られぬよう「東京合同殖産」なる実体のない会社の名前で買いあつめた。ひとりひとりの持ち株はさほどでもないけれど、ちりも積もれば四万株。全発行株式は約百七万株だから、持ち株比率は三パーセントをこえた。

徳次はもちろん、この挙に気づいた。すでにして京浜電鉄の城を落とされている。あせりのあまりか、おどろくべき行動に出た。事前の約束も何もなしに、東横線沿線の上野毛にある五島の自宅へ、みずから、ひとりで乗りこんで来たのだ。

時刻は、早朝。

大局的に見てこれは得策だったかどうか。むしろ致命傷だったかもしれぬ。もっとも五島は、このときはさすがに狼狽した。書生に話を聞くと、

「何、は、早川さんが」

あっさり座敷へ通してしまった。着がえをして出るや、徳次は目を赤くして、

「五島君。もうよせ」

重罪人を指弾するような口ぶりだった。

「わが社員はそわそわしている。落ち着かないことはなはだしい。君のせいだ。会社が君に支配されると不安で不安でたまらないのだ」

その口ぶりに、わずかだが、

（芝居がかり）

五島はその気配を感じた。

弱さを押し隠すような気配、ともいえるだろうか。やはり京浜電鉄をうしなったことは、徳次には、心の皮膚をめりめりと剝ぎ取られたにひとしいのだろう。

五島はただ、たばこに火をつけて、

「合意の上の売買です」

「それはそうだが」

「だいいち私の持っているのは、たかだか四万株ですよ。これじゃあ大したことにはならない」

「穴水《あなみず》君」

「ん？」

「君の真の標的は、穴水熊雄《くまお》君なのだろう。全株式の約三分の一、三十五万株の保持者だ」

穴水熊雄は大日本電力社長、および京王電気軌道社長。

というより、徳次には、

――友達。

の印象がつよい。おなじ山梨県うまれであり、甲府中学の同窓生なのだ。

徳次とちがうのは、血筋のよさだった。

養父は、穴水要七《ようしち》である。要七は王子製紙と業界を二分する製紙会社・富士製紙の重役をつとめ、なおかつ立憲政友会より立候補して当選四回をかぞえた衆議院議員である。

その養子たる熊雄のほうも、大日本電力の社長であり、根津嘉一郎をのぞけば甲州出身者中まず第一等の資産家である。徳次もはやくから東京地下鉄道へ出資してもらっていたという点で、友達でもあり、長年の理解者でもあった。

常識的にかんがえれば、徳次をうらぎる人間ではない。

ないがしかし穴水熊雄のほうの身になってみれば、最近は株価も上がらないし、配当もまあ地上の電鉄ほどではない。年齢も六十をこえようとしている。

株を手ばなす心理的要因はそろいつつある。徳次は、

「五島君」

ひざに手を置き、頭を下げて、

「穴水君には、手を出さんでくれ。お願いする。金の力では君には勝てん」

頭をさらに下げ、うずくまるような姿勢になった。

これはさすがに、

（芝居じゃない）

五島は、つい打たれた。気がつけば口をひらいて、

「私が京浜電鉄の株を得たのは、あらかじめ生野《しょうの》さん（生野団六《だんろく》、社長）の了解を得たものです。これが私の流儀なんだ。かりに将来、穴水さんに接触しなければならない日が来ても、あなたや根津さんの了解なきかぎり、株を買うことはありません」

徳次は顔を上げて、

「ほんとうかね」

「ほんとうです」

「そうか」

徳次は、やや安堵の表情を見せた。しかし帰りに玄関で靴をはき、ドアをあけると、見おくりに出た五島へ、

「まちがいないな」

五島はきっぱり、

「まちがいない」

「ありがとう」

徳次が五島の家をおとずれたのは、この一度きりだった。

†

しかしこの時期、穴水の株には、もうひとり注目している人間がいた。東京市長・頼母木《たのもぎ》桂吉《けいきち》、およびその死のあとを受けた大久保《おおくぼ》留次郎《とめじろう》である。もともと東京市は、

——財政難だから。

という理由をかまえて徳次の事業を助けようとせず、ただ免許を出すか出さぬかという純粋に書類の問題において援助または妨害したにすぎなかったが、ここへ来て、

——地下鉄は市電と同様、公共の経営によるべきだ。

と言いだしたのである。

いい色に揚がったとたん油揚げをさらおうとする鳶のように図々しいが、東京市とすれば、おそらく大阪の事例を意識したのだろう。大阪では六年前の昭和八年（一九三三）、すでにして日本で二番目の地下鉄道である梅田－心斎橋線が開業したことは前述したが、これは最初から大阪市が経営している。乗客の数も多かった。

大阪にできて、

——東京に、できぬ。

その事実が、よほど自尊心の傷になっていたのだ。子供のけんかのような話だけれども、この当時、この両市は、こんにちでは考えられぬほど何かにつけて張り合っていた。穴水は、よほど心がうごいたものか。

話はトントンとまとまり、仮契約まで行った。本音ではこの株式という持ち重りのする虚構をやはりそろそろ手ばなしたかったのだろう。その手ばなしかたについても、徳次へ売るのは価格が安く、五島へ売るのは徳次への裏切りだが、

——東京市へなら、言いわけが立つ。

そんな気持ちだったのだろうか。

この動向には、五島が気づいた。気づくや否や、みずから穴水の自宅へのりこんで、

「それだけはだめです。役人はだめだ。あの市電の放漫な経営ぶり、万年赤字ぶりをご覧なさい。売るならぜひわが東京高速鉄道に。いかがですか。この場で答をいただきたい」

穴水は仰天しつつも、内心はとにかく、相手が誰であろうとも、

——売る。

その方向へ、すっかり傾いてしまっている。

自然、押しが弱くなる。とうとう、

「後日、返事する」

「承知しました。お待ちします」

五島はもちろん待たなかった。翌日から何度も何度も訪問した。攻撃的懇望というべきだろう。穴水はついに根負けし、東京市へことわりを入れ……五島慶太は三十五万株を手にしたのである。

素手でひたすら殴って岩を砕いた、そんな感がある取引だった。例の「東京合同殖産」名義の四万株を合わせると所有株は約四十万となり、五島慶太は、東京地下鉄道の筆頭株主になった。

†

しかし徳次はこの事実を、あろうことか、五島その人からの書状で知るのだ。

――このたび穴水氏より貴社株全株をおゆずりいただきました。事後報告になり恐縮ですが、私としても、急がねば東京市に取られてしまうと余儀なき思いだったのです。

徳次は、激怒した。社員の誰彼をつかまえては、

「何が余儀なき思いだ。私の了解なきかぎり手を出さぬと、はっきり誓いを立てたじゃないか。五島はうそつきだ。二枚舌だ。詭弁家だ。何より道徳に反するじゃないか」

あとの祭りである。会社経営にもっとも意味のない「道徳」なるものを持ち出したあたり、徳次はたぶん、この時点で、実業家として絶頂期をすぎていた。

†

五島慶太は、まだ過半数を占めたわけではない。

全体の三分の一強である。もはや株を放出しそうな大口の株主は見あたらず、小口もすっかり東京合同殖産のほうで刈りつくした。

事態は、膠着した。

徳次も五島も、おもてむき冷静だった。恩師ないし恩人である根津嘉一郎に、

「仲よくしろ」

とか、

「けんかは無駄だ」

などと釘をさされていたためである。存在そのものがブレーキだった。だが根津はこの直後、にわかに、

「左の耳が痛い」

と言い出し、急死してしまった。

享年八十一。死因はあの三か月間の、

——南米旅行だ。

と世間はささやいたけれども、どうだろうか。根津はべつだん未開の地を踏破したわけではない。もともとこの旅行は、一種、儀式的な性格のものだった。大阪商船会社の豪華客船（厳密には貨客船）「あるぜんちな丸」が完成し、南米東岸航路へ就くにあたり、その処女航海の主賓にまねかれたのである。

だから根津は、旅程のかなりの部分をこの船上ですごした。デッキゴルフに興じたり、新嘉坡《シンガポール》で買った蘭に水をやったりしつつ世界周遊をたのしんだのだ。船上の友には、

「つぎはオーストラリアに行きたい」

などと言うほど体調もよろしかった。帰国後もいっときは咳がとまらず熱海の別荘で静養していたが、じきに東京にもどり、もとのとおりの仕事三昧、社交三昧。

それが自分の茶室で客をもてなしていたとき、そう、

「左の耳が痛い」

床に伏し、九日後に死んでしまった。

インフルエンザ、およびインフルエンザ性中耳炎というのが主治医の統一した見解だった。主治医は八人いた。葬儀は昭和十五年（一九四〇）一月八日、築地本願寺でおこなわれ、徳次も、五島も参列した。

ふたりとも、ことばを交わすどころか目も合わせることをしなかった。ほかの参列者たちは好奇の目でふたりを見た。根津の死により東京地下鉄道の社長の職は空席になったが、これを埋め

たのは徳次自身だった。第四代社長ということになる。

これ以降。

ふたりとも、たがが外れた。

感情むきだしの株取り合戦。もはや諌《いさ》めることのできる同業者はいない。おりしも株主総会の時期だった。徳次は全株主に、

——ことしの株主総会は、三月九日に、上野精養軒にて開催します。

という内容の案内状をおくり、五島は五島で、

——有志の株主会をおこないます。三月十四日、帝国ホテルにて。

精養軒、帝国ホテル、それぞれ本陣のようなもの。

つまりは派閥固めである。五島は当然、その席で、両社合併の決議をこころみるだろう。

過半数の賛成をめざすだろう。もしもその決議が成れば、有志の会とはいえ、経営側がそれを無視することは不可能である。

どちらが、何人あつめるか。

あるいは何株ぶん抱きこむか。こんな末期的な騒動は、世間の関心の的になった。しばしば街でうわさされ、新聞や雑誌でとりあげられ、

——どっちが勝つか。

このとき世間は、この騒動を、ほかのたいていの会社のそれと同様、単純な善と悪の対決と見た。

善への味方を即決した。この場合の善とは徳次だった。苦労に苦労をかさねて海外のやりかたを学び取り、日本に合うよう手をくわえて、地下鉄の国をつくりあげた尊敬すべき創業者。それを金の力でそっくり横から奪い去らんとする狡猾漢。

単純明快な図式だった。五島慶太は、その姓名をもじって、

——強盗慶太。

などと呼ばれたりした。徳次はもちろん、

(世間など、あてにならぬ)

そのことを熟知していたが、かといって、それ以外にたよるものはなかった。徳次はひとりでも多くの株主をあつめるべく、家を訪ねたり、電話をかけたりに精を出した。五島もまた同様だった。

徳次のほうの開催二日前である三月七日に、予想外の事態が起きた。鉄道省から、

——こうまで世間をまきこんでは看過できぬ。両者、株主会を中止せよ。

という内容の勧告が出たのである。それだけではない。

——公共交通の重要性にかんがみて、両者の調停は、これを鉄道省がおこなうこととする。調停案の作成は第三者に依頼する。両者、無条件でしたがうべし。

勧告の責任者は、鉄道省監督局鉄道課長・佐藤栄作《さとうえいさく》。

第二次大戦後に官を辞し、政治家へ転身して吉田茂《よしだしげる》の後継者となり、総理大臣として七年八か月にわたる長期政権をきずきあげ、さらには核拡散防止条約への署名等によりノーベル平和賞を受賞することになる人物である。このときは四十歳、単なる行政実務のトップにすぎなかった。牙ある雌伏の時期である。

佐藤の仕事は、迅速だった。徳次と五島がともども株主会の中止を表明すると、東京商工会議所会頭・八田嘉明《はったよしあき》をはじめとする三人の資本家に調停案の作成を依頼し、提示した。

調停案は、細部は略す。とどのつまり、

——どっちも身を引け。

それが最大の要素だった。

徳次は、あっさり承諾した。

あっさり社長を辞任して相談役に退《の》き、その相談役もじきに辞め、上野の本社を永遠に去った。去りぎわの顔は、安堵の顔にも見えたという。いっぽう五島は意気軒昂で、

「何だ、あの佐藤とかいうやつ。頭が悪い。なまいきだ。話しぶりが信用ならん」

生まれ故郷こそちがうものの、東京帝大の法科を出て、それから鉄道省（五島は鉄道院）に奉職したという人生の軌道はおなじである。そのぶん、

――負けられぬ。

その意気ごみも強かったものか。いろいろと人脈を駆使して抵抗したが、最後には調停を受け入れた。

「民は、官には勝てん」

それが五島の捨てぜりふだったが、しかしこのせりふは、かならずしも右の経緯にのみ対するものではない。徳次の態度がどう、株式がどうというような話をこえて、この時期の日本では、

――官。

という語が特別な意味を帯びはじめている。ほとんど「時局」と同義語だった。

右の株主会の開催合戦は、くりかえすが昭和十五年（一九四〇）のこと。国際情勢に目を転じれば、日本は、中国と全面的に戦争していた。九年前に勃発した満州事変以来のいざこざが、ここへ来ていよいよ苛烈の度を増したのである。

満州国をつくっても、北京や天津を占領しても、中国側の抵抗は已《や》むことがなかった。大陸侵攻は泥沼化した。その上それが原因で、アメリカ、イギリスとの関係まで悪化してしまった。特にアメリカとのそれは、深刻をきわめた。

アメリカの言いぶんは要するに、

――こっちも中国の利権はほしい。日本人だけ好きにさせるか。

ということにすぎないのだが、しかし何しろ彼らには石油がある、鉄や最新の機械がある。それらの輸出を制限することができる。ことに石油のそれを受けたのは、日本にはたいへんな痛手だった（翌年八月完全停止）。国家規模の兵糧攻めである。あらゆる産業はエネルギー不足をこうむることになり、生産力が落ち、売上げ不振におちいった。

さめない悪夢、終わりのない不景気。かといって、いまさら中国から撤退もできぬ。そんなことをしたら軍部がクーデタを起こすだろう。政府は結局、どんな勝負手も打てなかった。だましだましやるしかなかった。その「だましだまし」の手段として、

――産業を、効率化しよう。

或る時期から、そう言いだした。

政治体制のほうは、すでに効率化が完了している。与党といわず野党といわず、ほとんどすべてが合流して大政翼賛会という新政党または新結社が成立し、国権のばけものになった。そんなふうに産業のほうも、なるべく同種の企業は、

――まとめよう。

と同時に、公共性のつよい企業に関しては、政府の意のままに動かそうとした。もっとはっきり言うならば、

――利益は、国が吸い取れるようにしよう。

ということである。この場合の「国が」はときに「自治体が」になり、ときには「公的機関が」になるわけだが、そのためには国が、自治体が、公的機関が、大株主になるのがもっとも手っ取り早いことは言うまでもない。

これを企業のほうから見れば、株を買われる、というより法律で略取されるわけだけれども、とにかくそのようにして略取されて生まれたのが、

――営団。

という企業形態にほかならなかった。

経営財団の略称である。昭和二十年（一九四五）の敗戦までに、日本には無数の営団が存在した。食糧営団、住宅営団、農地開発営団、商工組合中央金庫、南方開発金庫などなど。半官半民ともいえる。国策的私企業ともいえる。地下鉄などはまっさきに目をつけられた口である。帝都高速度交通営団法が制定され、施行されたのは、例の株主会の中止から一年後、昭和十六年（一九四一）五月一日のことだった。

これにより東京地下鉄道株式会社、および東京高速鉄道株式会社は統合され、帝都高速度交通営団という名称になった。

略して、営団地下鉄。資本金は六千万円で、資本構成は、

政府　　四千万円
東京市　一千万円
私鉄等　一千万円

正味のところ、ほぼ国家機関になったわけである。半官半民どころか八官二民。五島は最後の「私鉄等」のなかへ押しこめられた。

メインダイニングから引きずり出され、屋根裏へ監禁されたようなもの。しかもこの営団においては民間の株主には議決権がなく、利益配当もなく、株を売る自由もなかった（売るには鉄道大臣の許可が必要）。それでいて経営には協力しなければならない――だからこそ株を持たされたのだ――というのは、これはもう、骨折り損のくたびれもうけ以外の何ものでもなく、その不

満を誰かに言おうにも、現今の日本ではあらゆる経営者が同様のただばたらきを強要されている。五島だけが、例外ではない。

御恩なき奉公。職業と慈善の無差別化。日本中が屋根裏になったのである。

それでも地下鉄の車両たちは、乗客を乗せ、ささやかな希望を乗せて、みじかい線路を往復しつづける。

その線路を、人々は維持しつづける。東京地下鉄道職員一一七一名、東京高速鉄道職員四一七名はいったん全員解雇され、ただちに営団に採用された。男たちは順次、兵隊に取られた。

†

昭和十六年（一九四一）六月二十七日。

帝都高速度交通営団法施行の約二か月後。幡ヶ谷の徳次の家が、にわかに騒がしくなった。徳次の寝室は二階にある。女中がその外で、

「あの。あの、旦那様」

早朝である。

まだ雨戸も立てたままだが、鳥の声はやかましい。徳次は目をさまし、

「何だ」

「お客様が」

徳次はぼんやりとした目で天井を見ながら、

（誰だ）

会社を辞めて以来、この家には、ほとんど客が来なくなった。そういうものだろう。世間はい

ま、早川徳次の名を急速にわすれ去ろうとしている。

「誰だね」

と聞いたら、

「五島慶太様と」

「何」

ふとんを撥《は》ね除《の》け、顔をあらい、座敷へ出た。それから、

「通しなさい」

この間《かん》、十分くらいか。五島はずっと玄関の前にいたらしいが、部屋へ入るなり、立ったまま、

「……ご無沙汰を」

声の感じでは、下を向いているらしい。徳次はそちらを見ることなく、ガラス窓のほうへ、

「何か用かね」

「申し訳ない」

「何が」

「朝、はやく」

「用件は？」

「……それが」

「株買いかね。私はもう一株も……」

と徳次が言った最初のところと、五島の、

「株買いに」

の返事がそろった。

思いがけぬ二重唱。徳次はふりかえった。ふたり顔を見あわせて、

「くっ」

大笑いした。徳次はもう起床の瞬間から理解している。こんなのは冗談。ほんとうの来意は、

「今夜のことかね、五島君」

「はっはっは。わかりますか」

「わかる、わかる」

「何しろ懇親会ですからな。築地の、えーと……」

「新喜楽」

「それそれ」

五島は手を打ち、徳次の向かいにあぐらをかいた。

懇親会とは、東京地下鉄道の重役連のそれである。この会社はこの時期、形式上まだ存在していた。

実質上は、むろん営団の懇親会である。五島はその理事に就任することが内定したため、その披露も兼ねて、今夜の会はひらかれるわけだ。

徳次も、まねかれている。

まがりなりにも社長までつとめた東京地下鉄道の創立者を、

——慰労する。

というのが招待の名目だったけれども、もちろん名目にすぎないだろう。あたらしく営団の総裁に就任した原邦造《はらくにぞう》（愛国生命社長）や副総裁・喜安健次郎《きやすけんじろう》（前鉄道次官）といったような政府色の濃い経営者にとっては、ここで五島と徳次を、

——握手させる。

その意味のほうが大きいはずだった。いくら八官二民でも、鉄道という市民相手の商売では、

世間への配慮はしなければならない。

「万が一」

と、五島はあいかわらず大きな声で、

「万が一、早川さん、あなたが満座の前で『握手はいやだ』などと言いだしたら面倒だ。またまた世間の醜聞になるし、営団の運営にさしさわりが出る。だから私は、いまのうち……」

「釘をさしに来たわけか」

「ええ、そうです」

「何ならここで練習しようか、五島君」

「握手の？」

「うん」

「やめときましょう」

「それにしても、築地とは」

と、徳次はにわかに声を落とした。五島も笑いをひっこめて、

「築地が、どうしました」

「いや、新喜楽というのは。何と言うか……精養軒でも、帝国ホテルでもない場所なのだなと」

五島が二、三度まばたきして、

「たしかに」

息を吐いたとき、ふすまがひらいて、

「失礼します」

軻母子である。

わざわざ外出着《よそゆき》の着物を身につけた上、しっかりと白粉《おしろい》を塗り、紅をつけているのは、正装と

いうより、

——武装。

という感じであるように徳次には見えた。

だとしたら、むろん、

(五島君への)

軻母子はふたりの前へ茶を置き、さっさと出て行こうとする。その背中へ、

「奥方」

五島が、みょうに生まじめな口ぶりで、

「菓子は、出してもらえんのかな」

「……」

「交差点のとき以来ですな。尾張町の」

軻母子は、

「ええ」

とだけ応じると、振り返りもせず、出て行ってしまった。ふすまの閉まる音が立つと、五島は苦笑いして、徳次へ、

「きらわれたな」

「あとで言い聞かせるよ。私とは……」

「え？」

「私とは、いつ以来だったかな」

「築地」

と、五島は即答した。徳次は、

「ああ、あれか。築地本願寺。根津さんの葬儀」

一年半前になる。徳次は、

「あのときは心底、君のことを憎んでいた。目を合わせるのも汚らわしかった」

「私もです」

「無意味だった」

徳次は目を細めると、茶碗をとり、ずずっと啜る音を立てて、

「まったく無意味なけんかだった。おかげで君に負けたばかりか……」

「何を言う」

五島はいずまいを正し、叱るような口調で、

「私はとうとう過半数を得ることができなかった。得るだけの資金はあったのに。あなたの人望に阻まれた」

「しかし……」

「だいたい」

と、五島はむりやり声をかぶせて、

「だいたい私が地下鉄を掘ることができたのも、早川さん、あなたの先例をなぞったからだ。会社づくりもそう、工法もそう、そもそもあなたが『地下鉄はもうかる』と証明してくれなかったら、銀行は私に金を貸さなかった。将来あなたは」

と、そこでとつぜん口をつぐむ。

両手を脚のあいだに入れ、背をまるめた。

この男にはめずらしい仕草である。照れているらしい。

「将来、私は？」

と徳次が水を向けると、

「あなたは『地下鉄の父』と呼ばれるだろう」

「君はどう呼ばれる」

と聞いたら、五島はしゃっと背すじをのばして、

「強盗慶太」

「はっはっは。もう呼ばれてる」

「たしかに」

「それじゃあ、わかった、君には負けなかったことにしよう。でもやっぱり、あれは無意味なけんかだったんだ。それはたしかだ。結局、役人の容喙《ようかい》をまねいて……何と言ったかな、あの面の皮の厚い」

「佐藤栄作」

五島は、がぶりと茶を飲んだ。徳次は、

「ああ、それだ」

「漁夫の利もいいとこ」

「まったく」

それからふたりは雑談した。会社の思い出話もあれば、学生時分の失敗談もあった。五島などは子供のころ村の鎮守の神社《おやしろ》の拝殿に大きな落書きをした話だの、友達の頭に木鍬《きぐわ》をぶちこんで大けがをさせた話だのまでした。

徳次は正直、こうまで、

（愉快に、語れるとは）

ただし徳次は、自分自身に関しては、寝床で目をさましたときからもう、

（語れる）

確信があった。なるほど株取り合戦のときは感情的になったけれども、その感情のあらしが去れば、のこったのはただ、

――堂々と、戦った。

その記憶だけである。

野球の試合のようなもの。その戦法に悔いがのこらぬと言ったら嘘になるけれども、それは自分の問題である。相手チームへの怨恨にはならぬ。五島はとにかく、自分もだが、法令をやぶることはしなかったのである。五島慶太は強盗と呼ばれ、今後も呼ばれつづけるだろうが、真の強盗はべつにいるのではないか。佐藤栄作、あるいは、

（鉄道省）

役人はルール違反はしないかわり、みずからルールをこしらえる。もっとも、佐藤に言わせれば、それもこれも時局のせいということになるだろうか。

どちらにしろ。

徳次は会社をうしなって、ふたたび五島慶太を得た。

ふたたび快談のよろこびを得た。五島もおなじ思いを持っていたのだ。話がはずむと、のどが渇く。

茶が、ない。

菓子もない。徳次は茶碗の底まで飲み干してしまうと、ふすまの向こうへ、

「おーい」

声を投げた。

「おーい、茶をくれ。それに菓子も」

しばらくして、ふすまがあいた。

輌母子が来た。あたらしい茶の入った茶碗を置き、ひえた茶碗を盆へ戻して、それから五島の前にだけ、
コトリ
と、菓子皿を置いた。

菓子皿は赤い春慶塗《ぬり》のもので、その上には、何もない。

徳次は、

「おいおい、輌母子、どこに菓子が……」

「ここに」

輌母子は袂《たもと》に手を入れ、何かを握りこみ、その手をぱっと菓子皿の上でひらいた。

カラカラと音がして、皿の上には六粒の豆。

三つは白豆、三つは黒豆。それらの踊りが終わらぬうちに、

「おお。これが有名な」

と、五島が、ひとつ指でつまんで目に近づけつつ、

「これをポケットのなかで爪繰《つまぐ》って、市電の客を、人力車の客を、徒歩の人を勘定したのですな。そうして地図に書きこんで、地下鉄をどこに通すか決めて、渋沢栄一翁へ……」

徳次も、

(ああ)

全身が、当時のくさぐさにつつまれた。あんまり乗客が多いので客をぽろぽろ落としながら走りだすヨサ形の車体が目に浮かび、歩道の演歌師が歌う「メーダモットコ　スットンピン」のぞんざいな声が耳によみがえる。

その後にあらわれた起工式も、スキップホイストも、上野変電所も、開通記念の引出物も、ATS（自動列車停止装置）も、運転士や駅員の生活も、新橋の壁も……万物はこの豆から芽を出し、葉をひろげ、花を咲かせたのだ。

花が咲けば、次世代の莢《さや》はふくらむだろうか。五島は軻母子へ、

「いいものを、見せてもらった」

軻母子はしずかに、

「当時のものではありません」

「そりゃそうでしょう。何年前ですか」

「二十五年前」

「奥方」

五島は豆を置き、軻母子のほうへ体を向けて、

「私はいつも、早川さんを尊敬していました」

軻母子は、返事しない。

まっ赤な目で、五島を、

——乗っ取り屋。

と罵倒せんばかりに睨みつけている。ふたりの顔を見くらべながら、徳次はハアハアという自分の呼吸を聞いた。肺のなかに空気が足りない。

緊張のせいではない。最近はいつもこんなふうだ。長年にわたる接待酒と運動不足がたたったか、それとも年相応ということか。徳次は、六十一である。

（あと何年、生きられるか）

五島が、

「奥方」

「何です」

「早川さんは、私に負けた」

「くっ」

というような音を、軻母子は立てた。奥歯をかんだのだろう。五島はつづけた。

「役人にも負けた」

「……」

「だが自分に課した使命には勝った。人間最高の勝利です」

軻母子は、うつむいた。

肩が、ふるえている。

（泣いている）

と徳次は思ったけれども、ふたたび顔をあげたとき、妻の顔は、朝日で洗ったようにきらきらしている。

笑顔で五島に、

「知ってましたよ」

「え？　何を？」

「尊敬してるってこと。あなたが、夫を」

五島はほどなく辞去した。その晩、徳次は「新喜楽」で五島と会い、しっかり握手を交わしてみせたが、実質的には、これが最後の仕事になった。半年後、ラジオの臨時ニュースが日本海軍機動部隊による真珠湾攻撃を報じ、アメリカとの戦争開始を報じると、

「地下鉄の子も、兵隊にとられるかな」

暗い顔で、軻母子へ言った。この場合の「子」とは駅員、車掌、運転士、保線にあたる人足や監督等いっさいをふくんでいるのだろう。徳次の健康は悪化した。めまいをたびたび起こすようになり、歩行も困難になりはじめた。

翌年の夏には、二階の寝室にいることが多かった。

昭和十七年（一九四二）十一月二十九日朝、寝床のなかで、にわかに息があさくなった。軻母子が気づいて、

「あなた。あなた」

体をゆすったが、もう息たえていた。急ブレーキをかけたような最期。死因は急性肺炎と診断された。

営団地下鉄はその後ものこり、戦後ものこった。昭和二十九年（一九五四）、丸ノ内線池袋‐御茶ノ水間六・四キロの営業を開始したのは、地下鉄としては東京で二本目ということになる。そのさい区別のため一本目のほうも路線名をつけることとなり、こちらは、

——銀座線。

と、決定した。

平成十六年（二〇〇四）、営団地下鉄は民営化された。ようやく六十余年ぶりに徳次のころの民間経営にもどったわけで、社名も「東京地下鉄株式会社」と徳次当時にそっくりになり、ただし世間には愛称「東京メトロ」のほうが定着した。

現在は銀座線、丸ノ内線、日比谷線、東西線、千代田線、有楽町線、半蔵門線、南北線、副都心線の九線一九五・〇キロを運営し、一日あたり約七五八万人を輸送する世界有数の地下鉄会社である。地上では市電がほとんどなくなり、自動車交通が全盛となった。

銀座駅には、徳次の胸像が置かれている。

あまり人の目を引かぬ場所である。そこに掲げられた説明用の金属板にも、五島の予言どおり、

地下鉄の父

という題がついているものの、大きな字ではない。

――その程度の待遇か。

と失望することもできるけれど、それなら道賀竹五郎以下の現場の人々はどうだろう。監督たち、技術者たち、無数の人足たち。彼らは胸像どころか名前すら遺《のこ》ることがなく、そのことに不満も言わなかった。地中の星はいま、そのほとんどが肉眼で見えない。

初出　「yomyom」　２０１８年２月号～２０２０年６月号

装画　杉浦非水
地下鐵道開通時のポスターより
（公益財団法人メトロ文化財団 地下鉄博物館所蔵）

地中《ちちゅう》の星《ほし》

発　行　2021年8月25日

著　者　門井《かどい》慶喜《よしのぶ》
発行者　佐藤隆信
発行所　株式会社新潮社
〒162-8711　東京都新宿区矢来町71
電話　編集部　03-3266-5411
　　　読者係　03-3266-5111
https://www.shinchosha.co.jp
装　幀　新潮社装幀室
組　版　新潮社デジタル編集支援室
印刷所　大日本印刷株式会社
製本所　加藤製本株式会社

乱丁・落丁本は、ご面倒ですが小社読者係宛にお送り下さい。
送料小社負担にてお取替えいたします。
価格はカバーに表示してあります。
ISBN 978-4-10-354221-6 C0093